www.ingramcontent.com/pod-product-compliance
Lightning Source LLC
Chambersburg PA
CBHW021150160726
47994CB00001B/140

سيف عينيها

رواية
أيمن الخير

سيف عينيها

كتب أخرى للمؤلف

الروايات:

رواية سيف عينيها، الجزء الثاني

رواية الأحلام المسروقة.

في القانون:

المهارات الخمس لصياغة قانونية رفيعة: كيف تسطر مسيرتك المهنية بقلمك في خمس خطوات سريعة

تحت الطباعة:

دليل المؤلف العربي

كيف تؤلف وتنشر وتسوق كتابك بنجاح لتنتقل من الصفحات الخالية للمنصات العالمية

الإهداء

إلى محبي الأدب العربي والرواية العربية والى إخواني في جميع مجالات الكتابة الإبداعية.

الى أفراد أسرتي الذين أستلهم منهم الإصرار على مواصلة طريق الكتابة، أهدي هذا الكتاب.

أيمن الخير

مسقط، مارس 2023

أيمن الخير

ملحوظة وإخلاء للمسؤولية

جميع حقوق الطبع والنشر والتأليف محفوظة للمؤلف، ولا يجوز إعادة إنتاج هذا الكتاب أو أي جزء منه أو تخزينه بأي نظام لتخزين المعلومات أو استرجاعها أو نقله بأي وسيلة إلكترونية أو آلية أو من خلال التصوير أو التسجيل بأي وسيلة أخرى دون إذن مكتوب وصريح من المؤلف.

ملاحظة عن الغِلاف السابق: في روايات سابقة للمؤلف، نُفِّذَ تصميم الغِلاف من خلال مصمم محترف من خلال منصة خدمات متخصصة، وَفْقَ شروط المنصة التي تضمن انتقال حقوق الاستخدام التِّجارية إلى المشتري ما لم يُنصُّ على خلاف ذلك. استُخدِم التصميم في النشر الورقي والرقمي وفق الاستخدام المرخص.

تتضمن هذه الرواية إشارات إلى أسماء علامات تِجارية أو مؤسسات معروفة (مثل أسماء سيارات أو فنادق) وذلك لأغراض وصفية فقط تخدم السياق الأدبي والسردي. جميع العلامات التِّجارية المذكورة تعود ملكيتها إلى أصحابها الأصليين، ولا يقصد بها أي نوع من الدعاية أو الانتقاص أو الإيحاء بوجود عَلاقة تِجارية أو رعاية بين المؤلف وهذه العلامات أو المؤسسات.

جميع أحداث هذه الرواية خيالية، وأي إشارة إلى أي شخص أو مكان يشبه اسم شخص حقيقي هو من قبيل الصدفة المحضة، ولا يعني وجود أي ارتباط من أي نوع كان بين الشخصين.

تم تصنيف وتحديد الفئة العمرية التي تلائم محتوى الكتاب وفقاً لنظام التصنيف العمري الصادر عن مجلس الإمارات للإعلام.

الفهرس

من لا أخَ له كساع إلى الهيجاء بغير سلاح

"الحق يا سامي وليد أخوك ضربوه ودمه سايل".

عندما سمع سامي تلك العبارة لم يكنْ يدري أن أحداث هذا اليوم ستترك بصمتها في حياته وحياة شقيقه وليد إلى الأبد.

كان القائل صبيًا في السابعة من عمره، يرتدي شورتًا أسودًا وقميصًا مهترئ الأطراف، قالها الصبي وهو يلوّح بيده ويصيح بأعلى صوته فيما كان يجري وعيناه مسمَّرتان على ولدين قادمين من أول الشارع، كأنه يخشى أن يسبقه غيره في نقل أخبار المعركة التي دارت قبل قليل. إنها الخامسة عصرًا في إحدى الأمسيات الهادئة في شارع ضيق يكاد يخلو من المارة بحي العمدة العريق بأم درمان.

كان سامي محمد الكاشف صبيًا في الخامسة عشرة من عمره، لكنْ يُخيَّل لمن يراه أنه أكبر من ذلك بسبب طول قامته. وكان شعره أسودًا قصيرًا يبدو كأنه يقصه كل يوم، وقد بدأ شاربه في الظهور كزغب ناعم فوق شفته العليا. من على البعد تبدو مِشية سامي كمِشية الشبل إذ تتحرك ساقاه بخفة، فيما يبدو بقية جسمه هادئًا كأنه لا يبذل جهدًا في تحريكه. كان سامي يرتدي بنطالًا بنيًا وتي شيرتًا رماديًا، وكان يحمل في يده كيسًا فيه أغراض طلبتها منه والدته في الصباح قبل أن يغادر المنزلَ إلى المدرسة. كان

كمال صديق سامي وفي مثل عمره، وكان يسير معه في طريق عودتهما إلى بيت كل منهما.

ركض سامي تجاه الصبي وصاح به:

- وليد أخوي؟ مين ضربه؟

- عيسى الشراني.

أجاب الصبي وهو يلهث.

- وين وليد؟

- راح بيتكم مع حسن.

كان وليد أصغر أبناء الحاج محمد الكاشف، وكان صبيًا نحيلًا زاده الله بسطة في الطول، وكانت ملامح وجهه دقيقة تتوسطها عينان واسعتان تحيطهما أهداب طويلة، وعندما ينظر إليك تحس أنهما ينفذان إلى أعماق روحك. وكانت الحاجة ميمونة والدته تحرص على أن توقظه لصلاة الفجر في وقتها، وعندما كان يسافر زوجها في رحلة عمل أو لتقديم واجب العزاء في وفاة أحد الأقرباء، كانت تذهب به لكي يصلي الجمعة في المسجد القريب أو تعهد بذلك إلى أخيه سامي. كان سامي يشكو دائمًا إليها أنها تدلل وليد، ولكنها كانت تنهره بأن هذا أخوك الصغير ويحتاج إلى أن ترعاه بدلًا من التذمر منه.

كان سامي يكبر شقيقه وليد بسنتين، فيما كان شقيقهما الأكبر صلاح الذي يعيش في الإمارات العربية مع زوجته، يكبره بعشر سنوات.

كانت الحاجة ميمونة في أواخر العقد الخامس من عمرها، وكانت متوسطة الطول يغطي الشيب معظم شعرها المجدول بعناية بما يسمى "بالمشاط"، وهي طريقة لجدل شعر النساء في السودان تعود جذورها إلى حِقبة مملكة كوش النوبية، إذ يقال إن ملكات النوبة (ويطلق على الملكة النوبية أحيانًا

لقب الكنداكة : أي الملكة المحاربة) كنَّ يستخدمن المشات كزينة لهن، وقد امتدَّت هذه الطريقة لتعمَّ النساء في معظم أجزاء السودان. رغم كونها أميَّة، فإن الحاجة ميمونة كانت تحرص على أن يتعلم أبناؤها وتحرص على متابعة دراستهم بحيث كانت لا تتوانى في محاسبة من يتهاون في دروسه. ودائمًا ما يتحسس وليد أذنه اليمنى بطرف إصبعه كلما تذكر إحدى المرات التي نال فيها "قرصات" من والدته، كلما شغله اللهو واللعب مع رفقائه عن أداء الواجب المدرسي.

كان للحاجة ميمونة ابنة وحيدة أسمتها سهام، وبعد زواجها سكنتْ هي وزوجها في منزل قريب من منزل والديها. كان هناك شيء يُشعر الحاجة ميمونة بحزن دفين كلما تذكرت ابنتها دون أن تُفصح عن ذلك لأحد.

أما والدهم الحاج محمد عبد الله الكاشف، فقد كان في الستينيات من عمره وقد أورث أولاده نحافته وطوله الفارع، وكانت تتوسط وجهه لحية بيضاء قصيرة على شكل هلال مقلوب، ويعلو شفتيه شارب أبيض يحفُّه بعناية صباح كل جمعة قبل الذَهَاب إلى الصلاة في المسجد. كان الحاج محمد الكاشف دائمًا ما يحمل في يده مسبحة مصنوعة من نواة ثمرة تسمى "اللالوب"، وهي شجرة مُنتشرة في السودان ولها ثمرة تشبه التمرة، ولكنها تتميز بنواة صلبة كبيرة الحجم بُنِّية تصنع منها المسبحات. وكان صوت حبات المسبحة وهي تصطدم ببعضها يُذكِّر وليد بدقات ساعة الحائط، وكان توقف صوتها يشعر وليد بأن والده قد استُغرِق في النوم.

كانت الأسرة تسكن في حي العمدة بأم درمان في منزل مطلي بطلاء أصفر باهت، مكون من طابق واحد يحوي ثلاث غرف متوسطة الحجم، وصالونًا كبيرًا لاستقبال الضيوف، مع مطبخ وحمامين. كان للبيت بابان أحدهما صغير يقود إلى حوش صغير ثم إلى شرفة مستطيلة تفتح عليها اثنتان من

الغرف الثلاث. وكان الباب الكبير يقود إلى حوش أكبر حجمًا، وفي الجانب الأيمن أحد الحمامات، وهذا القسم من البيت يُسمَّى قسم الرجال، وهذا التقسيم يشمل الباب والحمام والصالون. في الجانب الآخر من الحوش هناك شرفة صغيرة يطل عليها باب الصالون. كانت أسرة الكاشف تستقبل ضيوفها من الرجال في هذا الصالون، أما ضيوفها من النساء فيستخدمون الباب الصغير للدخول إلى القسم الآخر من البيت كعادة غالبية الأسر السودانية.

يحوي الصالون مجموعة من كراسي وأرائك الجلوس المصنوعة من الخشب، وعليها وسائد محشوة بالقطن، وكلها موزعة في شكل دائري تتوسطها ثلاث مناضد صغيرة مخصصة للقهوة والشاي. في الركن الآخر من الصالون تتربع منضدة طعام خشبية مستطيلة يحيط بها ثمانية كراسي من الخشب. تتوسط الجدار الأيمن من الصالون صورة فوتوغرافية كبيرة الحجم بالأبيض والأسود. في هذه الصورة يظهر الحاج محمد الكاشف وهو يرتدي جلابية بيضاء، وعلى رأسه عمامة بيضاء لُفَّتْ بشكل متناسق، وفوق الجلابية قفطان أسود. في الجانب المقابل من جدار الصالون تتربع لوحة كبيرة تحمل آية الكرسي مكتوبة بخط كوفي مميز.

***

كان وليد يحب أن يسمع القصص التي يحكيها والده، وفي أحد الأيام سأل وليد أباه:

- يا بوي نحن فقراء؟
- يا وليد صحيح نحن مش أغنياء لأن جدك -الله يرحمه- ما ترك أموال، لكن ترك العلم.
- احكِ لي قصة عن جدي يا بوي.

- جدك -الله يرحمه- جاء من البلد وسكن في حي العمدة في البيت الكبير، وبعدين عمل جزء من البيت خلوة لتحفيظ القرآن، كان الناس بيسموها خلوة الشيخ عبد الله الكاشف.
- وانت كنت تروح الخلوة يا بوي؟
- أنا وكل أعمامك درسنا في الخلوة.
- كيف كنت تحفظ القرآن يا بوي؟

توقف الحاج محمد كأنه يعصر ذاكرته ثم قال:

- الوقت داك كان في حاجة اسمها اللوح. واللوح ده يا وليد قطعة من الخشب على شكل مستطيل ومسطح نكتب فيها، يعني حاجة زي الكراس بتاعك.
- والقلم تشتريه من الدكان؟
- أبدًا، ما كنا بنشتري حاجة، وكنا بنكتب بي قلم عبارة عن قصبة من البوص نخلي طرفها رفيع كده، والحبر نصنعه من الفحم، يعني نطحن الفحم ونخلطه مع الموية ونضعه في علبة اسمها المحاية، يعني زي المحبرة حقتك.

ثم استطرد الحاج محمد الكاشف:

- كل طالب يتعلم الكتابة على اللوح ويكتب السورة، وبعد يحفظها يغسل اللوح عشان يكتب سورة جديدة.
- لا حول الله يا بوي، دي دراسة صعبة خالص. يعني حتى القلم تصنعه بنفسك؟
- أيوه يا وليد. الحمد لله في زمنكم الدراسة أسهل وكل شي متوفر ليكم.

ثم واصل الحاج محمد وهو يواصل تحريك حبات مسبحته:

- في زمننا كانت الأحوال صعبة. لكنْ أنا وأعمامك كنا مبسوطين، لأن ما كان في ناس كتيرة في زماننا تعرف تقرأ وتكتب زينا.

***

عندما تبدأ العطلة المدرسية يعرف وليد أن روتينًا جديدًا ينتظره. على عكس شقيقه سامي، فقد كان وليد يحب أن يذهب مع والده إلى متجره في المنطقة الصناعية بالخرطوم، وهو محل صغير لبيع قطع غيار السيارات. لكنَّ سامي كان يريد أن يلعب مع أقرانه في الحارة حيث يقضون نهارهم في لعب كرة القدم أو غيرها من الألعاب. في اليوم الأول من الإجازة سأل سامي:

- أبوي أنا عايز ألعب مع أصحابي، ممكن أقعد في البيت؟
- يا سامي الإجازة مش للعب طول اليوم. شوف وليد أخوك الصغير بيجي يتعلم التجارة وانت عايز تلعب في الشارع؟
- لكنْ يا بوي.
- اللعب في العصر لما نرجع من المحل وتتغدى وتصلي العصر. لو عايز تلعب مع أصحابك ويكون عندك مصروف لازم تشتغل في المحل.

وهنا تدخل وليد في الحديث:

- يا أبوي سامي عايز يلعب اليوم كله مع أولاد الشارع. لو خليته حيقضي الإجازة كلها لعب، ما تخليه.
- انت ما دخلك ياحشري. أنا بكلم أبوي، خليك في حالك.

رد سامي بغيظ وهو يصيح في شقيقه:

- بس يا أولاد خلاص ولا كلمة زيادة.. سامي قوم أجهز عشان حتمشي معانا.

بعدها ركب الأب السيارة الكورولا القديمة وجلس في مقعد السائق، فيما جلس سامي بجواره. لكنْ عندما كبر سامي تبادل هو ووالده المقاعد، فيما لم يتغير مقعد وليد في المقعد الخلفي. كانت السيارة بيضاء من طراز قديم، وكان الراديو والمكيف معطَّلين. في الطريق من البيت إلى المحل كان وليد يرى سيارات فارهة تمر بجوارهم، وكان يقول لنفسه إنه سيمتلك واحدة مثلها عندما يكبر.

***

في ذلك اليوم كانت الشمس تُلمِلِم أطرافها لتستعدَّ للرحيل بعد أن قضت نهارها تلسع الأرض بحرارتها. اعتاد أطفال الحارة لعبَ كرة القدم في ميدان صغير يتوسط حيَّهم، ويحيط به عدد من إطارات السيارات القديمة حوَّلوها إلى مقاعد للفرجة من خلال دفن نصف الإطار السفلي في باطن الأرض، بينما يجلسون على الطرف الظاهر من الإطار.

كان عيسى الشرَّاني يجلس مع مجوعة من الأولاد يشاهدون مباراة كرة القدم التي يسمونها "الدافوري" بين مجموعة من صبية الحارة من بينهم وليد. كان عيسى صبيًّا في نحو الخامسة عشرة من عمره، وكانت يداه طويلتين كأنهما يدا غوريلا، وكان يبصق باستمرار من خلال شفتين غليظتين تتدلى السفلى منهما تحت ثقل التمباك الذي يضعه عيسى فوقها ويسمى "السفة"، وكان تعاطيها من قبل الأطفال يشبه جريمة الخيانة العظمى بين الجنود. يطلق الأولاد لقب "الشرَّاني" على عيسى بسبب ميله إلى الشجار بسبب ودون سبب، ولذلك كان أولاد الحي يتجنبون اللعب مع عيسى، ولكنَّ عيسى كان يعرف ذلك، وهذا يجعله أكثر عدوانية.

كان وليد لاعبًا بارعًا، وكان الصبية يحبون أن ينضم إلى فريقهم بسبب تمريراته المحكَّمة. وفي أثناء تمرير أحد الصبية، ويدعى وضَّاح، الكرةَ لوليد

طاشت الكرة وصدمت رأس عيسى فأوقعته على الأرض، فضحك بقية الأولاد عندما انحسرت الجلابية التي كان يرتديها وظهر سرواله الداخلي المهترئ. وانتفض عيسى كثور هائج واندفع تجاه وضّاح المسكين وأطبق بيده اليسرى على ياقة قميصه وهو يهزه، فيما رفع قبضة يده اليمني ليضربه بها. لمعتْ عينا عيسى بفرح خبيث وهو يرى الخوف في وجه وضّاح وهو يتوسل إليه ألا يضربه. لكنْ قبل أن تصل قبضة عيسى إلى وجه الصبي المرتعد أمسك بها وليد بكلتا يديه وهو يقول:

- بس، ما تضربه، هو ما كان يقصد.

دون أن يفلت وضّاح من قبضته، نظر عيسى إلى الخلف ليرى من يمسك يده، وعلتْ وجهه أمارات الدهشة لحظاتٍ، فهو لم يعتدْ أن يعترض سلطته أحد، ولا سيما من قِبل صبي نحيل أقل منه حجمًا.

- قلت شنو؟

- قلت ليك خَلِّيه؛ وضّاح ما كان قاصدك، الكورة بس طاشت وهو قال ليك معليش.

أفلت عيسى وضّاح الذي ولى هاربًا، وتوجه عيسى نحو وليد. من الواضح أن وليد ليس كبقية الصبية، إذ لا يبدو عليه أنه يخافه. كيف يجرؤ أحد على تحدي سلطته نهارًا جهارًا؟

- حاضربك انت الأول عشان أخليك عبرة.

انقضَّ عيسى على وليد وهو يزمجر بسيل من السباب البذيء. تنحى وليد جانبًا محاولًا تفادي هجوم عيسى، ولكنَّ عيسى كان أكبر حجمًا، فوقع الاثنان على الأرض. حاول وليد أن يوجه لكمات إلى عيسى، ولكنَّ عيسى كان يفوقه في الحجم والخبرة، وكانت نتيجة هذه المعركة غير المتكافئة

لكماتٍ عدةٍ نالها وليد على وجهه وجسمه، تسايلت على إثرها قطرات من الدم من أنفه قبل أن يفرق بينهما أحد المارة.

مسح وليد أنفه قبل أن يذهب إلى البيت برفقة صديقه حسن الذي يسكن بجوار منزل وليد. حالما وصل وليد إلى البيت انسلَّ إلى غرفته متسترًا لكي يغتسل ويبدل ملابسه قبل أن تراه والدته وتمنعه من اللعب في الشارع مرة أخرى إذا عرفت أنه تعارك مع عيسى الشراني. جلس وليد مع حسن في مصطبة صغيرة أمام البيت، وبعد فترة رأى وليد شقيقه سامي يجري قادمًا نحوه بصحبة كمال وخلفهما صبي صغير، وعندما اقترب سامي صاح به:

- وليد مالك؟

سكت وليد هنيهة ثم قال:

- عيسى الشراني كان حيضرب وضّاح، وأنا قلت ليه وضّاح ما كان قاصد ولازم تخليه فضربني أنا.   ما تسيبه يا سامي.

فقال كمال:

- عيسى الشراني؟ بس عيسى أكبر منك كيف يتعارك مع طفل أصغر منه؟

- هو عامل نفسه فتوة الحلَّة، بس اليوم حيشوف اليحصل للي يغلط علينا.

قالها سامي باقتضاب ثم ناول كمال الكيس الذي كان يحمله وقال له:

- ما في وقت نضيعه. خلِّي ده معاك حاجي أشيله منك بعدين من بيتكم.

ثم التفت إلى شقيقه الأصغر وقال له:

- تعالَ معاي.

حاول كمال ثني سامي، لكنه كان يعرف أن سامي لن يرضى بأن يترك أحدًا يؤذي أخاه الأصغر دون محاسبة. كان سامي دائم المشاكسة مع وليد، لكنْ حينما يعتدي أحد على شقيقه الأصغر فإن سامي يحسُّ بأن ذلك ضربة موجهة إليه شخصيًا، لأنه كان يحس أن حماية وليد هي مسؤوليته وإن لم يطلبها منه أحد. لم يكنْ سامي ضخم الجثة، ولكنه كان متمرسًا على مهارات عراك الشوارع باعتبارها من الضرورات التي لا غنى عنها في ذلك الوقت.

ظل الشقيقان يبحثان عن عيسى الشراني حتى وجداه يجلس مع صبيين في ظل شجرة. وعندما رأى عيسى الشقيقين يتجهان قام من مكانه وعيناه تبحثان عن سلاح قد يستخدمه عند الحاجة.

قال سامي ببرود وهو ينظر إلى عيسى في عينيه:

- أنت لو رجل صحيح ليش ما تتعارك مع واحد قدَّك بدل تتعارك مع طفل أصغر منك؟
- أنا أرجل منك ومن عشرة زيك.

وقبل أن يكمل عيسى جملته عاجله سامي بلكمة سريعة في فكه، فطارت السفة من فمه وسقطت على الأرض أمامه. تلقى عيسى اللكمة ثم هجم بيديه على سامي، وكان سامي يعرف أن عيسى أثقل منه وزنًا وأكبر حجمًا وإن سمح ليديه أن تصلا إلى بطنه فسيخسر المعركة. لذلك وجَّه سامي لكماتٍ سريعةً إلى وجه عيسى وهو يقفز يَمنه ويَسرة كي لا تصل إليه يد عيسى. لكنْ فجأة انقضَّ عيسى على سامي وهو يمد رأسه منحنيًا يريد رمي سامي على الأرض، ولكنَّ سامي تنحى في اللحظة المناسبة ووضع قدمه في طريق عيسى فسقط الأخير على وجه في الأرض. واستغلَّ سامي الفرصة فقفز على ظهر عيسى ولفَّ ذراعه اليمنى حول عنق عيسى كطوق حديدي

وضغطها بقوة، ثم رفع رأس عيسى قليلًا وضرب به الأرض عدة مرات متلاحقات، فيما كان عيسى يحاول الإفلات من قبضة سامي دون جدوى.

قال سامي بصوت جاف وهو يزيد الضغط على رقبة عيسى:

- لو مرة ثانية قربت من وليد أخوي حأكسر رقبتك دي، سامعني؟

رد عيسى بصوت ضعيف وهو يقاوم الدوار الذي يحس به في رأسه ويجاهد للتنفس:

- قُم من فوقي.. يا زول قلت ليك قُم من فوقي.

زاد سامي الضغط على رقبة عيسى وهو يسأله:

- ما سامع قلت شنو؟

- قلت حاضر.. حاضر، والله تاني ما أقرب من وليد.

قالها عيسى بصوت مخنوق وهو يتنفس بصعوبة.

ظل سامي قابعًا فوق ظهر عيسى مدة من الزمن كأنه لن يتركه أبدًا، ثم أفلته في النهاية، لكنْ قبل أن يقوى عيسى على الوقوف ركله سامي برجله اليمنى عدة ركلات تركت شريطًا من الدم يسيل من طرف فمه، ثم تركه يجاهد أنفاسه والتفت إلى وليد وقال له:

- يلا من هنا.

وغادر الاثنان المكان. لكنْ بينما كان الشقيقان يتجهان إلى الشارع المؤدي إلى بيتهما قام عيسى من مكانه ببطء والتقط حجرًا مدببًا من الأرض وقذفه بكل ما يملك من قوة تجاه رأس سامي.

حياة الحارة

عندما كان وليد وشقيقه سامي يغادران المكان بعد المعركة الساخنة التي خاضها سامي مع عيسى الشراني، حانت من وليد التفاتة مفاجئة، فرأى عيسى يلتقط حجرًا حادًا ويرمي به تجاه رأس شقيقه سامي. ودون تفكير دفع وليد سامي جانبًا الذي زالت دهشته عندما سمع صوت الحجر وهو يضرب نافذة بيت كانا يمران بجواره مصدرًا صوتًا مدويًا يدل على تكسر الزجاج المشجر الذي كان يتوسط النافذة. بعدها مباشرة ظهر الحاج عثمان على عتبة الباب وعيناه تقدحان بالشرر، وخيل لوليد أنه يرى الدخان ينبعث من أنفه كأنه تنين أسود. وكان الحاج عثمان ضخم الجثة له بطن بارز يهتز صعودًا وهبوطًا خاصة عندما يصيح، وكان يعلو وجهه شارب أسود معقوف يزن نصف كيلو وكان يرتدي فانلة داخلية وبنطالًا متسخًا، وزمجر قائلًا:

- مين الحيوان اللي رمى الحجر؟

أشار وليد بكل براءة وهو يمد طرف إصبعه:

- عيسى الشراني يا عمو.

نظر حاج إبراهيم ومعه الشقيقان تجاه عيسى، ولكنَّ الأخير كان قد اختفى كأن الأرض قد انشقت وابتلعته. نظر الحاج عثمان إلى وليد وصاح فيه:

- وكمان بتكذب؟ تستهبل عليَّ؟

- والله العظيم يا عمو ده عيسى حتى اسأل الولدين ديل.

قال وليد وهو يشير للصبيين اللذين كانا يجلسان مع عيسى قبل حضورهما.

- الكلام ده صحيح يا أولاد؟ مين اللي رمى الحجر؟

قال أحد الولدين وهو يشير إلى سامي:

- الولد الكبير رمى الحجر يا عمو. نحنَ ما شفنا عيسى ولا موسى.

- والله العظيم كذَّابين يا عمو. ديل أصلًا أصحاب عيسى.

صاح سامي بانفعال وهو يحاول إقناع الحاج عثمان.

- قليل أدب وكذَّاب كمان؟ الليلة قيامتك قامت.

ردَّ الحاج عثمان وهو يهمُّ بالإمساك بسامي، ولكنَّ سامي أطلق ساقيه للريح وصاح في شقيقه:

- وليد.. اجرِ.

وركض الشقيقان بأقصى سرعتيهما كل في اتجاه، وركض الحاج عثمان وراء سامي تارة ثم غير رأيه لكي يركض وراء وليد، ولكنه كان كمن يحاول الإمساك بأرنب بري.

بعد حادثة المعركة مع عيسى الشراني حرص سامي على تعليم شقيقه فنون معارك الشوارع، وكان دائمًا ما يقول له وهو يدربه على توجيه اللكمات وتفاديها:

- أهم شي السرعة. اضرب بقوة في نفس المكان.

ثم يضيف وهو يرى وليد يلهث من عناء التدريب:

- لازم تكون مستعد، ولازم تعتمد على نفسك.

***

كان وليد يحب كرة القدم التي كانت أيضا اللعبة المفضلة لصبيان الحي يلعبونها عصر كل يوم. أما في شهر رمضان فقد كان الصِّبيان يجمعون مبلغًا صغيرًا من كل صبي ليشتروا عددًا من لمبات الكهرباء وأسلاك التوصيل، ويجلبون أعمدة خشبية ينصبونها في أطراف الملعب بغرض توفير الإضاءة لكي يلعبوا كرة القدم ليلًا. كانت والدة وليد تجعله يغتسل فور عودته من لعب كرة القدم، لكنْ في الشتاء كان وليد يحاول التهرب من الاغتسال بسبب برودة الماء في المساء، لكنْ حتى التظاهر بالنوم لم يكن يمنع والدته من إيقاظه لكي يغتسل.

بالإضافة إلى كرة القدم كان الأولاد يلعبون البلي، وهي لعبة تُستخدَم فيها كرات زجاجية صغيرة توضع داخل مثلث يرسمه الأطفال على الأرض، ويستخدم كل واحد كرة زجاجية تكون أكبر حجمًا ويطلق عليها اسم "الضرَّاب". ويتم اللعب بأن يرمي كل لاعب الضرَّاب على الكرات الزجاجية بغرض دحرجتها خارج المثلث، ثم إصابتها بالضرَّاب، فمَن ينجح في ذلك تكُن الكرة الزجاجية التي "اصطادها" ملكًا له.

كان شهر رمضان هو المفضل عند وليد، إذ تشارك والدته نساءَ الحي في الاستعداد للشهر الكريم بوقت طويل، فتقوم ربات البيوت بالعديد من الترتيبات أهمها صنع الآبري (ويسمى الآبري الأحمر بالحلو مر، أما النوع الثاني فيطلق عليه اسم الآبري الأبيض).

- ما تنسَ جيب معاك أغراض رمضان اللي في الورقة يا حاج محمد.

قالت الحاجة ميمونة لزوجها ذات صباح وهي تناوله ورقة كتبتها ابنتها سهام (بطلب من والدتها) وهو يغادر البيت متجهًا إلى عمله.

- حاضر يا حاجة، حاجة ثاني؟

- سلامتك يا حاج.

- الله يسلمك. قولي للأولاد يذاكروا دروسهم ويصلوا في المواعيد.
- ما تشيل هم يا حاج، ربنا يعدلها عليك.

في اليوم التالي كان وليد يشاهد والدته بفضول وهي تحضر كيسًا من الذرة وتفرغه في سطل كبير، ثم تغسل الذرة بالماء وتتركها تبتل. كانت سهام تساعد والدتها، فبعد ذلك نشرت سهام الذرة المبتلة على بِساط بلاستيكي وظلت تعتني بها لعدة أيام حتى نبتت جذور الذرة، وهي عملية يطلق عليها "التزريع". وبعدها طلبت الحاجة ميمونة من وليد وسامي أخذ الذرة "المزرَّعة" الجافة إلى المطحنة. أخذ وليد وسامي الذرة في سطل مصنوع من الألومنيوم إلى مطحنة الحاج سعيد الذي يسميه أهل الحارة "سعيد طاحونة".

عند وصولهما إلى المطحنة لاحظ وليد وجود أسطال من أشكال متنوعة مرصوصة بانتظام في أرضية المطحنة تنتظر دورها للطحن، فوضع سطلهم في آخر الصف. كان الحاج سعيد يحرص على فصل عمليات طحن الذرة المزرَّعة عن طحن القمح والذرة خشيةً أن تترك الذرة المزرَّعة مخلفات تُغير طعم ما يطحن بعدها. لذلك كان الحاج سعيد يجمِّع أسطال الذرة المزرَّعة التي يُحضِرها زبائنه ولا يبدأ في طحنها إلا بعد الانتهاء من طحن القمح والذرة.

بعد أن أحضر الشقيقان طحين الذرة المزرَّعة إلى البيت وضعته والدتهما في إناء فخاري مُخصَّص لهذا الغرض، وأضافت إليه بعض البهارات والماء، ثم خلطته بملعقة خشبية ضخمة تُسمَّى "الكنش"، حتى أصبح نسيجًا متجانسًا بلون مائل إلى الحمرة، ثم تركته عدة أيام حتى يتخمَّر. بعد عدة أيام تجمَّعت نساء الحي في بيت الحاجة ميمونة لل"عواسة". جلس وليد من بعيد يراقب عملية العواسة، وهي خبز عجينة الذرة بوضع طبقات رقيقة

من العجين على صاج مشتعل ثم توزيعه على سطح الصاج بـ"القرقريبة"، وهي قطعة رقيقة من السعف تكون مستطيلة، وتستخدم لصنع حلقات رقيقة تشبه الخبز الدائري الرقيق، وهو ما يسمى بالآبري. كانت رائحة الآبري النفاذة تنتشر في الجو ليعلم المارة أين يتجمع نساء الحي "للعواسة. كانت النساء يتناوبن على العواسة، وكانت بعضهنَّ تحضر بنتها أو بناتها ليتعلمن طريقة الإعداد. لكنْ عندما يحين موعد عواسة الآبري الأبيض فلا يتصدى للمهمة سوى النساء الأكثر خبرة، بسبب أن لفة الآبري الأبيض رقيقة جدًّا وتحتاج إلى قدر عالٍ من المهارة.

بعد الانتهاء من العواسة وضعت الحاجة ميمونة الآبري الذي خُبِزَ على سطح مكشوف لكي يبرد ثم يجف بعد أن لفَّته في لفات مستطيلة أو مربعة، وبعدها بمدة أصبح جافًّا وقاسيًا وعرف الجميع أنه صار جاهزًا للتناول.

يُجهَّز الآبري من خلال وضع قطع صغيرة منه في إناء ويضاف إليه الماء بغرض نقعة، ويكون ذلك في الغالب في صباح يوم رمضان. وعندما يحل وقت العصر يكون الآبري قد نُقِعَ في الماء وتحلل فيه، فيُصفَّى المشروب من شوائب الذرة (مثلما يُصفَّى مشروب الشاي من حبات الشاي) ويكون الناتج مشروبًا ذا نكهة محببة، مصدرها البهارات التي أُضيفت في أوقات سابقة. وكمكافأة له على مجهوده تجهز الحاجة ميمونة آنية زجاجية تضع فيها مشروب الآبري الطازج مع قطع من الثلج، وتعطي وليد كأسا كبيرة. كان وليد يستمتع بمشروب الآبري وطعمه المنعش الذي دائمًا ما يبعث في نفسه إحساسًا فريدًا بالارتواء، خاصة بعد تجربة الصيام تحت شمس الخرطوم اللاهبة.

في نهار رمضان تكاد تخلو شوارع حي العمدة من المارة فيما بين صلاة الظهر وحتى موعد صلاة العصر هربًا من الهجير. لكنْ تدب الحياة في شوارع الحي بعد العصر، فيتجمع الأولاد ويبدأون في التجهيز للإفطار. اعتاد الجيران في الحي تناولَ وجبة الإفطار في الشارع بغرض مشاركة بعضهم الطعام وإطعام أي عابر سبيل يمر أمامهم. كان الإفطار في الشارع عادة شائعة في الأحياء القديمة من العاصمة وفي المدن الصغيرة والقرى، بسبب تقارب السكان وتعارفهم. أما في الأحياء الحديثة والمدن الكبيرة فقد بدأت هذه العادة في الاندثار.

في أحد الأيام، وبينما كان وليد وصديقه حسن يتجاذبان الحديث وهما يجلسان على مصطبة أمام باب المنزل، سمع صوت والدته تناديه لكي يبدأ التجهيز للإفطار. أخرج حسن ووليد مفارش أرضية تسمى المفردة منها "البرش" وجمعها "بروش"، ووضعاها في صفين متقابلين لكي يجلس الناس عليها لتناول طعام الإفطار، وبعد ذلك يستخدمونها كسجادة للصلاة. بعد مدة توافد الجيران إلى الشارع يحمل كل واحد منهم صينية فيها طبق أو طبقان من الطعام، مع آنيات فيها عصير أو آبري وتمر وبليلة. كانت محتويات الصواني تختلف بحسب يسار الأسرة ومهارة صاحبة البيت في إعداد الطعام. فتجد صينية بعض الأسر الموسرة تحتوي على الدجاج المحمر أو اللحم المشوي أو الحَلَوَيَات، لكنْ هناك أطباق يشترك فيها الغني والفقير، ومنها الآبري والعصيدة.

بعد مدة جاء سامي يحمل صينية أسرتهم، وجاء خلفه والده وجلس في البرش مع بقية الجيران يتجاذبون الحديث في انتظار سماع الأذان.

سأل سعيد طاحونة:

- رمضان خلص منه كم يوم يا جماعة؟

رد الحاج محمد مبتسمًا:

- يا حاج سعيد يا دوب مرت خمسة أيام بس. انت الظاهر عليك كبرت وبقيت ما تقدر على الصيام.

قال سعيد طاحونة بلهجة ساخرة وهو يلكز بكوعه حاج عدلان الذي كان يجلس بجواره:

- منو؟ أنا؟ يا حاج محمد أنا لسه صبي أصوم 100 سنة تاني ما عندي مشكلة. الكلام ده تقوله لي الحاج عدلان اللي بيتبلبل بي توب مرتو من الساعة 12 ظهر، واليوم كله ما يطلع من البيت شبر.

ردَّ الحاج عدلان وهو يضع يديه على رأسه:

- يا جماعة دي مصيبة شنو الوقعنا فيها؟ في الصباح حر وفي المساء لسان سعيد طاحونة؟ اللهم إني صايم.

ولكن قبل أن يرد سعيد طاحونة ارتفع صوت الأذان من المسجد القريب من خلال مكبر الصوت، فسادَ السكونُ وهلةً خفيفةً ثم انقضَّتِ الأيدي على أطباق التمر تنال منها، وتعالت الهمهمات بالبسملة والدعاء من الجميع. بعد ذلك امتدت الأيدي إلى الطعام والشراب، وتبادل البعض الأطباق والأطعمة. كان يُسمَع صوت الصحون والأيدي تتبادلها وكانت التعليقات على سخونة الطعام أو برودته تُسمَع هنا وهناك.

بعد أن تناول الجيران طعامهم قام الحاج محمد الكاشف يؤمهم لصلاة المغرب. وقف وليد يصلي في آخر الصف مع بقية الصبية وهو يسمع صوت والده يتلو القرآن بصوت فيه بحَّة مميزة. بعد الصلاة جلس الناس لشرب الشاي وللسمر حتى موعد صلاة العشاء. كان وليد يحب الجلوس مع

الكبار لكي يستمع لوالده يتحدث مع أقرانه عن تاريخ الحي والأُسَر التي استوطنته، وتاريخ مدينة أم درمان منذ حِقبة المهدية.

بعد مدة أخذ وليد الصينية إلى بيتهم ليجد والدته في انتظاره لتسلِّمه صينية الشاي والقهوة. لكنْ بدلًا من ذلك رفعت والدته أحد الأطباق بيدها وتفحصته بعناية قبل أن تقول بهدوء:

- الصحن ده ما حقي. ده صحن الحاجة نفيسة، انت بدَّلت الصحن يا وليد.

رد وليد متعجبًا:

- يا أمي الصحون بتتشابه. حتى لو عرفتِ انو ما صحنك، كيف حتعرفي انو صحن حاجة نفيسة؟ يعني هي كاتبة اسمها على الصحن؟

قالت والدته بنفاد صبر:

- يعني انت لو ادَّسيت وسط أصحابك ما بعرفك؟

ثم استطردت:

- زي ما بعرف أولادي كمان بعرف صحوني، كل مَرَة في الحلَّة بتعرف صحونها.

ثم أضافت بلهجة حاسمة:

- يلا شيل الصحن رجعه لي حاجة نفيسة وجيب لي صحني بسرعة، بلاش فلسفة فارغة.

حمل وليد الطبق في يده واتجه مسرعًا إلى منزل جارتهم الحاجة نفيسة. كان وليد أذكى من أن يحاول مجادلة والدته في مجال تخصصها، فحتى والده كان يعرف متى عليه أن يتراجع ويترك الخبز لخبازه.

***

منذ طفولته كان سامي يحلم بأن يكون ضابطًا في الجيش. كان يحفظ الرتب العسكرية للجنود والضباط ويقف في الشارع عندما تمر سيارات الجيش ويحيي الجنود برفع يديه مقلدًا التحية العسكرية. وعندما كبر قليلًا كانت تستهويه قصص القادة العسكريين مثل نابليون وخالد بن الوليد وقصص الإمام المهدي وعبد القادر ود حبوبه.

عندما أكمل سامي امتحان الشهادة الثانوية في ذلك العام كان قد حزم أمره وقرر مفاتحة والده في أمر كان يحلم بتحقيقه. ترى ماذا سيقول والده إذا أخبره بأنه يريد أن يلتحق بالكلية الحربية؟ أسيغضب؟ أسيرحب بالأمر؟ أم سيطلب منه أن ينسى الأمر ويأتي لكي يعمل معه في التجارة؟

سامي في الجيش

في ذات مساء انتظر سامي عودة والده من المسجد بعد صلاة العصر، وبعد أن جلس والده في كرسيه المفضل في الحوش أحضر له سامي صينية فيها شاي وكأس ماء وجلس بجانبه. قال والده دون أن ينظر إليه كأنه يقرأ أفكاره:

- في حاجة عايز تقولها يا سامي؟

لم ينطقْ سامي بأي كلمة فواصل والده:

- تعاركت مع أخوك وليد؟

ردَّ سامي بسرعة:

- لا يا بوي، وليد ما عنده دخل في الموضوع.

- طيب في شنو؟

قال سامي وهو ينظر بطرف عينه إلى تعابير وجه أبيه التي نادرًا ما تظهر أي انفعال:

- يا بوي أنا عايز أدخل الكلية الحربية.

- عايز تدخل الجيش؟

- أيوه يا أبوي.

- كلمت أمك؟

- لا يا بوي قلت أشوف رأيك الأول.

سكت والده مدة ثم قال:

- ما تكلمها، خليني أنا بتفاهم معاها.

- يعني موافق يا بوي؟

سكت الحاج محمد مرة أخرى ثم قال:

- أنت ليه عايز تدخل الجيش؟ العاجبك فيهو شنو؟

- يا بوي دي رغبتي من زمان، وأنا ما عايز حاجة غيرها.

- بس يا سامي دي شغلانة خطرة. وحياة الجيش فيها سفر كتير.

- أنا عارف يا بوي ودرست الموضوع كويس.

لم يقل الحاج محمد الكاشف شيئًا، وساد صمت بين الاثنين بحيث لا يسمع إلا صوت حبات مسبحة الحاج محمد وهي تصطدم ببعضها مصدرة صوتًا متقطعًا كأنه يأتي من قاع الأرض، وأخيرًا قال الحاج محمد:

- امشِ صلِّ صلاة الاستخارة، وخليني أفكر في الموضوع وكيف أكلم أمك.

عندما عاد سامي إلى الغرفة وجد وليد في انتظاره. سأل وليد بشوق:

- كلمت أبوي؟

رد سامي باقتضاب:

- أيوه كلمته.

- ومالك مبوز كده؟ رفض؟

- لا.

- يعني وافق؟

- برضو لا.

- يا خي حيرتني. قال ليك شنو بالضبط؟

بعد ما حكى سامي ما جرى بينه وبين والده قال وليد بلهجة الخبير بالأمور:

- شُوف يا سامي، موضوع أمي ده مفتاحه عند صلاح. كلام صلاح عند أمي زي كلام سيدنا لقمان الحكيم. انت اضرب لي تلفون لي صلاح وهو بزبط ليك الموضوع.
- تفتكر كده؟
- اسمع كلام أخوك الصغير وانت تكسب، صدقني.
- الله يستر.

رفع وليد راحتي يديه في مستوى صدره بحيث يكون باطنهما في اتجاه سامي وقال:

- بس لو صلاح زبط ليك الموضوع معناها أنا زبطت ليك الموضوع، يعني تخليني أسوق العربية.
- بس انت ما عندك رخصة وما تعرف تسوق.
- تعرف إنه نص الناس اللي سايقة في الشارع ما عندها رخص والنص الباقي رخصته منتهية؟

هرش وليد رأسه ثم أضاف:

- صاحبي حسّان أبوه ضابط في المرور، يعني ده كلام الحكومة مش كلامي أنا. بعدين انت أخوي الكبير مفروض تعلمني.
- يا أخي اصبر، خلي أمي توافق أول بعدين الله كريم.
- اللي أوله شرط آخره نور.
- طيب، تعرف رقم صلاح؟

***

بعد عدة أيام كان وليد يجلس في مقعد القيادة، فيما كان سامي يجلس بجواره. كانت عينا وليد تلمعان بالحماس كأنه طفل يتلقى عيديته في يوم العيد وهو يدير مفتاح السيارة في أول تجربة في قيادتها. في البداية اختار الاثنان ميدانًا مهجورًا لكي يمارس وليد تمارين القيادة دون مخاطرة.

- الدركسيون تمسكه بيديك الاثنين لكن بدون تشنج. وعينك في الشارع قدامك.
- حاضر.
- بس كل فترة ترفع رأسك تشوف المراية القدامك والمرايات الجانبية.
- تمام.
- اوعك من السرعة.

بعد مرور مدةٍ أحسَّ سامي بسرور خفي وهو يرى وليد يتعلم بسرعة، لكنه لم يُظهِر له ذلك. قال سامي لنفسه إن ذلك سيصيب وليد بالغرور وقد يدفعه إلى التهور في القيادة.

***

في ذات يوم ذهب سامي إلى قهوة عم عوض في سوق أم درمان. كانت القهوة تتكون من صالة طويلة تتوزَّع فيها مناضد حديدية حولها كراسي من الخشب، وكان هناك عدد من رواد المقهى الشعبي أغلبهم من طبقات العمال وصغار الموظفين. في طرف المقهى كان هناك جهاز راديو قديم تنبعث منه أغانٍ تبثها إذاعة أم درمان، فيما كان صبي القهوة الذي يرتدي عراقي سوداني أبيض وفوقه مريول أزرق متسخ قليلًا يتحرك بنشاط بين الزبائن ليلبي طلباتهم من الشاي والقهوة. اقترب منه سامي وسأله:

- بسأل من الصول حسب الرسول.

أشار الجرسون بيده إلى رجل يرتدي جلابية سودانية ويضع عمته على حجره بإهمال. كان الصول حسب الرسول في الخمسينيات من عمره، لكنْ له بنية قوية وعينان كعيني الصقر. وكان معه رجلان من عمره نفسه، وكان

29

الثلاثة منهمكين في الحديث والتدخين من أرجيلة على الأرض. توجه سامي إلى الرجل وحياه قائلًا:

- حضرة الصول حسب الرسول؟

- نعمين. انت منو؟

- أنا سامي ولد الحاج محمد الكاشف. ممكن خمس دقائق من وقتك؟

جذب الصول حسب الرسول نفسًا طويلًا من النرجيلة ثم نفث دخانها، فصنع حلقات في الهواء وقال:

- انت ما بتدخن صح؟

- أيوه صح يا حضرة الصول.

- طيب اقعد في الطرابيزة هناك.

أشار الصول إلى منضدة خالية، ثم التفت برأسه نحو رفقائه وقال:

- بعد إذنكم يا جماعة. ده ولد حاج محمد الكاشف، ديل أولاد قبايل وناس كبارات مش زيكم يا غجر.

اعترض أحد رفاق الصول قائلًا:

- طيب لو نحن غجر بتقعد معانا ليه؟

- صدقة لله، عشان أرفع روحكم المعدنية.

انضم الصول إلى منضدة سامي ثم قال سامي:

- يا حضرة الصول عم حسب الرسول. أنا عايز أقدم للكلية الحربية، وعايزك تدربني على الامتحانات بتاعة الكلية.

نظر الصول إلى سامي نظرة فاحصة قبل أن يقول له بصوت خالٍ من التعابير:

- طلّع جزمتك.

- نعم؟

- قلت ليك طلّع جزمتك. ما سمعتني؟

تردَّد سامي قليلًا ثم خلع حذاءه فنظر الصول إلى قدمه بإمعان وقال:

- ممتاز. رجلك عادية، لو كان رجلك "فلات فوت" ما حتدخل الكلية الحربية.

قالها الصول بالصوت نفسه ثم أضاف:

- طلّع قميصك.

- هنا؟ قدام الناس؟

- ما في نسوان هنا، يلا طلّع قميصك.

نظر سامي حوله بتردد ثم خلع قميصه وهو يتمنى ألا يمر أحد يعرفه بالمكان، وبعد لحظات حسّها دهرًا قال له الصول:

- جسمك ما بطال، محتاج شوية تمارين وتدخل الفورمة. خلاص البس قميصك.

قال الصول ثم أضاف كأنه تذكر شيئًا:

- انت أخو وليد الكاشف صح؟

- تعرف وليد أخوي؟

- أخوك لاعب كورة موهوب وأنا أحب أتفرج على لعبه. وبعدين جسمه رياضي ينفع ضابط بامتياز.

- بس وليد ما عنده مزاج في العسكرية، وليد بيحب البزنس.

سكت الصول هنيهة ثم قال:

- سؤال أخير: الوالد موافق؟

- أيوه موافق.

- وعارف إنك جاييني هنا؟

- أيوه.
- إذن أبشر، الوالد ما يترد ليهو طلب.
- الله يكرمك يا عمي حضرة الصول.
- حضرة الصول بس كفاية.

ثم أضاف وهو يقوم من مكانه ليعود إلى طاولته القديمة.

- بكرة الساعة 4 العصر تنتظرني في ميدان الحلة، بس خليك لابس ملابس رياضة والجزمة البتلعب بها الكورة.

لم يكن سامي يتوقع أن الأيام القادمة ستجعل حياته جحيمًا لا يطاق.

قبل الرماء تُملأَ الكنائن

أجال سامي نظره فيما حوله ليرى جموعًا غفيرة من شباب في مثل عمره تجمعوا في ميدان في وسط أم درمان، وكانوا قد قدموا من شتى بقاع السودان ويحمل كل منهم حقيبة صغيرة فيها ما يحتاج إليه كل منهم في أثناء المدة التي سيقضيها في المعسكر. كانت حقيبة سامي مصنوعة من الجلد وقد حرصت والدته على أن تضع له فيها علبة طحينة وكيسًا من التمر البركاوي الذي تشتهر به الولاية الشمالية في السودان، وأضافت أيضًا قليلًا من السكر والشاي والحليب المجفف، بالإضافة إلى فرشاة ومعجون أسنان من نوع سيجنال، وبضع قطع من الملابس وحذاء بلاستيكي يُستخدم داخل البيت ويطلق عليه اسم "السفنجة"، وهو اسم لعله مشتق من الإسفنج.

بعد أن اعتلت الشمس كبد السماء جاء جندي طويل القامة شديد السمرة يحمل في يده عصاة قصيرة يلوح بها عندما يتكلم. كانت ملابسه مكوية كأنه لبسها قبل لحظات، وحذاؤه العسكري يلمع كأنه مصنوع من الزجاج المصقول. وصاح الجندي في الجالسين بصوت جهير كمن ابتلع ميكروفونًا في وجبة الإفطار:

- اسمع هنا يا طالب. اجمع كلكم هنا.

بعد أن تجمع الطلاب حوله واصل الجندي حديثه:

- كل واحد منكم يجهز شطنته عشان تركبوا الحافلات بالنظام واحد، واحد. الحافلات حتمشي ورا بعض وخليكم جالسين في مكانكم بي نظام ما في حركات ولا مدافرة. الكلام ده ظاهر؟ لما أسألك تقول: "ظاهر يا فندم".

ردَّد العديد من الشباب بصوت واحد: "ظاهر يا فندم".

تفرق الطلاب بعدها ليجمع كل واحد أغراضه استعدادًا للرحيل. اصطفَّ الطلاب الشباب حول هذه المَرْكَبات وبدأوا في ركوبها يساعد بعضهم بعضًا. بعد مدة خرجت الحافلات من أطراف مدينة أم درمان متجهة شمالًا نحو الكلية الحربية بوادي سيدنا. كان الطلاب يتبادلون عبارات مقتضبة في التعارف وفي الحديث عما ينتظرهم في المعسكر. كان سامي يشعر بمزيج من التوجس والرهبة مع قليل من حب المغامرة والتحدي. تذكَّر سامي وجه والدته وهي تودعه وتدعو له بأن يحفظه الله وهي تغالب دموعها، وأحس سامي فجأة بغصة في حلقه. جالت بذاكرته المرَّات التي أغضبها حين خالف كلامها، أو تأخر في الرجوع إلى البيت، أو نسي أن يرتب ملابسه بعد أن غسلتها له.

عندما وصلت الحافلات إلى بوابة الكلية الحربية بوادي سيدنا كانت الشمس تميل إلى المغيب. كان المعسكر يقع في أرض سهلية منبسطة تحيط بها رمال ذهبية من كل جانب. كان المعسكر محاطًا بسور فيه سلك شائك وتُمشِّط الشرطة العسكرية أطرافه المترامية بانتظام، في رسالة لكل من تُسوِّل له نفسه التفكير في التسلل خارج المعسكر.

اصطفتِ الحافلات خارج البوابة وترجَّل الطلاب منها ليجدوا في انتظارهم عددًا من الجنود الذين نظَّموهم في طوابير قبل أن يسمحوا لهم بدخول

المعسكر. وجد سامي نفسه في ساحة واسعة يصطفُّ فيها الطلاب في شكل مربع، وكان كل منهم يضع حقيبته عن يمينه.

كان شدَّاد جنديًّا برتبة عريف، وكان قصير القامة مفتول العضلات، يمشي ويتكلم بسرعة كأنه في سباق مع منافس وهمي.

صاح شدَّاد بصوت جَهْوَري:

- اسمع يا مستجد يا وهم. أنا التعلمجي شدَّاد، لكن تناديني يا فندم. الكلام ده ظاهر؟

ثم أضاف:

- أنتو هنا في الكلية الحربية. لا تقول لي كلية الطب ولا كلية الهندسة، أحسن كلية في "الكلالي" هي الكلية الحربية. مصنع الرجال وعرين الأبطال.

هنا تذكر سامي كلام الصول حسب الرسول الذي أخبره أن الجنود لهم تسميات ومفردات مختلفة لمعظم الأشياء التي اعتادها قبل دخول المعسكر.

صاح شدَّاد مجددًا:

- كل واحد منكم يطلع ورقة وقلم ويكتب اسمه بسرعة.
- نفَّذ الطلاب التعليمات بسرعة وبدأوا يكتبون بسرعة.
- كل واحد يحفر حفرة 10 سم قدامه بسرعة. بعد تنتهي تقيف معتدلًا وتمسك الورقة بيدك اليمين.

كان عقل سامي يعمل بسرعة محاولًا إيجاد تفسير لما يجري، ولكنه لم يفلح في إيجاد أي حل منطقي، وتلفت بطرف عينه ليجد علامات الحيرة على وجه الشاب الذي يقف عن يمينه، لكنْ كان الجميع مشغولين بالحفر

كما طُلِبَ منهم. وبعد أن انتهى الطلاب من الحفر اصطفُّوا وكل منهم يمسك ورقته بيده اليمنى ويرفعها بزاوية مقدارها 90 درجة.

- كل واحد يحط الورقة في الحفرة ويدفن الورقة بالتراب، بسرعة.

نفَّذ الطلاب تعليمات التعلمجي شدَّاد دون نقاش، فواصل الأخير قائلًا:

- الدفنتوه ده كان الزول الملكي1 الدخل المعسكر قبل شوية. الزول ده مات خلاص وحَنَقرأ الفاتحة على روحه. سورة الفاتحة ...بسم الله الرحمن الرحيم، الحمد لله رب العالمين ، الرحمن الرحيم، مالك يوم الدين... إلخ.

بعد صمت وانتظار بضعَ دقائق حتى يفرغ الجميع من قراءة الفاتحة واصل شدَّاد حديثه:

- من الليلة انت اسمك "مستجد". ما في واحد يفتكر نفسه زول أو يقول أنا علي أو حسن أو إبراهيم. علي وحسن وإبراهيم ديل ماتوا ودفنَّاهم خلاص. انت مستجد وبس، وحنخليك تنسى حياة الملكية وتبدأ حياة العسكرية. الكلام ده ظاهر؟

صاح الطلاب بصوت واحد:

- ظاهر يا فندم.

- في لوحة الباصات الجابتكم مكتوب " ق. ش. م". في زول عارف ق. ش. م معناها شنو؟

- ... انت هنا جاوب.

أشار شدَّاد بطرف عصاه إلى أقرب طالب أمامه.

ردَّ الطالب وهو ينظر إلى الأمام:

---

1 في العرف العسكري السوداني يُطلَق لقب ملكي على الشخص غير العسكري (المدني).

- ق. ش. م معناها: "قوات الشعب المسلحة" يا فندم.
- إجابة غلط يا مستجد؛ ق. ش. م معناها: "قلق شديد مستمر". يعني حنخلي حياتكم في المعسكر ده كلها قلق شدييييد مستمر... الكلام ده ظاهر؟
- ظاهر يا فندم.

في المدة اللاحقة التي قضاها الطلاب في المعسكر تبيَّن لهم أن شدَّاد لم يكن يبالغ في حديثه.

عندما فرغ سامي ورفاقه من ترتيب أغراضهم كانت تباشير الفجر تلوح في الأفق، وكان الجميع في حالة مُزرية من التعب بسبب الرحلة الشاقة، لدرجة أنهم تساقطوا على الأسِرَّة، وفي خلال دقائق كان سامي يغطُّ في النوم. وبعد مرور ساعة تقريبًا استيقظ سامي على صفارة مدوية وصراخ التعلمجية لإيقاظ الجميع. ظن سامي أنه قد نام خمس دقائق فقط. كانت تلك بداية أول يوم في التدريب العسكري في المعسكر.

في بداية اليوم يصطفّ الطلاب في صفوف مربعة، يتوسط كل مجموعة التعلمجي الخاص بها ليشرح لطلابه المستجدين المهام التي سيؤدونها في ذلك اليوم. وزع الجنود الملابس العسكرية على الطلاب وطلبوا منهم تغيير ملابسهم المدنية ثم الحضور في صفوف بغرض حلاقة شعرهم "على الزيرو". وهنا تلقى سامي أول درس في ذلك اليوم، إذ أدرك أنه إذا رأى شخصًا بشعر على رأسه فعليه أداء التحية العسكرية وإن كان ذلك الشخص مرتديًا الملابس المدنية، لأن الشعر دليل على أنه ليس مستجدًّا وإنما هو شخص أعلى رتبة منه.

في اليوم التالي استيقظ سامي على صوت الصفارة العسكرية المعتاد. أسرع سامي إلى الحمامات العمومية في أقصى طرف المعسكر، ثم توضأ وذهب

إلى صلاة الفجر في المسجد، وهو ميدان مسقوف بألواح معدنية تستند إلى أعمدة متفرقة من الخرسانة تنتشر بانتظام في أرضيته الرملية. بعد الصلاة انتظم سامي مع باقي رفاقه في صفوف منتظمة يستمعون لشدَّاد وهو يلقي تعليماته عن برنامج اليوم. وفجأة التفت إلى سامي وصاح فيه:

- انت هناك اقيف عديل. طويل كده زي الحلة وسط الجامع.

ودون تفكير رد سامي وهو ينظر إلى الأمام:

- قصدك الجامع وسط الحلة يا فندم.

نظر شدَّاد بخبث ناحية سامي ثم قال ببطء:

- يعني أنا ما بعرف أتكلم؟ أنت جاي تعلمني الكلام يا مستجد؟

- يا فندم أنا...

ولكن شدَّاد قاطعه بصوت ساخر:

- تعالَ هنا في أرض الديسكو.

ثم أضاف شدَّاد وهو يشير إلى المساحة الخالية التي تتوسط الصفوف الأربعة من المستجدين:

- أعمل تمارين push up عشر مرات. تحرك.

- بس يا فندم.

- كمان بتبسبس وبترد عليَّ؟ طيب خليهم عشرين.

أسرع سامي إلى الساحة الخالية وارتمى على الأرض وهو يؤدي هذا التمرين الشاق بحيث يضع راحتيه المفتوحتين على الأرض، ثم يرفع ثقل جسمه إلى أعلى دون أن يحرك راحتيه من مكانها. مرَّت الدقائق بطيئة كأنها دهور طويلة، وكان سامي يسمع صوت شدَّاد كأنه يأتي من عالم آخر.

- واحد، اتنين، تلاتة... تسعة... عشرين.

ارتمى سامي على الأرض منهكًا قبل أن يقوم بعدها مسرعًا ويرجع إلى مكانه.

- أي سؤال؟

ساد سكون شامل بين المستجدين، إذ لم يجرؤ أحد على التفوه بكلمة.

- ممتاز. تعرف يا مستجد متين ترفع يدك تسأل؟ حالتين بس:
الأول إذا ما استلمتْ مرتبك، والثاني إذا جزمتك انقطعتْ. الكلام
ده ظاهر؟

قال شدَّاد وهو يمرُّ بعينيه بين المستجدين محركًا عصى خشبية قصيرة
يحملها بيده، وهي من النوع الذي يستعمله الجنود عادة.

ردَّد المستجدون بصوت واحد وهم ينظرون إلى الأمام:

- ظاهر يا فندم.

أحسَّ سامي بعضلات يديه وصدره كأنها تتمزق، ثم أحس بأنه يتحول شيئًا
فشيئًا إلى آلة بشرية لها رقم وتُبرمَج كل يوم. بعد ذلك انتظم سامي في صف
الرياضة الصباحية استعدادًا للركض. بدأ شدَّاد التمرين بقفزات
الإحماء، وتبعه المستجدون قبل أن تنتظم المعسكر صفوف منتظمة من
المستجدين يركضون في صفوف متناسقة، وهم يرددون الأناشيد
العسكرية التي تسمى" الجلالات".

مشينا سوا   جينا سوا

زول كسلان   خلينا ورا

زول تعبان   خلينا ورا

زول فتران   خلينا ورا

كان سامي يجري وهو ينظر إلى أرجل الطلاب المستجدين أمامه وهي تهوي
وترتفع من الأرض في التوقيت نفسه كأنها مربوطة بسلك واحد يحركها،
وعندما يرفع رأسه قليلًا كان يرى صفًا من الأكتاف تتحرك يمينًا ويسارًا في
تناغم غريب. لم تكن التمارين الرياضية تزعج سامي، فقد كان معتادًا

عليها في تمارين كرة القدم، لكنْ ما كان يزعجه إلى حد الكراهية كان تمارين الزحف على الأرض وهو يسند ثقل جسمه الأمامي على مرفقيه. عادة يتمنى المستجد أن يصادف تمرين الزحف أرضًا رملية بسبب النعومة النسبية للرمال مقارنة بالأرض الحجرية التي تخلف جراحًا وخدوشًا على المرفقين. عندما يكون شدَّاد في مزاج سيئ كان يتعمد أن يتجاوز الأراضي الرملية، وحالما يصل إلى أرض صلبة فيها نتوءات حجرية يصيح بالمستجدين: "أرضًا ازحف".

كان هذا هو الجزء الذي يكرهه سامي أكثر من غيره. ربما أكثر من تمارين الطابور الليلي التي تمتد إلى صباح اليوم التالي. في البداية كانت التمارين تتدرج من حيث التعقيد، إذ تبدأ بشرح طرق الوقفات العسكرية في حالة الانتباه وحالة الاسترخاء، ثم المارشات العسكرية، على أن تليها تمارين التعريف بالأسلحة وطرق استخدامها في الأسبوع التالي.

بعد صلاة العشاء رجع سامي إلى الثكنات، وبعد مدة جاء عبد العظيم، وهو أحد ساكني العنبر، بصحن من الألومنيوم فيه فول وفي يده قطع من الرغيف، وسلَّم كل واحد من الشباب قطعة واحدة.

- فول سادة؟ ما في ملح أو زيت؟

قال أحد الطلاب بعد أن وضع أول لقمة في فمه.

- يا جماعة لو الصحن فيه زلط مطحون حآكله. ميت من الجوع.

آل مصطفى

دلف إبراهيم مصطفى بسيارته المرسيدس البيضاء التي تحمل لوحة مكتوب عليها "منظمات دولية" من بوابة الفيلا التي يسكن فيها مع أسرته في حي العمارات، وهو أحد الأحياء الراقية في العاصمة الخرطوم، ثم ترجَّل من السيارة هو يحمل حقيبته السوداء. كان إبراهيم في أواخر العقد الخامس، يغطي الشيبُ صدغيه وأجزاءً من شعر رأسه. كان ممتلئًا قليلًا في غير ترهل، وكان يرتدي قميصًا أبيضَ بأكمام قصيرة، وبنطالًا أسودَ، وحذاءً لامعًا أسودَ، وفي يده اليسرى ساعة رولكس ذهبية. أطلَّت الشغالة الإثيوبية أغيتو من باب الفيلا وحيَّته بصوت خافض. ردَّ إبراهيم التحية بسرعة وسألها وهو يناولها حقيبته:

- المدام صاحية؟

- أيوه مدام في مطبخ بجهز غدا.

ردَّت أغيتو بلغة عربية مكسَّرة. مشى إبراهيم في ممر من القرميد يحيط بحديقة صغيرة في أركانها الأربعة صفوفٌ من زهور البنفسج التي تجاورها زهور النرجس في تناغم ينم على ذوق رفيع. وفي الركن الآخر من الحديقة هناك منضدة وكراسي حديقة تحجبها عن الشمس أفرع وارفة لشجرة نيم كبيرة. دخل إبراهيم من باب الفيلا الداخلي لتستقبله رائحة شواء طازج تنبعث من المطبخ. نظر إبراهيم يمينًا ويسارًا حتى رأى ابنتيه ريم ولورا تجلسان أمام شاشة التلفاز. فتح إبراهيم الباب وأغلقه مرة أخرى ليجذب

انتباههما، وعلى الفور قامت ريم تحتضن أبيها الذي مدَّ ذراعيه مسلمًا عليها، ثم التفت إلى بنته الكبرى التي أسرعت إليه تحييه وتُقبِّل يده.

كانت ريم فتاة ميساء القد بشعر بلون الليل ينسدل على كتفيها في كسل، ويتوسط وجهها أنف روماني دقيق، على جانبيه عينان واسعتان تشعَّان سحرًا كالبدر في ليلة ظلماء، وكانت بشرتها كالمرمر الأبيض المصقول نعومةً. في بيجامتها الوردية كانت ريم تبدو كأميرة قادمة من قصص ألف ليلة وليلة.

أما أختها لورا فكانت تكبرها بسنتين، وكانت تشبه أختها قليلًا وإن كانت تختلف عنها في لون شعرها الكستنائي الذي ورثته عن أمها، وكانت أكثر ميلًا إلى البدانة من أختها. كانت لورا ترتدي بيجاما منزلية لا تختلف عن أختها إلا في الحجم.

توجَّه إبراهيم بعدها إلى المطبخ فوجد زوجته منى تلبس مئزرَ المطبخ، وفي يدها ملعقة كبيرة تحركها في حركات دائرة داخل آنية يتصاعد منها بخار وهي تغلي على نار البوتاجاز. وكانت الشغَّالة أغيتو قد سبقته إلى المطبخ بعد أن وضعت حقيبته في مكتبه ثم جاءت لتساعد سيدة البيت.

قال إبراهيم وهو يحيي زوجته:

- مرحبًا. شو عاملة لنا ع الغدا اليوم؟

ردَّت منى بابتسامة وهي ما زالت تحرك ملعقتها الكبيرة:

- أهلين أبو لورا. اليوم عاملة مشاوي شقف مع كبة حلبية من اللي قلبك يحبها. جوعان؟

- ميت م الجوع. بس خليني أغير أواعيني بالأول.

- يلا، شوية ويكون الغداء جاهز.

جلس إبراهيم على رأس المائدة وعن يمينه زوجته منى، فيما جلست ريم عن يساره تليها لورا. عبأت منى طبق زوجها من المشاوي والسلطة، وأضافت قطعًا من الكبة، ثم وضعت قطعًا من المشاوي مع بعض السلطة في طبق ابنتها، فقالت لورا وهي تمد يدها معترضة:

- ماما، ما بدي سلطة.

رد والدها كأنه يكلم طفلة صغيرة:

- حبيبتي السلطة كتير منيحة وصحية. ولازم تأكلي منها.

- بس أنا ما بحب السلطة.

قال والدها بحزم:

- كلي الأكل اللّي عم تحطه ماما، بيكفي.

ثم التفت إلى ريم يسألها:

- كيفك ريم؟ متحمسة للجامعة؟

- عم يقولوا نتائج القبول بتطلع بعد شهر.

بعد الغداء ساعدت ريم أمها في تنظيف المائدة ووضع الأطباق في المطبخ، فيما كانت أغيتو مشغولة بغسل الصحون والأواني. وفي تلك الأثناء أعدت لورا إبريقًا من الشاي لوالديها ووضعته في غرفتهما.

بعد الانتهاء من روتين الغداء جلست الشقيقتان قبالة شاشة التلفاز مرة أخرى. قالت ريم وهي تشير بيدها بجهاز التحكم لتعيد تشغيل التلفاز:

- تعرفي لورا.. لو ما أخذوني في جامعة الخرطوم مثلك رح أبطِّل دراسة وأجلس في البيت.

- ليش تجلسي في البيت؟

- كل رفقاتي بيقولوا جامعة الخرطوم أحسن جامعة في السودان، وأنا كمان بدي روح وأرجع معك. ولا ما بدك ياني روح معك؟

- كلامك مظبوط. بس تعرفي، رفقاتي في الجامعة بيقولوا إن الجامعة أوضاعها تدهورت، وفي الأول كانت أفضل، لكنْ ظروف البلد أثرت حتى ع الجامعة.

- بس انتِ صار لك سنة في الجامعة، أنا ما بدي طب. أنا باحب الإدارة.

تنهَّدت لورا ثم قالت:

- أي، الطب مشواره طويل.

- يعني لو كان درسنا في جامعة بسوريا مو أحسن؟

تناولت لورا حفنة من المكسرات من طبق أمامها فيه القليل من حبات اللوز والفول السوداني ووضعتها في فمها، ثم قالت:

- أنا كنت بافكر مثلك أول ما جينا السودان في سنة 2005، بس لما تعرَّفت رفيقاتي كل شي تغير، الخرطوم فيها أشياء كتير حلوة.

- حصل ندمتِ أنك بتدرسي طب؟

- أبدًا هاي رغبتي الوحيدة.

انصرفت الشقيقتان بعدها لمشاهدة احدى المسلسلات السورية، حتى قالت ريم بضجر:

- يا الله.. متى بتطلع النتيجة والله ملِّيت، حتى التلفزيون ملِّيت منه.

- شو رأيك نروح نلعب تنس في النادي؟ بعدين كمان بتغيري جو.

- تفتكري بابا بيوافق؟

- بابا ما بيرفض لك طلب يا دلوعة بابا.

- لا حبيبتي مو دايمًا. المشكلة إذا بابا قال لا ما بيرجع عن كلامه.

- خلاص نحن ننطر لما ينام ويصحى بيكون مزاجه مكيَّف وبعدها نخبِّره.

***

في تلك الأمسية أخذ إبراهيم ريم ولورا إلى نادي التنس بحي العمارات، حيث اعتادت ابنتاه الذَّهاب لممارسة هوايتهما في لعب التنس مع مجموعة من الشباب والشابات في مثل عمرهما. جلس إبراهيم إلى منضدة قريبة وطلب لنفسه كأسًا من عصير الليمون المثلج وراح يشاهد ابنتيه وهما تلعبان ضد بعضهما تارة، ومع فريق ثنائي تارة أخرى. كان حماس ابنتيه للعب وضحكاتهما يُدخلان السرور على قلبه، وتمنى لو كان قد تعلم هذه اللعبة في صباه لكي يشاركهما. فجأة رنَّ جرس هاتفه النقَّال فردَّ قائلًا:

- أهلين أستاذ جميل، كيف الصحة؟

قال جميل بصوت فيه نبرة قلقة:

- سمعتِ الأخبار؟

- أي أخبار؟

- اليوم كان في اجتماع الإدارة بخصوص الميزانية.

- وبعدين شو صار؟

- فيه عجز كبير في ميزانية السنة وفي ناس حيمشوهم.

ران صمت ثقيل بينهما، فيما كان إبراهيم يبحث عن كلمات دون جدوى.

أيمن الخير

أول يوم في الجامعة

إنها العاشرة صباحًا في أحد أيام صيف سنة 2007، وشمس الخرطوم لم تصعد إلى عرشها بعد. ترجَّل من الحافلة في شارع الجامعة بالخرطوم شاب أسمر نحيل في اعتدال، يُخيَّل لمن يراه أنه أحد لاعبي كرة السلة المحترفين؛ ربما بسبب طوله الفارع الذي ورثه من والده والذي يتوافق مع جسم رياضي متناسق. كان الشاب يرتدي بنطالًا رماديًا وتي شيرتًا أزرقَ بهَّتت الشمس لونه، وحذاءً رياضيًا خفيفًا. كانت للشاب جبهة عريضة يعلوها شعر أسود مجعد، وفي وجهه لحية خفيفة يُطلِقها أحيانًا في إهمال. وعندما يبتسم الشاب تضيق عيناه الواسعتان فلا يظهر سوى سوادهما، ويظهر صف من اللؤلؤ الأبيض، ويتبع ذلك ظهور غمازة صغيرة في كل خد، وهذا ما يضفي عليه مظهرًا يجمع بين الشقاوة والغموض. وعندما يتحدث يأتيك صوته عميقًا فيه بحة تدفعك إلى الإنصات في فضول.

سار وليد الكاشف بخطوات واسعة في شارع الجامعة بالقرب من البوابة الرئيسة لجامعة الخرطوم التي تمتد مبانيها العتيقة ذات الطراز الإنجليزي القديم من مباني وزارة التربية والتعليم، المطلة على شارع النيل وتمتد غربًا لتشمل سكن الطلاب الذي يسمه "البركس" (وهي تسمية ترجع إلى حِقبة الحكم الإنجليزي للسودان، وقد تحولت في التسعينيات من القرن الماضي من سكن للطلاب إلى سكن للطالبات) حتى تصل حدودها الغربية إلى كلية الهندسة، وبذلك تحتل الجامعة مساحة شاسعة وسط الخرطوم،

بالإضافة إلى مبانيها الأخرى في كلية الزراعة في شمبات في مدينة الخرطوم بحري، ومباني كلية الطب والأسنان التي تقع بالقرب من شارع الحرية بالخرطوم، ومباني كلية التربية في أم درمان. على جانبي شارع النيل تتراص أشجار النيم العملاقة التي يرجع عمرها إلى عشرات السنوات لتلطف حرارة الجو وتجعل مَن يمشي في شارع النيل يحسُّ بأن مظلة عملاقة تحميه من أشعة الشمس، لكي يستمتع بالنسيم العليل الذي يأتي من النيل الأزرق.

سار وليد تجاه البوابة الرئيسة ودلف منها إلى شارع "المين" الذي يمتد من بوابة الجامعة وينتهي عند مبنى المكتبة المركزية للجامعة. يعتبر شارع المين من أشهر معالم الجامعة، لعل ذلك بسبب موقعه المتميز حيث تجد على الجهة اليمنى الشرقية كلية العلوم الإدارية، وعلى الجهة اليسرى كلية القانون، وعلى جانبي الشارع تجد مقاعد أسمنتية للجلوس، فيما تظلل الشارع بأكمله أشجار النيم العملاقة. شعر وليد كأنه في مسجد عملاق لأن كل شيء كان يوحي بالوقار والجدية. قال وليد لنفسه هذا هو معقل النخبة السودانية المتعلمة، هنا درس أدباء السودان والأمة العربية مثل الطيب صالح، وسياسيو السودان أمثال الرشيد الطاهر بكر، وهنا درَّس علماء السودان أمثال د. عبد الله الطيب الذي كان عميدًا لكلية الآداب. اتجه وليد بعدها إلى مبنى كلية العلوم الإدارية ودخل من البوابة الحجرية، ووجد طالبتين تجلسان على مقعد من الأسمنت ومعهما شاب قصير القامة، فتقدم منهم وحياهم.

سأل وليد بصوت منخفض:

- سلام عليكم. لو سمحتو وين مكتب تسجيل الطلاب؟

ولكن الشاب رد بسؤال:

- انت طالب جديد؟

- أيوه.

- تطلع بالسلم من هنا للطابق الأول المكتب الأول قبل الأخير، حتلقى مكتوب "المسجل". معاك بطاقة؟

- معاي. شكرًا.

ردَّ وليد ثم انصرف إلى حيث أشار إليه الشاب. وحينما وصل إلى المكتب المذكور وجد طابورًا من الطلاب والطالبات أمام الباب ينتظرون دورهم في الدخول للتسجيل. وقف وليد في آخر الصف الذي كان يتحرك بسرعة سلحفاة مريضة.

بعد مدة جاء شاب متوسط الطول يلبس نظارة شمسية، وجينزًا من ماركة معروفة، وتي شيرتًا أبيضَ، وفي يده ساعة جوفيال ذهبية، وفي يده علّاقة مفاتيح تتدلى منها علامة مرسيدس. توجه الشاب إلى باب المكتب كأن النظارة السوداء التي كان يرتديها قد جعلت الطلاب الواقفين في الطابور غير مرئيين. لم يتمالك وليد نفسه فصاح في الشاب:

- انت يا بو الشباب.

رد الشاب في لهجة من تعود أن تلبى طلباته دون نقاش:

- تكلمني أنا؟

رد وليد بحدة:

- ماشي وين كده؟ ما شايف الطابور ده؟

- انت الظاهر ما عارف بتكلم منو. بعدين أنا مستعجل ما فاضي ليك.

رد الشاب وهو يلوح بيده في حركة أنثوية، ثم التفت إلى الطالب الذي يقف في أول الطابور وقال له:

- لو سمحت ممكن تخليني قبلك؟ أنا مستعجل لأني مسافر تركيا بعد كم ساعة ولازم ألحق الطيَّارة.

تردَّد الشاب الذي يقف في أول الطابور، لكنَّ وليد سارع في القول:

- حتى لو هو قبل يدخُّلك قدامه، لازم كل واحد في الصف هنا يقبل وأنا مش موافق. كلنا مستعجلين.

سرتْ همهمة غاضبة بين الطلاب فاضطُرَّ الشاب إلى أن يقف في آخر الطابور وهو يكاد يتميَّز من الغيظ وكان يرمي وليد بنظرات نارية. لاحقًا عرف وليد أن الشاب يُسمَّى هاني خليفة، وأباه من كبار تجار الذهب في الخرطوم.

بعد أن أكمل وليد إجراءات التسجيل أحس بالعطش، فذهب إلى الكافيتريا الملحقة بالكلية وكان أمامه في الطابور شاب طويل القامة، وكان الشاب قد أكمل طلبيته ويحمل في يده اليمنى سندويتشًا وفي يده اليسرى كأسًا من عصير الليمون، فيما كان يضع كتابًا تحت إبطه، وعندما استدار الشاب ليغادر المكان اصطدم بوليد فاندلق العصير على قميص وليد ثم على الأرض. سارع الشاب بالاعتذار بحرارة إلى وليد.

- متأسف والله ما قصدي.

قالها الشاب وهو يتناول مناديل ورقية من جيبه ويسلمها لوليد لكي ينظف قميصه من آثار العصير.

رد وليد وهو يكتم ضيقه:

- حصل خير.
- أنا متأسف جدًّا جدًّا.

ذهب وليد إلى الحمام لكي يغسل قميصه وينظفه، وعندما عاد وجد الشاب نفسه في انتظاره، وعندما رآه الشاب اتجه إليه قائلًا:

- أنا اسمي أسامة فقيري. لو سمحتْ لي أعزمك اليوم، والله ما تقول حاجة.
- يا خي ما في داعي. انت ما كنت قاصد ودي حاجة بتحصل لي أي زول.
- والله ما تقول حاجة أنا حلفت.

قال أسامة ثم ناول وليد كأسًا جديدة فتناولها وليد وهو يقول:

- طيب ما حاخرب ليك حليفتك.
- اسم الكريم منو؟
- وليد الكاشف.
- من وين يا وليد؟
- من حي العمدة، وانت؟
- من مدينة النيل.

رشف أسامة من كأسه رشفة طويلة ثم قال:

- وين درست الثانوي يا وليد؟
- مدرسة محمد حسين، وانت؟
- مدرسة اليونيتي.

ضحك وليد ثم قال:

- اليونيتي؟ مدرسة أولاد الذوات المدللين.
- يا خي ما كلهم مدللين.
- طيب مدرسة الناس المرتاحين، أوكي؟

ضحك أسامة بدوره ثم ربَّت على ظهر وليد كمن حصل على حكم مخفف ثم قال:

- تجي الجامعة بأي طريق؟

- بالباص من البيت للسوق العربي، وبعدين أركب حافلة الخرطوم بحري وأنزل في محطة الجامعة.
- أنا عندي عربية بس بوصل أختي الصباح للمدرسة، وبعدين أجي الجامعة. ممكن أمر عليك في البيت، أصلًا بيتكم في طريقي.
- أنا ما عايز أغلِّبك، وصِّل أختك الصباح وأنا باجي بالمواصلات، وبعدين ممكن نرجع مع بعض ما في مشكلة.
- طيب اتفقنا، خلينا نتمشى عشان نعرف أقسام الكلية والقاعات.

قام الشابان يسيران في أنحاء الكلية وقاعاتها القديمة. بعد ذلك سارا تجاه الميدان الشرقي حيث يوجد ملعب كرة القدم الشهير. وقف وليد ينظر إلى الملعب بإعجاب.

- تلعب كورة يا أسامة؟
- لعبتُ زمان، لكن توقفت من فترة، وانت؟
- أنا بموت في الكورة.
- طيب مفروض تشوف مدرب فريق الكلية. أنا سمعت دوري الكليات حاجة فنانة.
- ممتاز. لو عرفت مين المدرب كلمني.

سكت وليد قليلًا ثم أضاف:

- على فكرة انت هلالابي ولا مريخابي؟
- مريخابي، وانت؟

رسم أسامة تكشيرة مصطنعة على وجهه ثم قال:

- انت ظاهر عليك زول عاقل وابن ناس، كيف بقيت مريخابي؟
- يا خي المريخ بطل السودان. الهلال بس يعتمد على أمجاد الماضي.

في تلك اللحظة وصل الشابان إلى الطرف الشمالي للميدان الشرقي، ثم عرجا تجاه شارع يمر بجوار كلية العلوم قبل أن ينحرفا جنوبًا إلى شارع المين للعودة إلى مبنى كليتهما.

في نهاية ذلك اليوم عاد وليد برفقة صديقه الجديد بعد قضاء أول يوم في الجامعة على أمل اللقاء في يوم غدٍ، إذ ستبدأ أول محاضرة تعريفية للطلاب.

في اليوم التالي وصل وليد مبكرًا وحجز مقعدًا لصديقه أسامة في قاعة طلاب السنة الأولى، وبعد لحظات وصل أسامة وحيّاه ثم جلس بجانبه. كان وليد يجلس في مقعد طرفي في الصف الثاني من القاعة الفسيحة، وبعد لحظات دخلت فتاة حسناء تلبس بنطال جينز وقميصًا أبيضَ مقلمًا وحذاءً رياضيًّا من ماركة نايكي. وكان شعرها الأسود ينسدل على كتفها، وكانت تحمل على كتفها حقيبة يد ودفترًا في يدها. عندما وقع نظر وليد عليها تسمَّرت عيناه وهبط فكه إلى الأسفل دون أن ينتبه، وتسارعت دقات قلبه كأنها طبول عسكرية تعلن وصول رئيس الجمهورية. عندما جلست الفتاة في مقعد أمام مقعد وليد تسلل عطرها الباريسي إلى أنفه، وأحس وليد أن عطرها يمر من رئتيه إلى روحه، فيحيطها بهالة بنفسجية تجعلها تحلق في السماء كريشةٍ يحركها نسيم الصباح.

بعد مدة دخل القاعة رجل في الخمسينيات من عمره، يلبس نظارة طبية سميكة، ويحمل في يده مجلدًا ضخمًا وحيَّا الطلاب بصوت عالٍ، وهذا ما جعل السكون يعم القاعة.

-	أنا دكتور أحمد توفيق، وحادرِّسكم مادة مبادئ التسويق.

بعد ذلك استدار البروفيسور وشرع في الكتابة على السَّبُّورة السوداء الضخمة، وبدأ في تقديم محاضرته. في أثناء المحاضرة كانت صورة الفتاة

وعطرها لا يفارقان ذهن وليد، فتاةَ في أحلام اليقظة وهو يتخيل صوتها وضحكتها ومشيتها، ولم ينتبه إلا على يد أسامة تهزه في كتفه.

- وليد.. وليد. وليد. اصحَ.

قال أسامة وهو يهزه كأنه يوقظه من نوم عميق، ثم أردف مبتسمًا وهو يغمز بعينه:

- ما لك يا رجل؟ مما دخلت البنت كأن ضربتك كهرباء؟

سأل وليد متلهفًا:

- تعرف اسمها؟

قال أسامة وهو يهمس في أذن وليد:

- شوف بطرف عينك.. دفترها مكتوب عليه "ريم مصطفى".

رد وليد بصوت خافت:

- من لبسها وتسريحة شعرها ما أظنها سودانية.

- طيب مش يمكن تكون من واحدة من أسرة مغتربين؟ يعني سودانية بس عايشين في الخارج؟

- بكرة بنعرف.

بعد انتهاء المحاضرات جلس الصديقان وسط مجموعة من الطلاب والطالبات يناقشون أحداث اليوم، ولكنَّ وليد لم ينبسْ بكلمة واحدة. في تلك الأثناء رأى أسامة شابة تلبس نظارة طبية وتصفف شعرها في تسريحة ذيل الحصان المعروفة وتضع فوقه طرحة من قماش خفيف بلون أبيض. كانت الفتاة ترتدي بلوزةً قطنيةً ورديَّة اللون وبأكمام طويلة مع تنورة بلون وردي داكن، وكانت تحمل دفاترها بكلتا يديها كأنها تخفي وراءهما اضطرابها من البيئة الجديدة في أول يوم لها في الجامعة. اقترب منها أسامة وقال لها راسمًا أفضل ابتسامة في وجهه:

- كيف حالكِ؟ أنا اسمي أسامة.
- أهلًا وسهلًا. أنا شذى.

ردت شذى بصوت خفيض.

- كيف شفتِ المحاضرة؟
- الدكتور كلامه سريع. ما عرفت أتابع كويس.

لوح أسامة بيده بسرعة وقال:

- ممكن أديك دفتري أنا لخصت كويس.
- شكرًا يا أسامة.
- ما عملت شيء. من وين يا شذى؟
- من الرياض، وانت؟
- أنا من مدينة النيل.
- فرصة سعيدة يا أسامة.

في تلك اللحظة نظرت شذى إلى الاتجاه المقابل فرأت صديقتها ريم قادمة فقالت لأسامة:

- بعد إذنك، أشوفك بكرة.
- مع السلامة.

التقت شذى صديقتَها ريم، ثم غادرت الفتاتان المكان وهما تتبادلان ضحكات أنثوية خافتة من النوع الذي تجيده الصبايا ويحيّر الصبيان.

عندما رجع أسامة إلى صديقه وليد قال له بسرعة:

- اسمع، البنت طلعت سورية.
- كيف عرفت؟
- سمعتها بتتكلم مع شذى، ومن لهجتها عرفت.
- مين شذى؟

أشار أسامة بيده وقال:

- البنت اللي لابسة بلوزة وردية ولابسة نظارات، كنت بأتكلم معها قبل شوية.

- معقول كده يا أبو سريع؟

- أيوه، تعلم من الخبراء ودق الحديد وهو حامي.

***

في الطريق إلى البيت، وبينما كان أسامة يقود السيارة كان وليد يجلس بجانبه دون أن ينطق بأي كلمة. ابتدر أسامة الحديث وقال دون أن يرفع عينيه عن الطريق:

- الكديسة أكلت لسانك؟

- قصدك شنو؟

- مِن شفت البنت دي في القاعة قطعت كهرِباء وموِيا. الحاصل شنو؟

- ما عارف يا أسامة.

- طيب اتكلم معاها.

- أقول ليها شنو؟

التفت أسامة نحو وليد وقال:

- قول ليها: "السلام عليكم أنا زميلك وليد الغلبان، ممكن تحبيني لو سمحتِ؟".

- شفتْ؟ عشان كده ما عايز أتكلم معاك.

- يعني يا وليد انت أول مرة تتكلم مع بنت؟

- بس دي مختلفة يا أسامة.

- عندها ثلاثة عيون مثلًا؟

أشاح وليد بوجهه ثم قال:

- خلاص، ما عايز أتكلم في الموضوع.
- معليش، خلاص حاكون جادي. ما تزعل.
- ما زعلان.
- انت خايف تكلمها؟
- ظاهر عليها من أسرة غنية يا أسامة، وكمان سورية.
- والمشكلة شنو يا وليد؟ انت من آل الكاشف: أسرة عريقة وأهل علم. وانت شاب حليوة، تعرف لو لقيت شوية صنفرة كده ومشيت أمريكا ممكن تشتغل موديل وتكسب دهب.

قال وليد بسرعة:

- صنفرة؟ يعني أنا كرسي ولا طاولة؟
- معليش خلاص والله آخر مرة أهذر.

صمت وليد فترة ثم قال:

- يا أسامة نحن ناس على قد حالنا. دخل دكان الوالد بقى تعبان وما يغطي مصاريف الشهر.
- معقول؟ وكيف بتمشوا أموركم لنهاية الشهر؟
- البركة في صلاح أخوي برسل قروش للوالد، لكنْ صلاح كمان عنده أسرة وثلاثة أطفال.

ربت أسامة على ظهر صديقه وقال:

- يا وليد الحاجات دي كانت مهمة زمان، الزمن تغير.
- بس ما تغير كثير.
- ياخي انت مكبّر الموضوع. انت حتتعرف عليها بس... التعارف بقروش؟

تنهد وليد ولم ينطقْ بأي كلمة حتى وصلت السيارة إلى أمام منزله فترجَّل منها وودع صديقه، ثم فتح باب منزلهم وسار نحو غرفته وهو يسترجع كلمات أسامة في ذهنه، لكنْ سرعان ما حَلَّت محلها صورة ريم. كيف يا تُرى تكون حياتها؟ ما عاداتها وطريقة حياتها؟ هل تأكل بالشوكة والسكين في جميع الأوقات؟ هل لديها سائق خاص؟ نعم طبعًا فقد رآها تأتي بسيارة مرسيدس وهي تجلس في المقعد الخلفي.

نظر وليد من النافذة إلى دراجته الهوائية العتيقة، وتذكر أنه نسي إصلاح ثَقْب في الإطار الخلفي للدراجة، فصار فارغًا من الهواء. أغمض وليد عينيه فتواصلت الأسئلة في ذهنه: هل تحس بوجوده؟ هل يمكن لمثلهما أن يجتمعا؟

عودة سامي

كانت الحاجة ميمونة تنتظر عودة سامي من الكلية الحربية بفارغ الصبر. مرَّ شهران قبل أن يُسمح لسامي بالخروج من المعسكر. عندما وصل سامي إلى باب البيت كانت الساعة نحو الخامسة مساءً. كان يرتدي الزي العسكري وعلى كتفيه شارة خالية تنتظر حفل التخرج لتجلس عليها نجمة نُحاسية. كان رأسه الحليق تغطيه قبعة عسكرية دائرية كبيرة زيتية اللون، ولها حافة أمامية سوداء لامعة، وكان يحمل في يده اليمني حقيبة سوداء وتحت إبطه عصا قصيرة. كان سامي قد خسر نحو 7 كيلوجرامات من وزنه، لكنه بدا في حالة جيدة.

عندما فتحت الحاجة ميمونة الباب ورأت سامي أمامها لم تتمالك نفسها من البكاء وهي تحتضنه بين ذراعيها، وضع سامي الحقيبة على الأرض ليتلقى والدته بالأحضان، وعندما قبَّل يدها أحست الحاجة ميمونة بقطرة من دموع ابنها تسيل على ظهر يدها المعروقة.

جلس سامي بجوار والدته وهي تمسك رأسه بيديها وتتحسس جسمه، كأنها تريد أن تتأكد من أنه لم يترك أيًّا من أعضاء جسمه في المعسكر.

- ضعفتَ يا سامي ما بيدوكم أكل يا ولدي؟
- الأكل كويس يا أمي. ده بس من التمارين العسكرية.

- كُرْ2 عليَّ يا ولدي. عظام وشك ظهرت.

- يا أمي أنا كويس والحمد لله.

كانت نظرات الحاجة ميمونة تشي بمزيج من الإشفاق والفخر في آن واحد. فقد كان سامي في بِزَّته العسكرية الأنيقة يبدو أكثر رزانة وهيبة، ولكنها كانت تخشى عليه من عناء العسكرية وصرامتها. بعد مدة جاءت سهام لتحيي أخاها بحرارة، وجلس سامي بين أمه وأخته وهما يمطرانه بالأسئلة عن حاله وكيف يقضي يومه دون أن تنتظرا إجابته.

قالت الحاجة ميمونة وهي لا تزال تمسك بيد سامي:

- قومي اعملي غداء لأخوكِ يا سهام، أكيد جاي جعان.

سأل سامي:

- وين وليد أخوي؟

- وليد لسه في الجامعة، وأبوك راح الجامع بيجي بعد شوية.

وبعد لحظات سمع سامي صوت الباب وهو يُفتَح، فأسرع لملاقاة والده عند الباب الذي أخذه بالأحضان وهو يتمتم.

- الحمد لله رب العالمين، حمدًا لله على السلامة يا ولدي.

جلس الحاج محمد على كرسي مجاور يسأل سامي عن أحواله وهو يحرك مسبحته، وسامي يتناول غذاءه. بعد أن عاد وليد من الجامعة وجد سامي في صالة المنزل، وقد غير ملابسه العسكرية ولبس جلبابًا بيتيًّا زيتيَّ اللون. تعانق الشقيقان، وبعد مدة لحق سامي بوليد في غرفتهما، وكان وليد يرتب كتبه على منضدة خشبية بجانبها كرسي ويستخدمها وليد للمذاكرة.

سأل سامي وهو يجلس في السرير المقابل:

---

2 كلمة كُرْ (بضم الكاف وتسكين الراء) هي كلمة من العامية السودانية تستخدمها النساء دون الرجال، وتعني "أشفق عليك"، وفي الغالب تقولها المرأة لشخص عزيز عليها تعبيرًا عن تعاطفها.

- كيف عامل مع الجامعة والدراسة؟

أجاب وليد وهو يواصل ترتيب كتبه:

- الحمد لله. اختبارات دورية ما بتخلص.

توقف وليد عن ترتيب الكتب ثم التفت ناحية سامي وقال:

- أسامة صاحبي حيمر عليَّ بعدين حنمشي نتعشى برة. أكيد اشتقت لسمك الموردة.

- مين أسامة؟

- أسامة فقيري، زميلي في الجامعة وصاحبي، فرصة تتعرف عليه.

- حيجي الساعة كم؟

- الساعة تسعة. شاب ظريف وحيعجبك.

في نحو الساعة التاسعة والنصف توقفت سيارة كامري بيضاء أمام البوابة الكبرى لمنزل آل الكاشف، وترجل منها أسامة ثم رن جرس الباب. فتح وليد الباب بعد مدة وجيزة ورحَّب بصديقه وهو يدعوه إلى الدخول ويقوده إلى الصالون.

- معليش اتأخرت عليك شوية.

- أصلًا لو جيت في الموعد كنت حاوديك المستشفى فورًا.

- حرام عليك، والله الشارع كان زحمة.

- على فكرة سامي أخوي وصل من الكلية الحربية.. تعالَ أعرفك عليه.

ثم صاح وليد مناديًا شقيقه سامي الذي حضر وحيَّا الضيف وعانقه، ثم جلس بجوار شقيقه.

- حمدًا لله على السلامة يا سعادة الضابط.

- لسه بدري على سعادة الضابط يا أسامة، نحن الآن في مرحلة "ط، ح".
- قصدك "طالب حربي"؟
- أبدًا، التعلمجي في الكلية بيقول لينا: "ط ، ح" اختصار لـ "طيرة حايمة"، كل واحد فيكم طيرة وبس.

انفجر الثلاثة بالضحك، ثم غاب وليد وعاد بصينية فيها عصير الليمون وكأس ماء وقدمهما لضيفه. استأذن سامي ليغير ملابسه استعدادًا للخروج معهما، ثم بعد ذلك ركب الثلاثة سيارة أسامة متجهين إلى حي الموردة الشهير بأم درمان. يُعتبَر حي الموردة من أعرق أحياء أم درمان، حيث نجد في طرفه جامعة القرآن الكريم، ويوجد فيه مسجد الأدارسة الذي يضم ضريح الشيخ الحسن الإدريسي ونادي الموردة الشهير.

ركن أسامة السيارة في جانب الطريق في سوق السمك، وكانت رائحة السمك المشوي المختلطة برائحة السمك الطازج والتوابل تدلهم على أنهم وصلوا إلى مكانهم المقصود. ترجَّل الثلاثة وتوجهوا إلى صف من المطاعم الشعبية التي تبيع السمك المشوي والقراقير، وهو نوع من السمك صغير الحجم. وصل الثلاثة إلى محل صغير أمامه صاج ضخم أسود اللون يتربع فوق موقد مشتعل بالفحم. كان هناك شاب يلقي قطع من السمك البلطي المبهَّرة بالتوابل في الزيت الذي يغلي داخل الصاج، ثم يقلب السمكات بمغرفة طويلة من الألومنيوم. كان الشاب يخرج القطع التي نضجت ويضعها في صينية موضوعة في منضدة حديدية قصيرة، ثم يضع بدلًا منها قطعًا أخرى من السمك، وكان الشاب يدندن بأغنية شعبية معروفة كأنها تعويذة تخفف عنه لهيب النيران المنبعثة من الزيت المغلي.

جلس الشباب الثلاثة في مقاعد تُسمَّى "البنبر"، وهي مقاعد شعبية قصيرة دون مسند مصنوعة من الخشب، وتعلوها شبكة من الحبال المنسوجة بعناية لتشكل المقعد الذي يجلس عليه الضيف، وكانت أمامهم منضدة حديدية قصيرة. قام وليد من مكانه واتجه إلى الصينية التي يوضع فيها السمك الطازج واختار ثلاث قطع وطلب من الشاب أن يطهوها لهم، وطلب أيضًا طبقًا من السلطة والخبز الدائري الطازج. بعد مدة أحضر الشاب الأطباق ووضعها أمامهم، ثم أضاف طبقًا فيه خليط من فلفل مطحون مخلوط بالفول السوداني والليمون وقال: "بالهنا والشفاء"، ثم انصرف.

قال وليد ببراءة وهو يحمل ملعقة كبيرة من الشطة في يده:

- يا أسامة جرب الشطة دي، الجماعة ديل شطتهم ظريفة.

وقبل أن يتمكن سامي من تحذير أسامة كان وليد قد وضع الشطة كلها في قطعة السمك التي كان يحملها أسامة إلى فمه. تحوَّل وجه أسامة إلى اللون الأحمر، وسال العرق من رأسه ورمى اللقمة من فمه وهو يتأوه من الألم كأنه قد ابتلع قطعة من الجمر، فيما كان وليد يتلوى من الضحك. صاح سامي مناديًا الجرسون وهو لا يرفع نظره عن عيني أسامة اللتين كانتا ستخرجان من محجريهما:

- حرام عليك يا وليد.. مويا يا ولد.

قال سامي وهو يناول كأس الماء لأسامة الذي يحس بأن لسانه يلتهب:

- الجماعة ديل معروفين شطتهم زي نار جهنم، الملعقة دي تكفي أم درمان كلها.

وبعد فترة قال أسامة لوليد الذي كان لا يزال يضحك:

- انتظر يا وليد، بتشوف أنا حأعمل فيك شنو.

بعد أن انطفأت حرارة الشطة التي تناولها أسامة أكمل الشباب وجبتهم من السمك المشوي والخبز الساخن، ثم طلب وليد وأسامة زجاجتي بيبسي كولا معللين بأن البيبسي يهضم السمك، فيما اكتفى سامي بكوب من الشاي الأحمر عليه قطع من النعناع الأخضر. بعد ذلك قرر الشباب أن يكملوا سهرتهم في شارع النيل بمدينة الخرطوم، حيث توجد مقاهي عدَّة منتشرة على النيل، وركب ثلاثتهم السيارة مرة أخرى باتجاه مدينة الخرطوم. عَبَرَتِ السيارة من حي الموردة وسارت في الشارع المؤدي إلى كوبري الخرطوم، ونظر وليد خلال النافذة ليرى مبنى البرلمان وبجواره مسجد النيلين المبني على شكل جوهرة ضخمة، وقد بناه الرئيس الراحل جعفر النميري. عبرت السيارة كوبري الخرطوم الضيق الذي يربط بين مدينتي الخرطوم وأم درمان، ليبدأ بعدها شارع النيل الشهير الذي يمتد على طول النيل الأزرق، ويتجه شرقًا حتى يصل إلى حي بري الشهير في الخرطوم. نظر وليد إلى الجهة الجنوبية من الشارع فرأى الأضواء المنبعثة من فندق شهير وأمامه تمتد حديقة كبيرة ، ورأى عددًا من الأسر يجلسون على بساطات من البلاستيك، فيما يجري الأطفال بينهم ويلعبون في الأرضية المعشوشبة. وقبل وصول السيارة إلى مبنى قاعة الصداقة استدارت السيارة عائدة لتقف بجوار أحد المقاهي المطلة على النيل الأزرق، وترجل منها الشباب الثلاثة واختاروا منضدة بالقرب من ضفاف النهر.

جلس وليد ونظر إلى الأضواء الخافتة المنبعثة من جزيرة توتي التي تقع على ملتقى النيل الأبيض مع النيل الأزرق ليكوِّن الاثنان معًا نهر النيل. كان النيل الأزرق يجري أمامهم مندفعًا كفرس أصيل يركض من جبال إثيوبيا حاملًا معه الطمي (وهو السبب في تسميته بالأزرق)، فيما يتهادى النيل الأبيض مثل جمل بدوي يمشي بهدوء ورزانة قادمًا من سهول كينيا.

وعندما يلتقي الاثنان في مِنْطَقة المقرن يعترض النيل الأزرق باندفاعه مسار النيل الأبيض ويسد عليه الطريق في أنانية واضحة كأنه يقول له: "أنا سأدخل في مجرى النيل قبلك، أنا أسرع منك".

جال وليد ببصره في مكان التقاء النهرين وهو يرى الخط الفاصل بين مياه النيل الأزرق بلونها الداكن ومياه النيل الأبيض الصافية، في منظر يحبس أنفاس السياح الذين دائمًا ما يتساءلون عن السر وراء عدم امتزاج مياه النهرين.

سأل سامي بعد ما لاحظ شرود أخيه:

- وليد، سرحتْ وين؟

قال أسامة موجها حديثه لسامي:

- وليد أخوك واقع في ورطة كبيرة.

- ورطة شنو لا سمح الله؟

اعترض وليد:

- يا سامي ما تصدقه، أسامة واجعه مقلب الشطة بس.

قال أسامة بتشف واضح:

- وليد بيحب واحدة زميلتنا في الجامعة اسمها ريم، لكنْ بيخاف يتكلم معاها.

رد وليد منكرًا الاتهامات:

- أنا ما بخاف أتكلم معاها، بس ما جات فرصة.

عقَّب أسامة ليستفز صديقه:

- شُفت يا سامي؟ حيجيب ليك تبريرات.

سأل سامي شقيقه باهتمام:

- الكلام ده صح يا وليد؟ مين ريم؟

رد وليد بضيق:

- يا جماعة خلوكم في حالكم.

- وليد نحن عايزين نساعدك.

- يا خي أنتو الاتنين بتدوا نصايح ولا واحد فيكم خاطب ولا متزوج ولا عنده حبيبة.

- لكن عرفنا بنات قبل كده يعني عندنا خبرة. ولا شنو يا أسامة؟

- كلامك صح يا سامي. عندنا خبرة كبييييرة جدًّا جدًّا مع البنات.

قال وليد بنفاذ صبر:

- يا جماعة انتو ما فاهميني. أنا منتظر الفرصة المناسبة، يعني ما عايز أدخل غلط وألخبط الدنيا.

- وكيف يعني تلخبط الدنيا؟

- يا سامي افهمني، ريم دي من أسرة غنية وكمان سورية.

- سورية؟

- أيوه، يعني من جمهورية سوريا.

- هممم...

همهم سامي وهو يأخذ رشفة طويلة من كأس القهوة الذي كان يمسكه بيده ثم أضاف:

- عصرنا الراجل يا أسامة. وليد معاه حق، الموضوع ما ساهل.

في الكلية (إن حالت القوس فسهمي صائب)

كان وليد يجلس في مكتبة الكلية وأمامه عدد من المراجع يُدوّن منها في دفتر أزرق، مضيفًا ملاحظاته على الهامش. كان وليد مستغرقًا في القراءة بكل جوارحه بحيث لم ينتبهْ لحضور شابتين إلى منضدة أمين المكتبة في الجهة المقابلة من القاعة. كانت الشابتان هما شذى وريم.

- لو سمحت، فتشنا عن كتاب مبادئ التسويق للدكتور أحمد توفيق ما لقيناه في الرف.

قالت شذى وهي تتحدث لأمين المكتبة، وهو شيخ يضع نظارة طبية في إطارها كسر أصلحه بشريط لاصق. قال الرجل وهو ولا يرفع رأسه عن كمبيوتر أمامه:

- عندك رقم الاستدعاء؟

- أيوه تفضل.

ناولته شذى ورقة صغيرة عليها رقم استدعاء الكتاب الذي يستخدم في معرفة مكان الكتب ضمن أرفف المكتبات العامة. رد أمين المكتبة باقتضاب:

- الكتاب مُستلَف.

سألت شذى بتلهف:

- طيب الكتاب اللي بعده؟
- استلفه نفس الزول.
- مين اسمه؟
- اسمه وليد الكاشف. لازم تنتظروا لما يرجع الكتب الأسبوع القادم.

تنهَّدت شذى بيأس والتفتت إلى زميلتها ريم التي سألتها وهما يغادران المنضدة:

- مين وليد الكاشف؟ تعرفيه؟
- ده الولد اللي بيمشي مع أسامة فقيري. شاب طويل، حليوة كده.
- قصدك الشاب اللي قاعد هناك في آخر الصالة؟

أشارت ريم بطرف عينها إلى حيث يجلس وليد الذي لم يكن يظهر من جسمه سوى ظهره.

- أيوه هو. تعالي نكلمه.
- ويش راح نقل له؟ شذى.
- تعالي بس.

اقتربت شذى وريم من منضدة وليد ووقفتا أمامه، لكن وليد كان منغمسًا بين الكتب فتنحنحت شذى لتنبهه، وعندما رفع وليد بصره رأى ريم أمامه بشحمها ولحمها، وكانت تبتسم ابتسامة خجولة. همست شذى على الرغم من خلو المكان من الطلاب في تلك الساعة:

- كيف الحال. انت وليد؟

لم يدرِ وليد كيف يتصرف، فحاول الوقوف، ولكنه في الوقت نفسه قرر مدَّ يده للسلام، فكانت النتيجة أن اصطدمت يده بالكتب فأوقعتها،

فتمتم بكلمات اعتذار وهو يحاول رفع الكتب من الأرض. وبعد مدة خرجت بعض الكلمات من حنجرته فقال:

- عليكم السلام. أهلًا وسهلًا.

- أنا شذى عوض، ودي ريم مصطفى.

- أهلًا يا شذى مصطفى، قصدي يا ريم عوض... عفوًا يا عوض ريم... سوري قصدي يا شذى ريم.

ثم قال وليد أخيرًا باستسلام:

- ... يا الله... أهلًا يا بنات.

انفجرتِ الصديقتان في الضحك، فلم يتمالك وليد من أن يشاركهما بابتسامة خفيفة وهو يحاول جاهدًا استعادة رباطة جأشه.

قالت ريم بصوت سمعه وليد كموسيقى موزارت:

- الظاهر عليك دمك خفيف يا وليد.

- كلامك صح أنا فعلا أحب الهزار.

قالها وليد وهو يكتم سعادته الداخلية لأنها ظنت أن تلعثمه كان "مزحة" ابتدعها. قالت شذى وهي تعيد للحوار بعض الجدية:

- أمين المكتبة قال إنك استلفت كل مراجع مادة التسويق الأربعة.

رد وليد كأنه ينفي عن نفسه تهمة خطِرة:

- أيوه، بس حأرجعهم الأسبوع الجاي.

قالت ريم وهي تنظر إليه وفي عينيها رجاء صامت:

- بس نحن محتاجينهم عشان الاختبار.

رد وليد وهو يرفع الكتب في يده:

- حاضر، تفضلي الكتب كلها.

- بالجد؟ ولا كمان بتهذر؟

رفع وليد كتابين في كل يد وقال:

- خلاص، اختاري اللي يعجبك وخلي لي الباقي.

- شـو رأيك نستلف منك كتابين لدكتور أحمد توفيق ونخلي لك كتابين والأسبوع الجاي نعمل تبديل؟

- اللي تشوفيه أنا موافق.

- شكرًا، كلك ذوق يا وليد.

سكت وليد وناولها الكتابين، فتسلَّمتهما وشكرته، ثم نظرت إلى شـذى في إشارة إلى النية في الانصراف، فحيته شـذى ثم انصرفت البنتان من أمامه. تابعهما وليد بعينه وهما تبتعدان حتى انتبه إلى أنه ما زال واقفًا فجلس على كرسيه وقلبه يتراقص طربًا، وظل يجتر الحوار الذي دار بينه وبين ريم مرارًا وتَكْرارًا، ولم يفقهْ وليد أي كلمة بعد ذلك.

***

في الطريق إلى البيت حكى وليد لصديقه أسامة ما جرى في المكتبة. قال أسامة وهو يقهقه ضاحكا:

- يعني افتكرتك بتهذر؟

- يا رجل لما شفتها قدامي أسلاك مخي كلها دخلت في بعض.

قال أسامة وهو ما زال يضحك:

- ياريت لو كنت موجود كنت صورت المقطع ورسلته لي سامي.

- كله كوم وصوتها كوم يا أسامة.. بلبل، كروان.. كأنها بتغني مش تتكلم.

قال أسامة بلهجة جادة:

- تعرف حنمر على الصيدلية أول.

- ليش؟

- أشتري ليك فاليوم، انت ما حتنوم الليلة.

- أنا بس متمني فرصة أخلطها.

قال وليد كأنه يحدث نفسه، ثم التفت الى أسامة وقال:

- على فكرة تعرف من وين جات كلمة "خلط"؟

- عمي حسين درس في جامعة الخرطوم في السبعينيات، ومرة سألته عن أصل كلمة خلط، وقال لي زمان كافتريات الجامعة ما كان فيها خلاطات كهربائية، وكان يعصروا الليمون باليد. وبعدين في كافتيريا جابت خلاط كهربائي وصارت تبيع ليمون مخلوط بالكهرباء.

ثم ضحك أسامة وهو يكمل قصته قائلًا:

- وصار لما شاب يعزم واحدة زميلته على ليمون معمول بخلاط الكهرباء البنت كانت تفرح جدًّا، لأن سعره كان قرشين، والليمون العادي سعره قرش، وتتحول العزومة إلى جلسة رومانسية كأنه جاب ليها ورد أحمر، ومن هنا جات التسمية.

ضحك وليد ثم قال بعد مدة:

- تفتكر ده هو الحب يا أسامة؟

- دي حاجة انت بس اللي يعرفها يا صاحبي.

- يعني انت عمرك ما حبيت؟

- الحب ده في المسلسلات والأفلام بس.

- والله أنت نص عمرك ضايع.

***

بعد عدة أسابيع كان الطلاب على موعد مع أول اختبار في السنة الدراسية نظمه البروفيسور أحمد توفيق الذي وزع النتائج على الطلاب في المحاضرة التالية. قال البروفيسور موجها حديثه لطلابه:

- الاختبارات الدورية عليها 30% من نتيجة الامتحان النهائي، عشان كده عايزكم تذاكروا طول السنة، مش تنتظروا لنهاية السنة بس عشان تذاكروا.

ثم أضاف:

- الظاهر كتير من الطلاب ما يعرف كيف يعمل بحث من المراجع ولا دخل المكتبة. انتو مش في المدرسة الثانوية، انتو هنا في الجامعة.

قال البروفيسور بنبرة فيها خيبة أمل قبل أن تتغير نبرة صوته إلى التفاؤل وهو يقول:

- لكنْ في طالب أو اثنين شغلهم ممتاز.

سألت إحدى الطالبات:

- مين جاب أحسن درجة يا دكتور؟

ردَّ بروفيسور أحمد وهو يبحث بعينه بين الطلاب:

- في طالب اسمه وليد الكاشف؟ موجود؟

رد وليد وهو يرفع يده اليمنى:

- نعم يا دكتور.

قال البروفيسور موجها حديثه للطلاب:

- اسمعوا. أي واحد عايز يتعلم كيف يعمل بحث ممتاز يسأل وليد.

ثم توجه بنظره إلى وليد وأضاف:

- شغل ممتاز يا ابني. برافو عليك.

اتجهت جميع الأنظار إلى وليد الذي أحس بالدماء تتدفق إلى وجهه من الخجل، ثم تمالك نفسه وهو يحاول رسم ابتسامة على وجهه. بعد انتهاء المحاضرة هزه أسامة في كتفه وقال:

- ألف مبروك يا صاحبي.

- الله يبارك فيك. كيف نتيجتك؟

- أخذت معدل جيد.

- الحمد لله.

ثم أضاف وليد وهو يجمع أغراضه:

- خلينا نطلع نتغدى، الغداء عليَّ.

عندما وصل الصديقان إلى كافتيريا الكلية رأى وليد ريم منهمكة في حديث ضاحك مع شخص ما، وفي البداية ظن أنها تتحدث مع صديقتها شذى، ولكنه أحسَّ بغصة عندما وجد أن الشخص الذي يحدثها كان لم يكن سوى هاني خليفة، الشاب الذي تشاجر معه وليد في أول يوم في الجامعة.

المكر السيئ

تنهد الحاج محمد الكاشف وهو ينقل بصره بين الأرفف الخالية في دكانه، ثم استقر بصره على دفتر أزرق مكتوب عليه: "مبيعات تحت الحساب". كان دكانه يتوسط عددًا من محال بيع قطع غيار السيارات التي تتخللها ورش تصليح السيارات في المنطقة الصناعية بالخرطوم، التي تشتهر بوجود المصانع والورش بمختلف أنواعها وغير ذلك من الحرف.

دخل رجل في منتصف العمر يرتدي جلابية ويضع طاقية حمراء على رأسه. كان في مظهر الرجل شيء يُشعرك بعدم الراحة، لعلَّ ذلك الإحساس منبعه يده المتعرقة التي يمسحها باستمرار في منديل قطني متسخ، أو لعل عينيه اللتين تتحركان يَمْنة ويَسْرة كفأر يبحث عن قطعة طعام في مخزن مهجور.

- السلام عليكم حاج محمد.

- أهلًا يا عبد الباقي، تفضل.

جلس عبد الباقي بعد أن رمى السيجارة التي كان يدخنها احترامًا لصاحب الدكان.

- يا حاج محمد شايف ليك أكتر من ثلاثة شهور ما جبت بضاعة جديدة، والبضاعة البتخلص ما بتجيب غيرها.

- انت عارف حال السوق يا عبد الباقي.

- يا حاج محمد انت من أقدم التجار في السوق، والناس اللي جات بعدك عملوا ملايين وانت شغال تدِّين الصنايعية التعبانين.
- الصنايعية ديل عِشْرة سنين يا عبد الباقي وفاتحين بيوت، بس السوق ضاغط عليهم.
- بس أنا عندي ليك طريقة تضخ ليك السيولة وتملأ دكانك بالبضاعة وتصلح أحوالك.
- طريقة شنو يا عبد الباقي، حننهب البنك ولا شنو؟
- أبدًا، طريقة مضمونة يا حاج محمد. انت اسمك في السوق زي الدهب لكن ما مستفيد منه.
- كيف يعني؟
- يعني التجار بتثق فيك وممكن تدخل معاي في تجارة العربات وتكسب دهب.

هز الحاج محمد رأسه ثم قال:

- يا عبد الباقي أنا زول بتاع قطع غيار مالي ومال تجارة العربات؟
- مش قطع الغيار بتشغِّل العربات ياحاج؟

وضع عبد الباقي يده على صدره ثم واصل:

- أنا بارتب كل شيء؛ نشتري العربية بشيكات مؤجلة ونبيعها بالكاش بسعر أقل شوية، وأنت تستفيد من السيولة تشغلها في دكانك، ومن المبيعات تسدد قيمة العربية وتاخذ الأرباح.
- بس يا عبد الباقي...
- العملية مضمونة. في اليوم نفسه البتشتري العربية أنا باجيب ليك المشتري.

استطرد عبد الباقي وهو يمسح يده في منديله:

- دي فرصة ما عرضتها على زول غيرك لأنك أخوي الكبير وعايز ليك المصلحة. تتذكر موضوع زواج بنتك سهام؟
- أيوه.
- شفت كيف دبرنا الكاش لتكاليف الزواج؟ الأمور مشت والتجارة شطارة يا حاج.

سكت الحاج محمد هنيهة ثم قال أخيرًا:

- خليني أفكر في الموضوع.

كان الحاج محمد يعرف أن عبد الباقي السمسار محق في بعض أقواله، فقد اعتاد الحاج محمد مساعدةَ أصحاب الورش الصغيرة إذ يبيع لهم تحت الحساب ويسجل مديونياتهم في الدفتر الأزرق، وقد قارب الدفتر على الامتلاء بأسماء المدينين.

بعد مدة وافق الحاج محمد الكاشف على خطة السمسار عبد الباقي على مضض وقرر الدخول في عالم المضاربة في السيارات، وهي طريقة معروفة باسم "الكسر". في البداية سارت الأمور كما وصفها عبد الباقي، فقد رتب الأمور بحيث ذهب معه إلى سوق تجارة السيارات في الخرطوم بحري (الذي يسمى بسوق الكرين) لمعاينة السيارة الأولى من نوع تايوتا بيكاب، وبعد أن حرر الشيك بثمن السيارة بمبلغ 50 مليون جنيه، يستحق السداد بعد ثلاثة أشهر، جاء عبد الباقي بمشترٍ دفع مبلغ 47 مليون جنيه نقدًا، وأخذ عبد الباقي عمولته ميلون جنيه، وترك للحاج محمد الباقي، فاستثمَره في شراء بضاعة جديدة للمحل. حققتِ الصفقة ربحًا يقارب خمسة ملايين جنيه.

وتكررتِ الصفقات وازدهرت تجارة الحاج محمد، وفي يوم جاء عبد الباقي إلى محل الحاج محمد وانتظر حتى انتهى الحاج محمد من صلاة الظهر.

- حرمًا يا حاج محمد.

رد الحاج محمد وهو يحرك حبات المسبحة التي كان يحملها في يده:

- جمعًا يا عبد الباقي، تفضل.

- في زبون عارض عربية كامري بـ 90 مليون جنيه.

- مبلغ كبير يا عبد الباقي.

- بس أنا عندي مشتري حيدفع 85 مليون كاش، أنا مرتب كل شيء.

رتب عبد الباقي الصفقة، وإذ لم تعد هناك حاجة كي يذهب الحاج محمد إلى سوق الكرين، فقد فضَّل أن يبقي محله مفتوحًا فسلَّم الشيك لعبد الباقي الذي وعده بإحضار الكاش في آخر اليوم. وعندما حان موعد إغلاق المحل قال الحاج محمد في نفسه لا بدَّ أن عبد الباقي قد شُغِلَ بإجراءات الصفقة وسيرجع إليه في الصباح.

في صباح اليوم التالي انتظر الحاج محمد عودة عبد الباقي، لكنْ مر اليوم دون أن يظهر له أي أثر، فاتصل الحاج به ليجد هاتفه مغلقًا. اتصل الحاج بجميع معارف عبد الباقي لكنْ لا يعرف أحد أين ذهب. بعد يومين رنَّ جرس هاتف المحل، وعندما رفع الحاج محمد السماعة سمع صوتًا مألوفًا:

- السلام عليكم يا حاج محمد.

- سعيد طاحونة؟ كيف أخبارك.

- الحمد لله. أنا سمعت باللي حصل معاك، وعندي قريب في البوليس كلمته بموضوعك، وقال لي: عبد الباقي في القسم الشمالي الخرطوم عليه بلاغات شيكات كثيرة.

- عبد الباقي محبوس؟

- أيوه محبوس في القسم الشمالي.

أسرع الحاج محمد إلى قسم الشرطة الشمالي بالخرطوم، فوجد شرطيًّا برتبة وكيل عريف في قسم البلاغات وأمامه دفتر ضخم، وكان يكتب وأمامه كوب من الشاي الأحمر وسأله الحاج محمد:

- عندكم واحد اسمه عبد الباقي؟

- يا حاج وقت الزيارة انتهى. تعالَ الصباح.

- يا ولدي الموضوع ضروري. بس خليني أكلمه 5 دقايق بس.

- انت أبوه؟

- لا أنا طالبه قروش.

- انت برضو؟ الله يعوضك يا حاج، الظاهر عليك ضحية جديدة.

ارتشف الشرطي رشفة طويلة من الشاي وسكت هنيهة وبعدها قال:

- طيب، حاخليك تقابله، بس ما تتأخر.

- كتَّر خيرك يا ولدي.

أرشد الشرطي الحاج محمد إلى غرفة الحبس والتي يطلق عليها اسم "الحراسة"، وهي زنزانة لها باب من شبك حديدي ونافذة صغيرة. نادى الشرطيُّ عبدَ الباقي الذي حضر إلى البوابة ليجد الحاج محمد ينظر إليه مذهولًا.

- عبد الباقي؟ الحاصل شنو يا ولدي؟

- زي ما شايف بعينك: في الحراسة.

- وين قروش العربية؟

- يا حاج محمد قروش شنو؟ زي ما شايف أنا محبوس في قضايا شيكات يعني مفلس وقروشك مشت للداينين. لو عندي قروش كنت باقعد في الحراسة؟

- يعني ما حتديني قروشي؟

- يا حاج ما عندي ليك حاجة.
- ده آخر كلام عندك؟ أنا ما عايز أفتح ضدك بلاغ في الشرطة.
- أيوه آخر كلام. وأعلى ما في خيلك اركبه. أصلًا المحامي بتاعي عمل شهر إفلاس باسمي.

***

استغل وليد أول عطلة قصيرة في الجامعة ليساعد والده في العمل، وعندما دخل إلى المحل لاحظ الأرفف الخالية، ولكنه قال لنفسه لعل والده ينتظر تحسُّن الأسعار ليجلب بضاعة إلى المحل. لكنْ عندما كان وليد يُقلِّب دفاتر المحل عرف على الفور أن خطبًا ما قد ألمَّ بتجارة والده. وبينما كان وليد جالسًا وراء المكتب، جاء شاب سمين يحمل ظرفًا بنيًّا يحمل اسم عبد الله الجعلي المحامي، سلَّمه إلى وليد وانصرف بعد أن وقع وليد بالتسلُّم في ورقة صغيرة. وعندما فتح وليد الظرف وجده يحوي صورةً ضوئية من مستند أمر صادر من النيابة بالقبض على والده الحاج محمد الكاشف، وبرفقته إنذار من بخيت البلال، وهو تاجر السيارات الذي سلَّمه عبد الباقي السمسار الشيك الذي حرَّره الحاج محمد بمبلغ 90 مليون جنيه. كان المحامي في إنذاره يمهل الحاج محمد عشرة أيام لسداد قيمة الشيك المرتد وإلا سيضطر إلى تنفيذ أمر القبض وحبس الحاج محمد حتى استيفاء قيمة الشيك. حملق وليد إلى الأوراق كأنه يتمنى أن يستيقظ من النوم ليجد أن كل ذلك لم يكن سوى كابوس.

في اليوم التالي ذهب وليد لمقابلة التاجر بخيت البلال في سوق الكرين بالخرطوم بحري. كان المكتب مكتظًّا بالسماسرة وبعضهم أقارب بخيت كما يبدو من الشبه في الملامح. بالإضافة إلى الجلابية البيضاء كان بخيت يلبس عمة بيضاء كبيرة تجعل رأسه أكثر ضخامة من حجمه الطبيعي،

وكانت أصابع يده تزدان بخاتم ذهبي كبير، والساعة الذهبية التي يرتديها كأنها تغوص في لحم يده السمينة. قدَّر وليد أن بخيت في الغالب في الخمسينيات من عمره، وبعد أن جلس قبالته قال له مباشرة:

- أنا جاي بخصوص شيك الوالد الحاج محمد الكاشف.

- جبت معاك المبلغ؟

- انت أكيد سمعت بقصة عبد الباقي السمسار، أبوي ضحية للراجل المحتال ده.

رد الرجل بخشونة:

- شُوف يا ابني. أنا ما باعرف عبد الباقي، ولا يمكن أستلم شيك عبد الباقي. أنا عندي شيك أبوك، وقروشي عند أبوك.

- بس المبلغ كبير، اصبر علينا شوية لحد ما نجمع المبلغ.

- يا ابني أنا كان ممكن أحبس أبوك في الحراسة لحد ما يسدد المبلغ. لكنْ عملتُ حساب لاسم أبوك وسمعته واديتكم عشرة أيام ما بزيد فيه يوم واحد.

- بس عشرة أيام مدة بسيطة زي ما عارف.

- ده ما شغلي. اسمعني كويس: لو قروشي ما وصلت لي بعد عشرة أيام بحبس أبوك. يلَّا مع السلامة ما تعطلني ورانا مصالح.

تمنى وليد لو يلكم الرجل في فكه السمين، لكنه كظم غيظه وغادر المكان بسرعة عائدًا إلى المِنْطَقة الصناعية الخرطوم ليجد والده في انتظاره.

- يا وليد الراجل ما غلط هو بيطالب بحقه.

- والحل شنو يا بوي؟

- ما في حل غير نصفي المحل يا ولدي.

- كيف نصفي المحل يا بوي؟ خليني أكلم صلاح يساعدنا لحد ما الأزمة تمر.
- صلاح محمول وعنده أسرة، وما عايزين نتقل عليه أكثر من كده.
- طيب أكلم أعمامي؟ هم إخوانك وعندهم تجارة وحيساعدوك.
- الموضوع كله غلطتي أنا يا ولدي. للأسف أنا كنت عبيط وبعد السنين دي كلها اشتغلت في الكسر لما كسر لي ظهري.
- يعني مصر يا بوي؟
- يا وليد الناس كلها عندها مشاكل ونحن نحل مشاكلنا بنفسنا. بس اوعدني ما تجيب سيرة لإخوانك وأمك عشان ما يقلقوا.
- أوعدك يا بوي.

في تلك الليلة، وعلى غير عادته، أوى الحاج محمد الكاشف إلى فراشه قبل أن يصلي العشاء وأخبر زوجته بأنه يشعر ببعض التعب ويريد أن يرتاح. وفي نحو الساعة الثالثة صباحًا استيقظ وليد على صوت والدته وهي تصرخ فيه:

- وليد، الحق أبوك يا وليد.

في المستشفى

أسرع وليد إلى غرفة والديه ليجد أمه تضع رأس والده في حجرها وهي تبكي بحرقة. نظر وليد إلى أبيه فوجده يتنفس بصعوبة ويقبض صدره بيده والألم يظهر على وجهه. ساعد وليد والده على القيام من السرير ثم نقله إلى السيارة وأسرع به إلى قسم الطوارئ بمستشفى أم درمان. في الطريق إلى المستشفى نظر وليد من خلال مرآة السيارة بطرف عينه إلى المقعد الخلفي حيث كانت والدته تجلس مع والده وهي لا تزال تضع رأسه في حجرها. كانت تلك أول مرة ينتبه فيها وليد إلى شعور أمه تجاه والده؛ مع أنَّ وليد كان يدرك أن والديه يحبان بعضهما، فإنه لا يتذكر أن سمع أحدهما يصرح بذلك. كانت طريقتهما في التعبير عن الحب لا تعتمد على الكلمات وإنما على الأفعال، هكذا كان حال جيل والديه ولعل ذلك كان حال جيل والديهما أيضًا.

قال طبيب شاب يرتدي زي الأطباء الأخضر ويضع سماعات طبية حول رقبته:

- الوالد لازم يكون معانا تحت المراقبة لحد الصباح.

سأل وليد والقلق يبدو في صوته:

- عنده شنو يا دكتور؟
- ذبحة قلبية. دي أول مرة؟
- أيوه.

- ده دواء عايزك تشتريه من الصيدلية وتسلمه للممرضة.
- حاضر.

خطف وليد الروشتة من يد الطبيب وأسرع إلى صيدلية المستشفى لشراء الدواء، وعندما رجع وجد سهام قد أخته قد وصلت برفقة زوجها، وكانت سهام تبكي فيما يحاول زوجها تهدئتها.

- أبوي يا وليد.. أبووووي.
- أبوي كويس يا سهام. بس الدكتور عايزو يرتاح عشان كده حيبات في المستشفى.
- وين غرفته؟
- الدكتور منع الزيارة حاليًّا.
- أنا عايزة أشوف أبوي، ما دخلني.
- نقلوه لغرفة العناية المركزة وحيطلعوه الصباح.

في الصباح سمح الطبيب بنقل الحاج محمد إلى غرفة عادية، على أن يقتصر المرافقين على زوجته فقط، ولكنه سمح لسهام بأن تدخل الغرفة على ألا تحاول الحديث مع والدها وألا تطيل المكوث في الغرفة.

نظر وليد إلى ساعته قبل أن يتصل بشقيقه صلاح الذي بادره قائلًا:

- أهلًا يا وليد كيف حالكم وكيف أبوي وأمي.
- كلنا بخير يا صلاح. كيف أولادك؟
- الحاصل شنو يا وليد؟ ما عوايدك تتصل زي الوقت ده.
- أبوي عيّان شوية يا صلاح.
- أبوي عيّان؟
- أبوي في المستشفى جاتو ذبحة قلبية لكنِ الآن هو كويس.
- ممكن أكلمه؟

- الدكتور عايزو يرتاح شوية، يمكن بعدين العصر.
- العصر بكون في السودان إن شاء الله.
- يا صلاح ما تتعب نفسك وتخلي أولادك. نحن موجودين وبنغطي.
- ما بتقصر يا وليد، بس لازم أطمن بنفسي.

سكت وليد قليلًا ثم قال:

- طيب وريني متى بتصل عشان أنتظرك في المطار.

***

لوَّح وليد لشقيقه صلاح في صالة الوصول بمطار الخرطوم، وعندما التقى الشقيقان عانق كل منهما الآخر ثم ساعد وليد شقيقه الأكبر بأن حمل عنه حقيبته إلى السيارة الكورولا القديمة. عندما وصل وليد وجد عمه جلال في صالة المستشفى للاطمئنان على شقيقه، سلَّم صلاح عليه بسرعة ثم ذهب إلى غرفة والده. بعد مدة انفرد صلاح بوليد جانبًا وسأله وهو يهمس:

- ليه ما وديت أبوي لمستشفى خاص؟ بيلقى عناية أفضل.

سكت وليد مدة ثم أجاب:

- بصراحة يا صلاح الموضوع جاء فجأة وأبوي ما كان مخلي كاش في البيت.
- طيب نطلب من الدكتور يحوله.
- الممرضة قالت الدكتور حيمر يشوفه الساعة 6 مساء.

أحس وليد برغبة قوية في أن يخبر صلاح بكامل القصة، ولكنه تذكر وعده لوالده فسكت وهو يتمنى لو يستطيع أن يطلب من والده أن يعفيه من هذا الوعد، لكي يشرك أخاه في هذا الحمل الذي ينوء به.

في تلك الليلة رتب وليد وصلاح نقل والدهما إلى مستشفى النيل الأزرق، وهو مستشفى خاص في حي الملازمين، وذلك بغرض توفير أكبر قدر من الراحة والعناية لوالدهما. ظلت الحاجة ميمونة تلازم زوجها رغم إلحاح ابنتها سهام أن تترك لها تلك المهمة، أو أن تتناوب معها حتى تنال قسطًا من الراحة، ولكنَّ الحاجة ميمونة رفضتْ مفارقة زوجها.

في اليوم التالي أخذ وليد مفتاح المحل وذهب مبكرًا إلى محل والده حيث قضى نهاره يراجع في دفاتر والده ويدوِّن ملاحظاته في دفتر صغير كان يحمله معه. كان يريد أن يعرف كيف انتهى الأمر بوالده إلى تلك الحالة، وشيئًا فشيئًا بدأت الحقائق تتكشف أمامه. كان اسم عبد الباقي السمسار يرد في العديد من المذكرات التي كتبها والده بخط يده وبجانبها العمولات التي أخذها من والده. فجأة خطرت لوليد فكرة سارع إلى تنفيذها على الفور.

وصل وليد إلى محل سعيد طاحونة ووجده يجلس في ركن المحل منتظرًا وصول الزبائن، وعندما شاهد وليد قام مُرحِّبا ظنًّا منه أنه زبون ساقه الله إليه.

- السلام عليكم يا عم سعيد. أنا وليد ولد الحاج محمد الكاشف.
- عليكم السلام يا ولدي. كيف الوالد إن شاء الله أحسن؟
- الحمد لله بيواصل في العلاج.
- الله يجازيهم أولاد الحرام.
- قصدك منو يا عم سعيد؟
- عبد الباقي السمسار وجماعته.
- أنا عايز معلومات عنهم، تعرف شنو يا عم سعيد؟

- أنا ما بعرف كثير، لكن ولد أختي بُرعي ضابط في المباحث ممكن يساعدك.
- ممكن تديني رقمه يا عم سعيد؟
- رقمو مسجل في الدفتر داك يا ولدي، أنا عيوني تعبانة ما بشوف كويس.

قال عم سعيد وهو يشير إلى دفتر أصفر على منضدة قريبة ثم أضاف:

- انت بس قُل ليه أنا من طرف خالك سعيد، وهو ما بقصر معاك.
- بارك الله فيك يا عم سعيد.
- سلم على الوالد. ربنا يقومه بالسلامة إن شاء الله.

اتصل وليد بالملازم بُرعي فور مغادرته محل سعيد طاحونة. عندما عرف الملازم بُرعي أن خاله هو من دل عليه طلب من وليد الحضور إلى منزله في الساعة التاسعة من مساء اليوم نفسه. وصل وليد إلى منزل الملازم بُرعي في الثورة الحارة العاشرة بأم درمان، فاستقبله الأخير بترحيب، وأحضر له صينية الشاي. كان الملازم بُرعي شابًا متوسط الطول حليق شعر الرأس، له عينان ضيقتان ووجه لفحته الشمس. كان بُرعي معروفًا بين أقرانه بأنه من أكثر الضباط كفاءة، ولكنه كان قليل الكلام كأن كل كلمة تكلفه جنيهًا. أخبر وليد الملازم بملخص قصة والده مع السمسار وما وجده في دفاتر المحل. استمع الملازم بُرعي دون مقاطعة ثم قال له في نهاية اللقاء:

- تعالَ عندي يوم الخميس في الموعد نفسه حأكون جمَّعت المعلومات من المصادر.

في يوم الخميس وعندما كان وليد في طريقه لمقابلة الملازم بُرعي لم يكن يعلم أن ما أعده له الملازم بُرعي من معلومات سيقلب حياته رأسًا على عقب.

الغريم

نشأ هاني خليفة شابًا مدللًا وسط عدد من الشقيقات. كان والده يريده أن يدرس الإدارة لكي يساعده على إدارة تجارته، ولكنَّ هاني كان يكره الدراسة ويراها مضيعة لوقته، فاضطُرَّ والده إلى إغرائه بشراء سيارة مرسيدس جديدة ومصروف شهري يقارب راتب مدير جامعة الخرطوم وإجازة في تركيا. في أول يوم للجامعة كان هاني يخطط للسفر إلى تركيا، وعندما وصل إلى الجامعة ليكمل إجراءات التسجيل اتضح له أن عليه الوقوف في آخر الصف. كان هاني يكره الانتظار فحاول إقناع الشاب الذي يقف في أول الصف بأن يعطيه مكانه، ولو كلفه ذلك أي مبلغ من المال، ولكنَّ وليد الكاشف أفشل عليه مخططه وجعله ينتظر في آخر الصف كأنه نكرة من عامة الناس. لم ينسَ هاني ذلك الموقف من وليد.

عندما وزع البروفيسور أحمد توفيق نتائج الاختبار على هاني لم يشعر الأخير بالاستغراب عندما وجد علامة الرسوب في ذيل الورقة، فهو لم يدخل المكتبة ولا يعرف طريقها. لكنْ عندما سمع هاني البروفيسورَ يذكر اسم وليد الكاشف ويمدحه على مرأى من الجميع تغير وجهه، وأحس بغصة في حلقه.

ظلَّ هاني يبحث بين الطلاب عمن يستطيع التحكم فيه لتحقيق نزواته، فوجد ضالته في نزار. كان نزار شابًا قصيرَ القامة، وكان مُهوَّسًا بتتبع آخر

صيحات الموضة في حلاقة الشعر والملابس والإكسسوارات. قال نزار مخاطبًا هاني:

- كيف كانت نتيجتك؟
- أنا مش محتاج للشهادة، ولولا بابا مُصر ما كنت جيت أصلًا.
- أنا يا دوب أخذت علامة "مقبول".

تفحص هاني نزار من أعلى رأسه حتى أسفل قدميه، كأنه جزار يفحص خروفًا قبل شرائه ثم قال:

- انت محتاج للشهادة. لكن أنا لا.
- شفت الولد اللي اسمه وليد الكاشف؟ مخه زي الكمبيوتر.
- بلاش كلام فارغ. ده حظ بس، بكرة حيرسب وحتشوف.
- انت لسه متذكر قصة يوم التسجيل؟
- أنا عمري ما باسيب حقي وحأدفعه الثمن.
- ناوي تعمل شنو؟
- انت بس خلي عينك عليه ووريني أخباره أول بأول.

ثم أضاف وهو يخرج من جيبه محفظة حوافها مطرزة بالذهب:

- تفضل دي خمسة آلاف جنيه تشتري جينز جديد.
- قالها نزار وهو يمد يده ليتسلم الورقة النقدية ودسها في جيبه:
- يا هاني ما في داعي، أنا صاحبك وأخدمك بعيوني مجانًا.

***

في ذات صباح، بينما كان وليد في طريقه إلى المكتبة رأى وليد ريم وشذى تجلسان على أحد المقاعد المنتشرة في باحة الكلية، فاستجمع شجاعته واقترب منهما وحياهما مبتسمًا.

- السلام عليكم.

ردت شذى وهي تفسح له مكانا ليجلس بالقرب منها:

- أهلًا يا وليد تفضل.

قالت ريم وهي تبتسم ابتسامة خفيفة:

- نحن حابين نشكرك إنك عطيتنا المراجع تبعتك. وكمان مبروك
ع نتيجة الاختبار.

رد وليد بخجل بعدما جلس:

- أنا ما سويت حاجة.

سألت شذى برجاء:

- ممكن نطلب منك طلب يا وليد؟

قال وليد بحذر:

- لو أقدر ما أتأخر.

- ممكن تساعدنا في الدروس؟ الرياضيات صعبة علينا أنا وريم
وتاعبانا خالص فلو ممكن تشرح لينا وتذاكر معنا؟

رد وليد وهو ينظر إلى ريم، كأنه يقصدها وحدها بكلامه:

- من عيوني.

- متى يناسبك؟

- في موسم الامتحانات أنا كل يوم في المكتبة من الساعة 2 لحد 9
مساء. ممكن نبدأ الأربعاء.

- الأربعاء الساعة 3 ظهر في المكتبة؟

- اتفقنا.

شعر وليد براحة خفية لا تنبع فقط من الفرصة التي كان ينتظرها لكي
يتحدث مع ريم، لكنْ أيضًا لأن الوقت الذي اختارته الفتاتان كان بعد زمن
وجبة الغداء، وذلك حتى لا تعرف الفتاتان أنه يذهب لتناول وجبة الغداء

في سفرة داخلية الطلاب التي تُقدِّم وجبات مجانية للطلاب. كان وليد يعرف أن ما يحمله في جيبه من نقود قليلة سيخذله إن اضطُرَّ إلى الذَّهَاب معهما إلى الكافتيريا.

في يوم الأربعاء الموعود أراد وليد أن يلبس أفضل ما عنده من ملابس، وجلس ينظر إلى الخيارات القليلة في خزانة الملابس. تمنى وليد لو كان يستطيع أن يطلب من والده نقودًا لشراء ملابس راقية كالتي يلبسها أقرانه في الجامعة، ولكنه كان يعرف أن ذلك سيرهق ميزانية والده الذي يحاول جهده توفير الأساسيات للأسرة. وبعد مدة اختار قميصًا أزرق ليتناسب مع بنطال الجينز الوحيد الذي يملكه، وعندها وعد وليد نفسه بأنه سيحقق لنفسه الثروة التي ستؤمِّن له ولأسرته جميع ما يحتاجون إليه.

بعد نهاية آخر محاضرة أسرع وليد إلى مبنى داخلية الطلاب العتيق الذي يضم السكن الداخلي للطلاب الذكور، دخل وليد من البوابة التي تحرسها شجرتا نيم عملاقتان واتجه إلى مبنى سفرة الطعام، وهو صالة ضخمة مسقوفة بالزنك، واختار لنفسه صينية طعام من الألومنيوم المصقول تعلوها فراغات لوضع الطعام، وسحبها على شريط مستطيل من المعدن المصقول يلاصق مناضد حديدية يقف خلفها عدد من عمال المطبخ ويحمل كل منهم في يده مغرفة كبيرة وبجواره آنية طعام عملاقة. مرر وليد صينيته أمام العامل الأول فوضع الأخير كمية من البطاطس المطبوخة مع اللحم في إحدى فراغات الصينية، ثم مررها وليد للثاني الذي وضع فيها كمية من السلطة، فيما ناوله الأخير قطعة من الخبز التوست، فأخذ وليد غنيمته وتوجه بها إلى منضدة قريبة وجلس يتناول طعام الغداء بهدوء.

بعد الغداء ذهب وليد إلى مسجد الجامعة ليصلي الظهر، ثم عاد إلى موقعه المعتاد في مكتبة الكلية، ووضع حقيبته التي يضع فيها كتبه

وكراساته على المنضدة، ثم أخرج عتاده. وقبل أن يشرع وليد في الدراسة نفخ في راحة يده اليمنى ليتأكد أن رائحة البطاطس المطبوخ لم تتسلل إلى رائحة نفسه، ثم نظر إلى حذائه وأخرج قطعة قماش من حقيبته ومسح حذاءه بسرعة قبل أن يعيدها بخفة إلى مكانها: الآن يستطيع أن يركز في الدراسة.

في الساعة الثالثة حضرت شذى وريم واتجهتا مباشرة إلى حيث يجلس وليد. قام وليد من مكانه ليحييهما مبتسمًا، ثم همس قائلًا:

- الأفضل نروح قاعة المحاضرات عشان نتكلم براحتنا.

- فكرة معقولة.

ردت ريم، ثم جمع وليد أغراضه في حقيبته وغادر الثلاثة قاعة المكتبة، وتوجهوا إلى قاعة محاضرات السنة الأولى. كانت القاعة خالية من الطلاب إلا من طالبتين في ركن قصي من القاعة كانتا تناقشان مادة دراسية.

جلس وليد بين ريم وشذى حتى تتاح للفتاتين متابعة ما يكتب ويقول، فيما كان وليد يقدم شرحه للدرس كان يكتب في دفتر أمامه، وكان يرسم خطوطًا ورسومًا مع كتابات بخط دقيق منسق، بين الفينة والفينة كان يتوقف ليستمع لملاحظاتهما، ويجيب عن أسئلتهما. بعد مدة من الشرح سألت ريم بفضول:

- وليد ممكن أسألك؟

- تفضلي.

- انت كيف بتدرس؟ بدي أتعلم طريقتك في الدراسة.

- بس اللي يناسبني يمكن ما يناسب غيري.

سألت شذى:

- أنا كمان عايزة أعرف يا وليد. ولا هو سر؟

- الموضوع بسيط جدًّا. قبل المحاضرة بأكون درست موضوع المحاضرة وجهزت أسئلة عنه، وفي يوم المحاضرة باطرح أسئلتي لو البروفيسور ما شرحها، وفي خلال 24 ساعة من المحاضرة باكون راجعت الدرس.

سكت وليد قليلًا ثم واصل وهو يعدد بأصابع يده:

- يعني الطريقة: (أ) قبل المحاضرة و(ب) في أثناء المحاضرة و(ج) بعد المحاضرة.

سألت ريم بفضول:

- بس كده معقول؟

- مش عارف صراحة. في شي بيخليها تنجح معاي بس مش قادر أحدده.

قالت شذى بسرعة:

- يمكن السرعة.

ثم عقبت ريم قائلة:

- ويمكن التركيز.

***

في طريق عودتهما من الجامعة، وبينما كان الصديقان في سيارة أسامة، قصَّ وليد على صديقه أحداثَ ذلك اليوم باقتضاب.

- يعني ما حصل خلطتها؟

- المشكلة صاحبتها شذى دائمًا معاها، يعني لو في خلطة لازم أخلطهم الجوز، انت لازم تساعدني.

- أساعدك بشنو؟

- شذى، تعالَ فكني منها.

- والله حسابك تقل معاي يا سبع البرمبة. أوصلك بعربيتي كل يوم، وكمان أنظف ليك الجو عشان تخلط.
- قُل الحمد لله إني بأونسك في الطريق، بعدين نسيت إني بأساعدك في المذاكرة والاختبارات؟
- خلاص بكرة خليك جاهز يا قيس بن الملوَّح. خلي موضوع شذى عليَّ.

في اليوم التالي نفَّذ الصديقان خطتهما، فبينما كان الأربعة يجلسون في فناء الكلية بعد انتهاء المحاضرات، دعا أسامة شذى لتصحبه إلى متحف التاريخ الطبيعي الذي يقع على مسافة قريبة من الجامعة. وافقت شذى وغادرتْ مع أسامة، وبذلك أتيحت لوليد أول فرصة لكي ينفرد بالحديث مع ريم. لكنْ لم يدرْ بخلد وليد أن هناك شخصًا ما يضمر له الشر كان يراقبه من مكان خفي.

تقطع أعناقَ الرجالِ المطامعُ

عندما حضر وليد إلى منزل الملازم بُرعي في يوم الخميس وجد الملازم ينتظره وعلامات الجد على وجهه. قدَّم له الملازم بُرعي كأسًا من الشاي والماء، وبعدها قال:

- أنا خايف الوالد يكون وقع ضحية عملية نصب كبيرة.

- كيف يعني؟

- عبد الباقي السمسار اتضح أنه "جوكي".

- يعني شنو جوكي؟

- يعني شخص بيكون في الواجهة عشان يعمل تمويه عن شخص آخر مُشغله.

- مين اللي مشغل عبد الباقي؟

- بخيت البلال نفسه، بخيت هو الرأس المدبر وهو خطط لكل شي.

- ممكن توضح أكثر.

- بخيت وجماعته بيختاروا ضحاياهم بعناية: شخصية معروفة في السوق وعندها سمعة وأصول مالية.

سكت الملازم بُرعي هنيهة ثم أضاف:

- بيجي شخص جوكي يعرض على الضحية يشتغل معاهم في تجارة العربات بالشيكات المؤجلة، ويقنع الضحية إن عنده مشتري

جاهز، بحيث الضحية يكتب شيك بمبلغ أكبر بتاريخ مؤجل، والمشتري يدفع كاش بمبلغ أقل، غالبًا الضحية بيكون محتاج للكاش.

- وبعدين؟

- في البداية يغروا الضحية بنجاح التجارة لحد الضحية يطمّن ليهم، وبعد ما يكتب شيك بمبلغ كبير يختفي الجوكي بالكاش. وفي الوقت نفسه هم يطالبوا الضحية بقيمة الشيك اللي كتبوا ليهم، ولو ما سدد يفتحوا بلاغ في الشرطة بالشيك المرتد، ودائمًا الضحية بيخاف على سمعته ويتفادى الفضائح فيضطر يدفع ليهم.

صمت الملازم بُرعي هنيهة ثم رفع رأسه ونظر إلى وليد وهو يقول:

- وده اللي حصل مع الوالد، يعني القصة من بدايتها مرتبها بخيت، وهو اللي رسل عبد الباقي للوالد.

- لكن عبد الباقي في الحبس.

رفع الملازم بُرعي سبابته اليمنى ثم قال:

- هنا مربط الفرس، بيكون في جوكي تاني مشغلو بخيت وهو اللي فتح البلاغ ضد عبد الباقي عشان الضحية ييأس من ملاحقة عبد الباقي، ويقتنع إن ما في حل غير الدفع، وكمان عشان يبعد الشبهات عن عبد الباقي. وبعد الضحية يدفع المبلغ، الجوكي الثاني يتنازل عن البلاغ، وعبد الباقي يطلع من الحراسة وتدور القصة مع ضحية جديد.

- خطة شيطانية.

- للأسف بخيت إنسان حريص وصعب نلقى عليه دليل يدينه.

- والحل شنو؟
- أنصحك تشوف ليك محامي شاطر.
- بس المحامي محتاج قروش وأنا كل المعاي محتاجه لمصاريف علاج الوالد.
- والله ظرف صعب، ربنا يسهل عليك يا وليد.

سكت وليد هنيهة وفي النهاية وقف وهو يقول مودعًا:

- ألف شكر يا سعادة الملازم. كتر خيرك.

بعد أن غادر وليد منزل الملازم بُرعي رجع إلى المستشفى ليطمئن على صحة والده. نظر إلى والده المسجى على السرير وهو يشعر بمزيج من الحزن والغضب، وهو يلوم نفسه على تقصيره في حماية والده. كيف حدث كل هذا في غيبته؟

في اليوم التالي لم يذهب وليد إلى مكتبة كليته، وإنما توجه إلى مكتبة كلية القانون. قال وليد لنفسه حتى إن توفر المال لدفع أتعاب المحامي، فإنه سيحتاج إليه لمواجهة مصروفات المستشفى وعلاج والده، ولذلك قرر الاعتماد على نفسه، تذكَّر وليد فيلمًا سينمائيًا بحث فيه البطل بنفسه عن القانون وقرر تطبيق الفكرة، وبذلك قضى وليد يومه في البحث بغرض فهم طريقة عمل الشرطة والمحاكم وَفْقَ ما سمعه من الملازم بُرعي عن جريمة الاحتيال وجريمة الشيكات المرتدة. كان على وليد أن يستخدم مهاراته في البحث ضمن مجال غير مألوف وبعيد عن إدارة الأعمال، وبينما وليد في المكتبة سمع صوت أسامه يأتيه من خلفه ويقول له:

- وليد؟ بتعمل شنو هنا؟
- انت كيف عرفت مكاني؟

- عم عوض الله الفرّاش شافك وأنت بتدخل كلية القانون، ولما سألته إذا شافك دلاني على مكانك. بتعمل شنو في كلية القانون؟
- باذاكر.

قال أسامة وهو يشير للكتاب المفتوح أمام وليد:

- بتذاكر في القانون الجنائي؟ بتضحك عليَّ؟

ولكنَّ وليد سكت ولم يرد، ثم قال أخيرًا:

- أنا وعدت الوالد ما أجيب سيرة لأي زول حتى إخواني.
- أنا صاحبك، مش أخوك.

وبعد تردد سرد وليد القصة كلها على صديقه.

- أنا مقدر ظرفك يا وليد. لكن كان مفروض كان تكلمني من الأول عشان أقيف معاك.
- والله يا أسامة حوادث كثيرة حصلت في وقت واحد. الوالد في شبه غيبوبة، والمجرمين ديل استغلوه وأنا ما قدرت أحمي الوالد منهم.
- يا وليد ما كان في يدك حاجة تعملها، ما تظلم نفسك.

قال أسامة وهو يربِّت ظهرَ صديقه مواسيًا، ثم أضاف:

- على العموم تعال معاي.
- على وين؟
- لمكتب أستاذ راشد المحامي. هو صديق الوالد ومحامي الشركة وحيشوف لنا حل.
- كم تفتكر بيأخد أتعاب؟
- ركز انت على علاج الوالد وخلي الأتعاب عليَّ أنا. يلَّا بينا.

لم يترك أسامة لصديقه مجالًا للحديث وأخذه من يده تجاه سيارته. بعد مدة وصل وليد وأسامة إلى بناية عتيقة في شارع الجمهورية بالخرطوم،

وترجل الاثنان من السيارة واتجها إلى سلم البناية. وصل الاثنان إلى شقة في الطابق الثالث ذات باب خشبي في وسطه لافتة مكتوب عليها بخط أسود أنيق "راشد عبد الكريم - محامٍ وموثق عقود". كان في استقبالهما رجل في أواخر الأربعينيات يلبس قميصًا أبيض ورابطة عنق زرقاء مُقلَّمة، عانق الرجل أسامة بحرارة ثم سلَّم على وليد ودعاهما إلى الجلوس.

- شاي ولا قهوة؟

- شكرًا يا أستاذ راشد، ما في داعي.

- ما ممكن.

- خلاص شاي.

أشار الأستاذ راشد بيده إلى فرَّاش المكتب لكي يُحضِر الشاي لثلاثتهم. حينما شرع وليد في شرح قصته للأستاذ راشد المحامي كان الأخير يستمع وهو يسجل ملاحظات في دفتر كبير أمامه. لاحظ وليد أن المحامي يكتب بخط تصعب قراءته كأنه لغة مروي القديمة. كان يستوقف وليد بين الفينة والفينة لاستيضاح مسألة ما. في النهاية قال الأستاذ راشد لوليد:

- أول خطوة حنحتاج توكيل من الوالد.

- لكن الوالد في المستشفى ما يقدر يجي.

- أنا بجهز الورق وأمشي عنده آخذ توقيعه، الأفضل يعمل ليك توكيل شامل عشان حالته الصحية.

- بس كدا غلِّبناك يا أستاذ راشد.

ربت الأستاذ راشد على ساعد وليد ثم قال وهو ينظر ناحية أسامة:

- انت صاحب أسامة، وأسامة حبيبنا وغالي علينا.

- كتر خيرك. والخطوة الثانية؟

- الموضوع معقد، لكنْ عنده مخرج واحد.

- المخرج شنو يا أستاذ؟

أطرق الأستاذ راشد برأسه قليلًا ثم رفع رأسه وقال:

- الجماعة ديل بيضغطوا على الوالد من خلال بلاغ الشيك المرتد، يعني ده السلاح البيستخدموه ضد الوالد.

- أنا مشيت لبخيت البلال، لكن طردني من مكتبه.

- عشان كده لازم نشيل السلاح من يدهم ونحول البلاغ لنيابة الثراء الحرام والمشبوه.

- كيف يعني؟

- في البلاغ الحالي بخيت هو الشاكي والوالد هو المتهم. البيعملو بخيت ده مخالفة لقانون الثراء الحرام والمشبوه، وفي نيابة متخصصة للتحري والتحقيق في المواضيع اللي زي دي.

ثم أضاف الأستاذ راشد وهو يلوح بيده:

- لو حولنا البلاغ للنيابة، حتكون النيابة هي الشاكي وبخيت والوالد بيكونوا هم المتهمين والنيابة حتحقق معاهم وتحدد أصل التعامل وأصل المبلغ، وأي زيادة عن موضوع التعامل يعتبر ربا وتعطيهم مهله للتحلل.

- يعني الوالد برضو حيكون متهم؟

- هو في الحالتين متهم، لكنِ الفائدة في الخيار التاني أننا حنغير الموقف القانوني بتاع بخيت البلال من شاكي إلى متهم يعني، يعني حنشيل منه السلاح البيهدد بيه الوالد.

- طيب لو هو رفض التحلل؟

- التهمة دي عقوبتها 10 سنوات سجن مع مصادرة الأموال.

تراجع الأستاذ راشد في مقعده ثم قال بلهجة جادة:

- لو النيابة واصلت البلاغ الموضوع ده حيضرب شغل بخيت البلال في الصميم، لأن الناس حتعرف حقيقته وحيخسر كل شيء. عشان بخيت وعبد الباقي يتحللوا من البلاغ لازم يردوا الأموال اللي أخدوها منكم.
- طيب يا أستاذ متى نبدأ؟
- انتظرني بكرة في المستشفى حاجهز الأوراق وأشوف الوالد أطمن عليه وآخد توقيعه.
- على بركة الله.

***

في اليوم التالي حضر المحامي راشد إلى المستشفى، وكان يحمل في يده حقيبة سوداء أخذها معه إلى غرفة الحاج محمد الكاشف.

- ده الأستاذ راشد المحامي اللي كلمتك عنه يا أبوي.

قال الحاج محمد بصوت واهن موجهًا حديثه إلى المحامي:

- أهلًا يا ولدي. تعبناك معنا.

رد الأستاذ راشد بلطف:

- ألف سلامة عليك يا عمي، أجر وعافية إن شاء الله.
- الأستاذ راشد محتاج توقيعك يا بوي.

أخرج راشد مستندًا من حقيبته، وتلاه على الحاج محمد.

- فهمتْ معنى التوكيل يا عمي؟
- أيوه يا ولدي.
- وموافق توكل ولدك وليد؟
- وليد سندي وعكازتي يا ولدي.
- خلاص ممكن توقع هنا؟

بعد أن خرج راشد المحامي من الغرفة عرض مستندات أخرى على وليد وبعدها طلب منه التوقيع عليها ثم قال له:

- عايزك تنتظرني بعد بكرة الساعة 9 صباحًا أمام مكاتب نيابة الثراء الحرام. جاهز؟
- إن شاء الله.

بعد ذَهَاب المحامي راشد، جلس وليد وحيدًا في فناء المستشفى يفكر في كيفية التعامل مع البلاغ المفتوح ضد والده. ظل عقله يعمل بسرعة وهو يقلب الأمور، وفجأة لمعت عيناه عندما خطرت له فكرة شرع في تنفيذها على الفور. اتصل وليد بصديقه أسامة قائلًا:

- محتاج مليون جنيه كاش ومن فئة واحدة.
- حاضرين، بس ليه؟
- حأوريك بعدين.

رد وليد ثم أضاف:

- انت عارف تليفوني موديل قديم وأنا محتاج موبايل تسجيله قوي.
- وليد حيرتني، الحاصل شنو؟
- قلت ليك بوريك لما أجي عندك.

عندما وصل وليد إلى منزل أسامة وجد الأخير قد جهَّز المبلغ، ووضع هاتفه الفاخر من نوع سامسونج على المنضدة أمام وليد، لكن بدلًا من أن يشرح الأمر طلب منه وليد طلبًا أشد غرابة.

- عايز باكتة ورق ومقص.

غاب وليد ثم عاد وبيده مقص وباكتة ورق. عندها أخبره وليد بخطته.

***

في اليوم التالي ذهب وليد إلى القسم الشمالي وطلب مقابلة عبد الباقي وقال له حالما رآه:

- السلام عليكم يا عبد الباقي. أنا وليد ابن الحاج محمد الكاشف.
- لو جاي عشان أرجع ليكم 85 مليون بتاعة الوالد ما تضيع وقتك. أنا ما عندي ليكم حاجة، والقروش بعد ما استملتها من المشتري شالها مني زول طالبني قروش اسمه أبو القاسم ورماني في الحبس زي ما شايف بعينك.

ابتلع عبد الباقي ريقه ثم أضاف:

- أحسن شوف أهلك وجمّع منهم قروش بخيت البلال.
- أنا عارف. الوالد أصلًا كلمني، وأنا جاي في موضوع تاني فيه مصلحة ليك.
- موضوع شنو؟
- تعرف الأسرة ما ممكن تخلي الوالد يدخل الحبس، وهو راجل كبير في السن، وكمان تخرب سمعة العايلة.
- أيوه، الموضوع خطير وقضية الشيكات خطيرة، ما في حل غير تدفعوا.
- نحن جهزنا مبلغ الشيك بتاع بخيت البلال، لكنْ ناقص مبلغ بسيط عايزين تتوسط لينا عند بخيت يمهلنا شهر وعمولتك محفوظة.

ثم واصل بصوت هامس وهو يفتح طرف الحقيبة التي كان يحملها في يده لتظهر من الفتحة رزم من البنكنوت مرصوصة بعناية:

- شوف هنا.

بعدها رفع وليد إحدى هذه الرزم بيده دون أن يخرجها خارج الحقيبة. زاغت عينا عبد الباقي وهو يرى منظر النقود وسال لعابه دون أن ينتبه ثم قال:

- عمولتي كم أول شيء؟
- لو قدرت تقنع بخيت البلال يمهلنا شهر حنديك مليون جنيه.
- مليون شوية، وبعدين الموضوع عايز شغل كتير مع بخيت لأن شهر مدة طويلة.
- نحن جمعنا من أعمامي ومن الأهل مبلغ 80 مليون وناقص لينا عشرة مليون محتاجين شهر نجمعها.

قاطعه عبد الباقي بسرعة:

- شوف يا وليد. تدفع لي 5 مليون وأنا حأخلي بخيت يمهلكم شهر زي ما طلبت. بس انت جهز الكاش.
- طيب خليها 2 مليون.
- شُوف يا وليد عشان خاطرك 3 مليون، وده آخر كلام. ما تنسى أبوك عليه أمر قبض وممكن يدخل الحبس.
- خلاص اتفقنا 3 مليون لكنْ في مشكلة صغيرة.
- مشكلة شنو؟

هز وليد رأسه وقال:

- تعرف أعمامي هم الحيدفعوا المبلغ وحيقولوا لي كيف تضمن أن عبد الباقي حيقنع بخيت يمكن بخيت ما يسمع كلامك.
- من الناحية دي طمنهم بخيت بيسمع كلامي ولو عايزين يطمنوا أكتر باخلي بخيت يكتب ليهم موافقة على التأجيل بخط يده. أصلًا أنا وبخيت شغالين مع بعض 7 سنين. بس جهزوا الكاش.

- والله طمنتني يا عبد الباقي. لكنْ تعرف أعمامي ما بيعرفوك فقبل ما يدفعوا 3 مليون عايزين يطمنوا شوية.

- طمنهم شديد والموضوع ده أنا بازبطه ليكم تمام، ما تشيل هم.

- كتر خيرك خلاص بعد بكرة حامر عليك حاسلمك عمولتك والمبلغ الجهزناه من مبلغ الشيك بس جيب معاك رسالة التأجيل من بخيت البلال بس عشان أطمن أعمامي.

قال عبد الباقي وهو يربِّت بيده صدرَه بثقة:

- الموضوع ده اعتبره منتهي، أنا أصلا متواصل مع بخيت كل يوم.

عندما خرج وليد من القسم الشمالي ركب في السيارة التي كانت في انتظاره وأخرج الهاتف الذي استعاره من أسامة والذي كان في وضعية التسجيل طوال مدة حواره مع عبد الباقي. بعد ذلك فتح وليد الحقيبة وأخرج الورقة الأولى من كل رِزْمة من رزم البنكنوت، ليتضح أن ما تحتها أوراقًا بيضاء. رفع وليد إبهامه في علامة الفوز ثم قال:

- الصِّنّارة غمزت يا صاحبي وعبد الباقي بلع الطعم.

- يعني خليته يعترف؟

- اسمع التسجيل.

أدار وليد بعدها التسجيل من الهاتف ليستمع أسامة للحوار بين وليد وعبد الباقي في ذهول. بعد ذلك اتصل وليد بالأستاذ راشد المحامي.

- آلو؟ أستاذ راشد؟

- أهلًا يا وليد كيف أخبارك؟

- عندي حاجة عايزك تسمعها.

ثم أدار وليد جهاز التسجيل مرة ثانية لكي يستمع الأستاذ راشد للحوار مع عبد الباقي.

- رأيك شنو أستاذ راشد؟

- برافو عليك يا وليد. كيف جاتك الفكرة دي؟

- المثل يقول "الطمع ودر ما جمع" يا أستاذ راشد. أنا كنت عارف إن الطمع في العمولة حيخلي عبد الباقي يتكلم، والبركة في أسامة ما قصر ساعدني بالكاش والتلفون.

- ضربة معلم يا وليد، ما شاء الله عليك.

- ده مش كل شي.

- في حاجة تاني؟

- أنا مجهز صور من تعاملات عبد الباقي مع الوالد طلعتها من دفاتر المحل. وإيصالات العمولات الوهمية اللي تسلَّمها عبد الباقي من الوالد كل المبالغ طالعة من حساب المحل لحساب عبد الباقي في البنك.

- تعالَ عندي في المكتب انت وأسامة فورًا، وجيبهم معاك خليني أدرسهم عشان أقدمهم بكرة لوكيل النيابة.

- مسافة السكة.

جلسة سمر

عندما ذهب أسامة مع شذى لزيارة متحف التاريخ الطبيعي جلس وليد وريم وحدهما لأول مرة، وحينها نسي وليد العالم الخارجي من حوله. قال وليد وهو ينظر إلى ريم مبتسمًا:

- احكي لي شوية عن نفسك.

- شو بدك تعرف؟

- مين هي ريم مصطفى، و شنو قصتها؟

- أنا إنسانة بسيطة أحب الحياة وأحب التنس والتاريخ.

- وبابا وماما ما تحبيهم؟

قال وليد ممازحًا، وردت ريم ضاحكة:

- طبعًا أحبهم، وأحب أختي لورا كمان.

- عندك غيرها؟

- هي أختي الوحيدة، ونحن أسرارنا مع بعض، وهي في السنة الثانية في كلية الطب.

- من وين في سوريا؟

- من مدينة حلب، ونسكن في حي اسمه منتزه السبيل.

- كيف جيتو السودان؟

- بابا بيشتغل في منظمة الفاو وهي تابعة للأمم المتحدة، وبحكم شغله نقلوه للسودان قبل سنتبن.

- كيف لقيتي السودان؟

سكتت ريم برهة ثم قالت:

- سمعت بقصة العُميان والفيل؟

- لا، أحكي لي قصتهم.

- كان في ثلاثة رجال عميانين وعمرهم ما شافوا الفيل. في يوم جابوهم في غرفة وجابوا الفيل وطلبوا منهم يتحسسوا الفيل مِشان يتعرفوا عليه.

- وبعدين؟

- بعدين سألوا الأول كيف شفت الفيل؟

- شنو كان رده؟

- قال لهم الفيل حيوان رفيع مثل العصا، طبعًا هو كان لمس ذيل الفيل فقط.

- والثاني؟

- الثاني قال إن الفيل حيوان مثل الثعبان، طبعا هو لمس الخرطوم.

- والثالث؟

- الثالث قال إن الفيل مثل البرميل، هادا مبّين لمس بطن الفيل.

لمستْ ريم شعرها بيدها وضحكت ضحكة خفيفة ثم واصلت حديثها:

- معنى القصة يا وليد إن لازم نشوف الصورة الكاملة عشان نعرف، ها دولي الثلاثة ما كذبوا، لكنْ إجاباتهم غلط لأنهم لمسوا جزء واحد من الفيل.

سكتت ريم ثم واصلت:

- القصة نفسها تنطبق ع السودان.

- قصدك شنو؟

- قبل ما نجي السودان كنا نسمع عن الحرب في دارفور، والناس عم تحكي أن البلد مش أمان، لكنْ لما جينا السودان بابا بيقول إن الخرطوم أكثر مدينة بيحس فيها بالأمان ع بناته.

- انتِ قلتِ إنك تحبي التاريخ.

- أيوه بس تعرف قبل ما نجي السودان كانت فكرتي عن الأهرامات أنها في مصر، بس لما بابا أخذنا ع مِنْطَقة البجراوية وجبل البركل وشفنا الأهرامات... روعة.

- الظاهر بابا بيحب الرحلات.

- بابا بيعرف أني بحب التاريخ، وأنا أحب أعرف تاريخ البلد اللي أنا عايشه فيه.

اعتدلت ريم في جلستها ثم استطردت في حديثها:

- طيب الدور عندك، احكي لي عنك.

- عايزة تعرفي شنو؟

- كل شي. إخوانك أخواتك كيف علاقتك معهم؟

- نحن 3 أولاد وبنت. سامي أكبر مني بسنتين وهو طالب في الكلية الحربية. من صغير سامي يحب العسكرية، ونحن صغار كان يحب يدربني على المصارعة.

سكت وليد ثم واصل:

- أما صلاح فهو أكبر إخواتي، وهو مدرس عايش في الشارقة في الإمارات، شخص عقله كبير وطبعه هادي أكثر مني ومن سامي. أما سهام فهي أختنا الوحيدة، وهي متزوجة وتسكن جنبنا مع زوجها.

- ليش أنت وين تسكن؟
- في حي العمدة في أم درمان.

رفعت ريم رأسها ونظرت ناحية وليد وقالت:

- شو يحب وليد؟

قال وليد ببطء وهو ينظر إلى ريم في عينيها:

- أنا أحب أشياء كثيرة.

ثم أضاف:

- في الوقت الحالي أقول لك أحب القراءة والرياضة.
- طيب خبرني ليش اخترت إدارة أعمال؟
- أنا بأحب التجارة. من أنا صغير كنت أحب أروح مع أبوي المحل عشان أتعلم التجارة.

على الرغم من مرور عدة ساعات وهما يتجاذبان الحديث، فإن الشابين لم يحسا بمرور الوقت، لكنْ كان هناك شخص ثالث يحسب الوقت. كان ذلك الشخص هو نزار الذي كان يراقبهما من نافذة في قاعة في المبنى المقابل. كان نزار يحاول تتبع حركات الشفاه لكي ينقل لهاني ما دار بين وليد وريم من حديث، لكنْ دون جدوى.

***

قال نزار بعد أن التقى بهاني خليفة في نهاية اليوم:

- أكيد وليد بيحبها.
- كيف عرفت؟
- من نظراتو ليها. لكن في الغالب هي ما عارفة.
- قصدك شنو؟

- أنا براقب وليد لما يدخل القاعة ولاحظت إنه دايمًا بيمسح القاعة كأنه بيفتش عليها، لكن بيقعد في مكانه يعمل نفسه بيذاكر.
- واصل المراقبة وأديني الأخبار أول بأول.

في البداية لم ينتبهْ هاني لريم، لكنْ بعد أن عرف اهتمام وليد بها أرادها لنفسه، وظل يُمعن فيها من بعيد فراعه جمالها ورقتها. انتهز هاني فرصة انتهاء المحاضرة، وبينما كانت ريم ترتب أغراضها اقترب هاني منها وقال لها وهو يبتسم ابتسامة صناعية:

- يا صباح الخير.
- أهلين.
- أنا اسمي هاني خليفة زميلك. نورتِ الكلية.
- شكرًا جزيلًا.
- أنا عارف اسمك، ما في ريم في الدفعة غيرك.
- شكرًا.

ردت ريم ببرود، ثم غادرت المكان بسرعة لتلحق بصديقتها شذى التي كانت بانتظارها في باحة الكلية، فيما كان هاني يتابعها بعينه وابتسامة صفراء تعلو وجهه.

خطة وليد

في صباح اليوم التالي وصل وليد مبكرًا إلى مكاتب نيابة الثراء الحرام والمشبوه، وانتظر وصول الأستاذ راشد المحامي. لم يطلِ انتظار وليد كثيرًا، فقد وصل المحامي في سيارة هيونداي سوناتا بيضاء، أوقفها أمام المبنى وترجَّل منها واتجه نحو وليد. كان المحامي يلبس بدلة بلون أزرق داكن وقميصًا أبيض ورابطة عنق بنفس لون البدلة، وكان يحمل في يده حقيبته السوداء الأنيقة. قال الأستاذ راشد بعد أن حيَّا وليد:

- تفضل معاي.

ثم توجه الاثنان إلى داخل مبنى النيابة، واستأذن المحامي في مقابلة وكيل النيابة، وبعد انتظار قليل قادهما الحاجب إلى مكتب مجاور. عندما دخل الاثنان وجدا سيدة تلبس نظارة طبية وثوبًا سودانيًا أبيضَ ومعه خمار بلون بيج يصل حتى كتفيها ليرتاح فوق قميص نسائي أبيض. كانت أمامها منضدة مستطيلة عليها عدد من الملفات ومصحف موضوع في مقعد خشبي تستخدمه في تحليف اليمين من قِبل الشهود، وعلى المنضدة لوحة خشبية صغيرة محفور عليها: "مولانا لبنى حسان، وكيل النيابة". حيَّا الأستاذ راشد وكيل النيابة بانحناءة سريعة ثم قال:

- السلام عليكم مولانا لبنى.

- عليكم السلام أستاذ راشد، تفضل.

ردتْ وكيل النيابة في صوت ميكانيكي كأنه صادر من كمبيوتر.

- حاضر مع موكلي وليد محمد الكاشف، الوكيل عن والده محمد الكاشف.
- طلباتك أستاذ راشد.
- أتقدم لسعادتك بطلب فتح بلاغ جنائي تحت المادة (6- د) من قانون مكافحة الثراء الحرام والمشبوه لسنة 1989 وألتمس ضم البلاغ المفتوح ضد موكلي، تفضلي العريضة توضح تفاصيل الطلب.

بعد ذلك سلَّم المحامي راشد المذكرة مع ملف يحوي مجموعة من المستندات ثم أضاف:

- في المستندات المرفقة سعادتك أدلة قاطعة تؤكد احتيال المشكو ضده بخيت البلال وعبد الباقي، على موكلي وأدلة على ارتكابهم جريمة الثراء المشبوه تحت المادة (6) فقرة (د) والمادة (7) من القانون.

ثم بعدها أخرج سي دي وسلمه وكيلَ النيابة.

- في هذا السي دي تسجيل لاعتراف المشكو ضده عبد الباقي بصوته بأنه يعمل مع المشكو ضده بخيت البلال، وبذلك يكون مشتركًا في جناية الاحتيال على موكلي حسب الشرح الوارد في المذكرة.
- طلباتك من النيابة يا أستاذ راشد؟
- إحالة البلاغ المفتوح ضد موكلي بغرض إعمال المادة (13) فقرة ب من القانون.
- انت عارف موكلك حيظل يكون متهم.

- نعم يا مولانا عارفين. بس يا مولانا دي عصابة بتهدد موكلي بشيك وهمي بغرض ابتزاز أمواله، وموكلي الآن في المستشفى بسبب أفعالهم، ولذلك نطلب أيضًا الحجز على حساباتهم في البنك والسيارات المسجلة باسمهم وفق المادة (14) من القانون باعتبارها من المال موضوع الثراء الحرام أو المشبوه.

انحنتْ وكيل النيابة تقرأ بعناية المستندات التي قدمها راشد المحامي ومرت دقائق حسبها وليد دهورًا. بعد أن انتهت من الاطلاع على كل المستندات تناولت قلمها وكتبت القرار في صدر المذكرة ثم تلته بلهجة ميكانيكية آمرة:

- إعمالًا لنص المادة (8) من قانون مكافحة الثراء الحرام والمشبوه لسنة 1989 أمرنا بفتح بلاغ تحت المادة (6) و(7) من القانون، على أن يُفصَل في الطلب المقدم من وكيل المتهم الثالث وفق المادة (14) من القانون بعد سماع شهادة الشاهد وليد محمد الكاشف.

ثم أغلقتِ الملف وأضافتْ وهي توجه حديثها إلى المحامي:

- القرار النهائي في نهاية اليوم أستاذ راشد.
- شكرًا سعادتك.

بعد ذلك سمعت وكيل النيابة أقوال وليد وسجلتها في الملف، ثم طلبت من وليد قراءتها ثم التوقيع عليها، وبعد ذلك طلبت منهما مراجعتها في نهاية اليوم لمعرفة القرار النهائي. قال الأستاذ راشد لوليد عندما خرج الاثنان من مكتب وكيل النيابة:

- أنا عندي جلسة في محكمة في بحري بارجع نهاية اليوم. تحب أوصلك مكان؟

- أنا حأنتظر هنا لنهاية اليوم. أنت اتفضل وأنا حأستلم القرار
  وأتصل عليك.
- طيب اتفقنا.

بعد ذلك غادر الأستاذ راشد، فيما جلس وليد على مقعد في كافتيريا قريبة
ينتظر وهو يتلو آية الكرسي ويدعو الله. مرت الساعات بطيئة وفي نحو
الساعة الواحدة والنصف ظهرًا ذهب وليد إلى مكتب مساعد وكيل النيابة
ليعرف قرارها، كان المساعد شابًا نشيطًا في جبهته علامة من أثر السجود
في الصلاة، وأحضر الملف ثم قال لوليد:

- مولانا وافقتُ على طلباتكم وأصدرت أمر بالقبض على المتهم
  بخيت البلال وعبد الباقي والحجز على حساباتهم وسياراتهم على
  ذمة التحقيق.

لم يتمالك وليد نفسه، فأمسك بيدي المساعد ليحيي الموظف بحرارة ثم
قال وليد:

- الجماعة ديل السبب أبوي راقد في المستشفى الآن.
- ربنا يشفيه إن شاء الله.
- ممكن آخذ صورة من أوامر القبض؟
- أوامر القبض بتنفذها الشرطة.
- طيب ممكن آخذ نسخة من قرار وكيل النيابة؟

غاب المساعد لحظات ثم عاد وفي يده ورقة سلمها لوليد وقال:

- تفضل.

بعد ذلك اتصل وليد بالمحامي راشد وأخبره بالقرار، ثم اتصل بالملازم بُرعي
وأخبره بقرار وكيل النيابة فردَّ عليه الملازم:

- ولا يهمك يا وليد. العدالة حتأخد مجراها.

***

في اليوم التالي كان بخيت البلال على موعد مع مفاجأة من العيار الثقيل، فبينما كان يجلس وسط مجموعة من عملائه وصبيانه، توقفتْ سيارة شرطة ونزل منها مجموعة من الجنود يرافقهم ملازم شرطة بملابس مدنية، وحاصرت الدورية المكان ومنعت أي شخص من الدخول أو الخروج.

- في شنو يا حضرة الظابط؟

- انت بخيت البلال؟

- أيوه أنا في شنو؟

- معاي أمر من نيابة الثراء الحرام والمشبوه بالقبض عليك. وأمر بتفتيش المكان.

- تفتيش شنو؟ أنا مكتبي ما بتفتش.

حدجه الملازم بنظرة باردة، ثم قال بلهجة آمرة دون أن يرفع عينه عن بخيت:

- يا عسكري شوف شغلك.

على الفور تحرك أحد الجنود وأمسك بساعد بخيت، وبحركة مدربة جعله يجثو على ركبتيه، ثم وضع الأصفاد في يديه خلف ظهره، وأجبره على الجلوس على الأرض فيما واصل باقي الجنود تفتيش المكتب واحتجاز جميع من في المكتب لمعرفة علاقتهم بالمتهم. عندما خرج بلال من مكتبه وجد جمهرة كبيرة من التجار ومن الجيران في انتظاره وسط همهمات تتكهن بسبب اعتقاله. طأطأ بخيت رأسه لتجنب النظرات المصوبة إليه بينما كان شرطي يقتاده إلى سيارة الشرطة.

بعد قضاء يوم كامل في مركز الشرطة ثم الإحالة إلى النيابة لمواصلة التحقيقات، أفرجتِ النيابة عن بخيت في اليوم التالي بعد أن حددت مبلغ الكفالة، وأمهلته للتحلل من مبلغ المعاملات المشتبه فيها. لم يشأ بخيت الذَّهَاب إلى مكتبه أو إلى بيته الفاخر في حي الرياض، بل توجه إلى القسم الشمالي لمقابلة عبد الباقي.

طلب بخيت من الشرطي المناوب في مركز الشرطة مقابلة عبد الباقي وانتظر حتى أحضره الشرطي لكي يقابله. أسرع عبد الباقي لكي يسلم على سيده وهو يظن أنه حضر لاصطحابه معه، ولكنَّ بخيت بصق على وجهه وهم بلطمه لكنه تراجع في آخر لحظة.

- ليه كده يا ريس؟ أنا ظبَّطت ليك الموضوع مع وليد ولد الحاج محمد والقروش جاياك؟
- ظبَّطت شنو يا حيوان، الولد هو اللي ظبَّطك يا حمار.
- كيف؟
- وليد ده طلع داهية مسلطة وسجل كلامك معاه وقدمه لنيابة الثراء الحرام والمشبوه، يعني اعترافاتك مسجلة وانت مفتوح ضدك بلاغ وحيحققوا معاك زي ما حققوا معاي يا أهبل.

فتح عبد الباقي فمه الى آخره ثم قال:

- مش معقول.
- وكمان وليد جايب حساب العمولات اللي أخدتها من أبوه بالأرقام والتواريخ. الله يخرب بيتك زي ما خربت بيتي.
- أنا خربت بيتك ياريس؟

- أنا البارحة بايت في الحراسة مع المجرمين بعد ما الشرطة كلبشتني من المكتب، وبقت فضيحة وسط تجار السوق كلهم يتفرجوا، وكمان حجزوا على حساباتي.

صرخ بخيت في وجه عبد الباقي ثم رفع سبابته اليمنى وقال والشرر يتطاير من عينيه:

- شوف يا عبد الباقي، زي ما ورطتني في الموضوع ده تطلعني منه وإلا حسابي معاك بتعرفه.
- يعني الحل شنو يا ريس؟
- الحل؟ الحل عند وليد. لازم نقنعه يعمل تسوية معانا بيسموها تحلل، وإلا رحنا في داهية.

ثم أضاف بصوت مرتعش:

- المحامي بتاعي قال لي القضية فيها 10 سنين سجن وحيصادروا أموالي.
- طيب خلينا نتفاهم معاه ونديه اللي هو عايزه.
- أنت ناسي أنا طردته المرة الماضية؟
- معليش يا ريس كلنا بنغلط.
- انت بتهزر معاي يا حيوان؟ وريني عنوان المحل بتاعهم عشان أمشي أتفاهم معاه ونخلص الموضوع بأي ثمن.

كتب عبد الباقي عنوان محل الحاج محمد الكاشف في ورقة وسلَّمها لبخيت. ظل بخيت يمشي جيئة وذَهابًا في الغرفة كأنه أسد حبيس وهو يردد العبارة نفسها كأسطوانة مشروخة، دون أن يجرؤ عبد الباقي على الرد:

- معقولة؟ طفل صغير يهدلني كده أنا بخيت البلال اللي بلعب بالبيضة والحجر من 30 سنة؟

أيمن الخير

طعنة في الظهر

لم تكن الحياة الطلابية في جامعة الخرطوم تقتصر فقط على الدراسة الأكاديمية، بل كانت تشمل الأنشطة الثقافية، والسياسية، والفنية، والرياضية. كان الطلاب في الغالب يختارون من هذه الأنشطة ما يناسب ميولهم، وكانت الأنشطة السياسية والفنية تتصدر اهتمامات العديد من الطلاب، إذ كانت الجرائد الحائطية وأركان النقاش تظهر النشاط السياسي للطلاب بمختلف توجهاتهم. أما الأمسيات الشعرية وجلسات الاستماع فقد كانت تستهوي محبي الشعر والغناء والمسرح.

في منتصف العام الجامعي قرر طلاب السنة الأولى لكلية العلوم الإدارية تنظيم رحلة جماعية إلى جزيرة توتي القريبة من الجامعة، التي تطل على مقرن النيلين الأزرق والأبيض. كوَّن الطلاب لجنة للإعداد للرحلة، وانضم إليهم وليد وأسامة، وقسَّموا العمل فيما بينهم فأُسنِدت إلى أسامة مهمة توفير الحافلة لنقل الطلاب من الجامعة إلى المعدية التي يركبون منها باخرة نهرية صغيرة في مقابل جزيرة توتي بشارع النيل ، وتولى وليد مهمة شراء مستلزمات الطعام والشراب والمفارش للجلوس عليها، وأُسنِدت إلى فتاة اسمها لبابة مهمة الإعداد للبرنامج الترفيهي.

في صباح اليوم المحدد وصل وليد مبكرًا وذهب إلى محطة الحافلات لكي يأتي بالحافلة التي ستقلُّ الطلاب إلى جزيرة توتي. عندما وصلتِ الحافلة

وجد وليد زملاءه ينتظرونه أمام المدخل الرئيس للجامعة، وقد وضعوا حاجاتهم على رصيف الشارع ورأى بينهم ريم فاتجه إليها لتحيتها:

- مرحبًا ريم، كيف حالك؟
- مرحبًا وليد. شكرًا إنك دبرت التموين.
- العفو، تفضلي من هنا.

فسَح وليد الطريق لريم حتى تصعد إلى الحافلة ثم تبعها، فجلست على مقعد بجوار النافذة لتفسح المكان لوليد يجلس بجوارها. وقف أسامة في مقابل نافذتهما ثم ضرب زجاج النافذة برفق، وعندما فتح وليد صاح أسامة فيهما:

- تعالوا ساعدونا نرفع الأغراض في الحافلة يا كسالى.
- أنا رحت من الصباح عشان أجيب الأكل والعصاير، الباقي ده شغلكم.

ثم أغلق وليد النافذة ليواصل حديثه مع ريم، فيما توافد باقي الطلاب لركوب الحافلة التي سرعان ما تحركت لتقلهم إلى محطة المعدية مقابل جزيرة توتي. ترجَّل الطلاب من الحافلة وتوجهوا إلى باخرة نيلية صغيرة مكشوفة السطح وعلى جوانبها مقاعد خشبية، ولكنَّ ريم فضَّلت الوقوف للتمتع بمنظر المعدية وهي تشق مياه النيل الأزرق حتى وصلت المعدية إلى جزيرة توتي. أخذ الطلاب حاجاتهم ثم توجَّهوا مشيًا إلى إحدى المزارع التي تطل على النهر.

حط الطلاب رحالهم تحت ظل شجرة نيم عملاقة وسط المزرعة، وفرشوا الأرض ببسط بلاستيكية وضعوا عليها أغراضهم، ثم جلسوا جماعات وفرادى. جلس وليد وريم وأسامة وشذى في حلقة دائرية وابتدر وليد الحديث قائلًا:

- تعرفوا أن جزيرة توتي ممكن تكون قريبة من المكان اللي التقى فيه سيدنا موسى وسيدنا الخضر عليهما السلام؟

عقبت ريم وهي تشير بيدها:

- أنا قرأت مرة أن سيدنا موسى عليه السلام كان من أرض النوبة. هل تعتقدوا هذا الكلام صحيح؟

رد وليد وهو يشير إلى أسامة:

- السؤال ده يجاوب عليه أسامة لأنه نوبي.

اعتدل أسامة في جلسته وقال:

- أنا مش حاتحيز عشان أنا نوبي. لكن الكثير من تاريخ النوبة مش معروف للناس يمكن بسبب التحريف، ويمكن بسبب أن العالم لم يعرف يفك اللغة المروية حتى الآن. لكنْ في أدلة كثير أن سيدنا موسى كان من أرض النوبة وأن فرعون غرق في النيل وليس في البحر الأحمر كما يقال.

- شنو هي الأدلة؟

سألتْ ريم بفضول، فردَّ أسامة قائلًا:

- القرآن يقول إن فرعون أدرك سيدنا موسى وأهله، ونحن نعرف أن سيدنا موسى خرج بجميع بني إسرائيل بالليل، يعني خرج معه الأطفال والشيوخ والنساء وفرعون أدركهم في الفجر، يعني هم كانوا ماشين على أرجلهم نحو 9 ساعات وهي الوقت الزمني حتى الفجر، وطبعًا مستحيل يكونوا عبروا الصحراء الشرقية إلى البحر الأحمر بأرجلهم في 9 ساعات.

سأل وليد مستغربًا:

- يعني؟

- يعني في الغالب راحوا للجنوب إلى أرض النوبة، خاصة أن النوبة ما كانت علاقتهم طيبة مع قدماء المصريين، وفي الغالب ما كان حيسلموهم لفرعون، وبالتالي في الغالب سيدنا موسى عبر نهر النيل ويكون فرعون غرق في النيل وليس في البحر الأحمر.

عقبت شذى بقولها:

- كلام معقول يا جماعة.

ولكنَّ وليد رد بلهجة ساخرة:

- أنا أقول في الغالب سحرة فرعون كانوا من جدود أسامة.

ضج الجميع بالضحك، ولكنَّ تعابير وجه أسامة رفضت التجاوب مع النكتة فاكتفت بإظهار أسنانه، ثم قال محتجًّا:

- بس السحرة ديل آمنوا في النهاية يا جهلة.

انتهز وليد الفرصة لتغيير مجرى الحديث، فسأل ريم إن كانت تحب التجول لاستكشاف المكان فوافقت. سار الاثنان جنبًا إلى جنب، وكان يُخيَّل لمن يراهما معًا كأنهما يعرفان بعضهما من عالم آخر.

- ممكن أسألك سؤال غريب؟

- تفضلي.

- ممكن تشرح لي إتيكيت السلام السوداني؟

توقف وليد عن السير ثم قال:

- غريبة إني عمري ما فكرت في الموضوع قبل كده.

- أنا لاحظت أن الناس تستخدم أكثر من طريقة صح؟

ردَّ وليد وهو يعد بأصابعه بعد أن سكت هنيهة:

- هممم لحظة... همَّ ثلاث طرق. الأولى المصافحة باليد ودي تستخدم مع ناس ما تعرفهم من قبل.

- طيب والثانية؟
- الطريقة الثانية وهي الأكثر انتشارًا، وتبدأ بوضع اليد اليمنى في الكتف اليسرى للشخص المقابل لثواني قليلة، ثم تنزل اليد لتصافح الشخص المقابل بنفس اليد، ودي غالبًا بين الأصدقاء والمعارف يعني مش مع الغرباء.
- وشو مغزى السلام في الكتف؟
- أنا سمعت إن زمان كان الناس تشيل سكين في جراب من الجلد، وفي نهايته حلقة دائرية من الجلد، وبعدين الرجل يعلق السكين في أعلى الذراع ويلبس من فوقها الجلابية، وبالتالي الجلابية تغطيها، ولمَّا يسلم على شخص ثاني كان يضع يده على كتفه عشان يتحسس إذا الشخص يحمل سكين ولا لا.

ابتسم وليد ثم أضاف:

- وبعدين الناس سكنت في المدن فصارت ما تحتاج إلى السكين وتركت عادة لبسها، لكنْ ظلت عادة لمس الكتف وصارت عادة سودانية لحد اليوم.
- طيب والثالثة؟
- الثالثة هي فقط بين الأهل والأصدقاء المقربين خاصة بعد طول غيبة بينهم، إذ يربت كل شخص بيده اليمنى ظهرَ الشخص الآخر وهو يعانقه عناقًا خفيفًا ثم يصافح كل واحد الآخر. لكنْ عند اختلاف الجنسين الطريقة دي تكون فقط مع الأقارب زي الأخوات والعمات والخالات والأمهات ومن في مقامهم.

في تلك اللحظة كان الاثنان قد وصلا إلى مكان يطل على النهر، فوجدا شجرة مانجو تظلل أفرعها العملاقة المكان، فاختار وليد قطعة ناضجة

وقطفها وغسلها في مياه النهر الجارية، ثم مسحها بمناديل ورقية أخرجها من جيبه وقشَّرها، وسلمها لريم التي تسلمتها من يده وقضمتها، ثم ضحك الاثنان عندما تركت الفاكهة لطخات صفراء على وجنتي ريم فيما كان وليد يماطل في إعطائها المناديل لكي تنظف وجنتيها. بعد أن جلس الاثنان في ظل شجرة المانجو سألت ريم:

- شو ناوي تعمل بعد التخرج؟
- نفسي يكون عندي تجارتي وشركتي الخاصة. حتى لو اضطريت أشتغل كموظف حيكون لفترة مؤقتة.

التقط وليد حجرًا صغيرًا وألقى به في مياه النهر ليصنع الحجر دوائر في الماء ثم نظر تجاه ريم وأضاف:

- أنا عشتُ طفولة فقيرة بس سعيدة، لكنْ في يوم من الأيام حاكون ثري وأوفر لأسرتي الحاجات اللي نفسها فيها.

عندما عاد الاثنان من رحلتهما وجدا الطلاب قد تحلقوا حول أحد الطلاب يلقي قصيدة للشاعر الراحل إدريس جماع التي مطلعها:

أَعَلَى الْجَمَال تَغَارُ مِنَّا   مَاذَا عَلَيْك إِذَا نَظَرْنَا

هِي نَظْرَة تُنْسِي الْوَقَار   وَتُسْعِد الرُّوْح الْمُعْنَّى

دُنْيَاي أنتِ وَفَرْحَتِي   وَمُنَى الْفُؤَاد إِذَا تَمَنَّى

أَنْتِ السَّمَاء بَدَت لَنَا   وَاسْتَعَصَمت فِي الْبُعْد عَنَّا

ثم ختم ببيت الشعر الشهير:

السيف في الغمد لا تُخشَى مضاربه وسيف عينيك في الحالين بتّار

***

في الوقت نفسه كان وليد يحاول تقسيم جهده وطاقته بين الدراسة من جهة، وبين العمل في ملف بخيت وعبد الباقي من جهة ثانية، وكان يحمل

كل ما يحتاج إليه في حقيبة ظهره التي يحملها معه دائمًا، وفي إحدى المرات، وبينما كان وليد يجلس في المكتبة، جاء نزار وجلس في الطرف الآخر منها. وبعد مدة حان وقت صلاة الظهر، فترك وليد أغراضه لكي يذهب إلى المصلى القريب، وكانت تلك الفرصة التي ينتظرها نزار، فأسرع بالجلوس بالقرب من مكان وليد وجال بعينيه ليتأكد من عدم وجود شخص يراه، ووضع حقيبة وليد أمامه كأنها حقيبته، وفتش فيها حتى عثر على ضالته، فصوَّرها بهاتفه، ثم أعاد الحقيبة إلى مكانها وغادر المكان بكل هدوء. عندما عاد وليد لاحظ تغيُّر مكان حقيبته، لكنْ عندما فتحها لاحظ عدم نقصان أي شيء من محتوياتها، لم يلقِ لذلك بالًا وواصل القراءة في الكتاب الذي كان أمامه.

أسرع نزار بالخروج من مبنى المكتبة واتصل بهاني قائلًا:

- هاني؟

- عايز شنو يا نزار؟

- أبشر يا هاني. اكتشفت سر حيخليك تفضح وليد وتبهدله قدام الناس.

- طيب انتظرني أنا جاي عندك مسافة السكة.

عندما وصل هاني بعد مدة قصيرة سحب نزار هاتفه وأراه صورة المستند الذي صوره من داخل حقيبة وليد. كان المستند هو صورة من أمر القبض الصادر من النيابة ضد المتهم محمد الكاشف والد وليد.

- برافو عليك يا نزار. كيف لقيت المستند ده؟

- من شنطة وليد. أنا عارفه بيمشي يصلي في مصلى الكلية، وأول ما طلع فتحت شنطته ولقيت المستند. حتعمل شنو؟

- أنا عارف شخص بيهمه جدًّا يعرف حقيقة وليد.

- حارسل ليك الصورة في تلفونك.
- اتفضل يا نزار دي 10 ألف جنيه، تستاهل.

ردَّ هاني وابتسامة كبيرة تعلو وجهه، ثم ناول نزار رِزْمة من الأوراق المالية التي أخذها مسرورًا وانصرف وهو يشكر سيده. بعد أن تسلم هاني الصورة وقف يفكر هنيهة ثم غادر المكان. لم يطل بحث هاني طويلًا، حتى وجد ريم تتجه لدخول القاعة فناداها والتفتت إليه بضيق صدر.

- أنا لازم أتكلم معالِ بسرعة.
- أنا ما في بيني وبينك مواضيع.
- الموضوع خطير وبيخص وليد.
- شو هو؟
- ما ينفع هنا. خلينا نجلس برة.

بعدها توجه الاثنان إلى باحة الكلية واختار هاني مقعدًا خاليًا، وبعد أن جلس الاثنان قال لها بلهجة قلق مصطنعة:

- أنا خايف عليك، وعايز أحذرك من وليد.
- تحذرني من شو؟ وانت شو دخلك في حياتي أصلًا؟
- خليني أوريك الدليل أول.

في تلك اللحظة أخرج هاني هاتفه ورفعه أمامها لكي ترى صورة أمر القبض الصادر من النيابة.

- أبوه متهم هارب والشرطة تدور عليه، وده أمر بالقبض صادر من النيابة. دي عيلة كلهم حرامية. وليد حرامي زي أبوه ولازم تبعدي منه.
- حرام عليك. معقول وليد حرامي؟

- ده مش كلامي أنا، ده كلام النيابة. بعدين وليد شغال مع أبوه، مش شفتيه بيغيب من المحاضرات؟
- صح مرات عم يغيب.
- أيوه بيغيب عشان بيشتغل معاه في النصب، وهو أصلًا بيشتغل باسم أبوه عشان يخدع الناس، لكن في النهاية ورط أبوه.
- مش معقول الكلام اللي عم تحكيه.
- أنا خايف عليك انتِ غريبة هنا وما بتعرفي البلد.

سكت هاني ثم أضاف باللهجة المصطنعة نفسها:

- وليد من عيلة فقيرة وعايز يطلع من الفقر ويظهر إنه ابن ذوات زينا بأي طريقة. وانا خايف وليد يستغلك ويورطك في شيء.

غادرتْ ريم المكان بسرعة دون أن تتفوه بأي كلمة، وتعثرتْ في مشيتها كأنها لا ترى أين تضع قدميها، فيما كان هاني يراقب ذلك وابتسامة خبيثة تعلو وجهه. عندما عادت ريم إلى البيت ذلك المساء اتجهت مباشرة إلى غرفتها وأغلقت الباب وبدأت تنتحب. كانت تشعر بالتشويش والخوف، فعلى الرغم من قصر المدة التي عرفتْ فيها وليد، فقد أحست بوجود شيء خاص يجذبها نحوه. كانتْ تحسُّ بأن روحها تعرف روحه على نحو خفي، وجالت بخاطرها ذكريات من لقائهما ونظرته إليها وهو يقول لها: "أنا بأحب أشياء كثيرة". ترى ماذا كان يقصد؟ هل كان يلمح لها بحبه أم كان يقصد شيئًا آخر؟ ثم تذكرت عبارته التالية: "أنا بأحب التجارة. ولمَّا ألقى وقت بشتغل مع أبوي وأساعده في تجارته". وهنا تذكرتْ قول هاني: "أيوه بيغيب عشان بيشتغل معاه في النصب وهو أصلًا بيشتغل باسم أبوه عشان يخدع الناس لكنْ في النهاية ورَّط أبوه". هل يمكن أن يكون ما قاله هاني عن وليد صحيحًا؟

كان قلبها يقول لها إن وليد بريء من كل ما قاله هاني عنه، وتذكرت صوته وهو يشرح لها ولشذى دروس مادة مبادئ التسويق والمعادلات الرياضية، لكنْ ماذا عن كلام هاني والدليل الذي يحمله؟ هنا بكت ريم مرة ثانية حتى أفاقت على صوت طرقات على باب غرفتها. مسحتْ ريم دموعها بعناية قبل أن تفتح الباب لتجد لورا في الباب:

- شو في ريم؟ صار لي ساعة عم أدق عليكِ؟

- ما في شيء.

- كنتِ عم تبكي؟

- ما في شي عيني بتوجعني.

- عينك عم توجعك؟ نسيتِ إني بدرس طب وكمان أختك الكبيرة. احكي لي ريم، شو في؟

- قلت لك ما في شيء.

- حتخبي عن أختك حبيبتك؟

أحست ريم أنها بحاجة إلى أن تطرح ما في صدرها فتنهدت باستسلام، ثم حكت لأختها ما سمعتْه اليوم من هاني عن وليد. كانت ريم معتادة أن تفتح صدرها لأختها وتحكي لها جميع أسرارها. استمعت لها لورا وهي تمسح شعر أختها بيد وتمسك بيدها بالثانية.

- طيب ليش ما سألتِ وليد نفسه؟

- كيف بدي أسأله؟ أقول له: وليد صح انت نصّاب وأبوك حرامي والشرطة عم تدور عليه؟

- انتِ شو بتعرفي عن أهله؟

- اللي بعرفه من شذى إن بيت الكاشف عيلة عريقة في أم درمان. جده لوليد كان عنده خلوة يعني كتّاب لتحفيظ القرآن. وليد

أسرته ع قد حالهم بس كل العالم بحترمهم هيك قالت لي شذى. شو أسوي برأيك؟

- حبيبتي، انتِ أختي ومصلحتك عندي فوق كل شيء، رأيي أحسن تبعدي عن وليد.

- بس يا لورا.

- ما في بس حبيبتي. لو صار مشكلة وبابا عرف حيسوي لك مشكلة كبيرة.

في الأيام التالية لاحظ وليد أن ريم تتجنب الحديث معه أو التقاءه، لكنْ لم يستطع أن يتكهن بالسبب ثم توالت الأحداث بصورة غير مسبوقة.

ساعة الحساب

في اليوم التالي للقاء بخيت وعبد الباقي في قسم الشرطة، توجه بخيت إلى محل الحاج محمد الكاشف بالمِنْطَقة الصناعية، وكان وليد يتوقع حضوره. كانت النيابة قد حجزتْ على سيارات بخيت، ولكنه كان يحتاج إلى سيارة يتنقَّل بها، فاختار استئجار سيارة مرسيدس فخمة، وقد اعتاد معارفه تبديله السياراتِ كما يُبدِّل أحدهم قميصه. كان بخيت يحتفظ بمبالغ نقدية في خزانة حديدية مخفية داخل جدار في غرفة في الطابق الثاني بمنزله، وهي التي يعتمد عليها الآن في تصريف أموره بعد أن جمّدَتْ النيابة حساباته المصرفية.

وصل بخيت أمام باب المحل وأوقف السيارة المرسيدس المستأجرة وترجَّل منها. كان وليد يجلس خلف مكتبه في المحل ويقرأ في كتاب يحمله بيده، وأشار بيده الأخرى لبخيت بالجلوس دون أن يرفع عينيه عن الكتاب. رفع بخيت حاجباه مذهولًا في البداية، فهو كان معتادًا أن يُهرَع الناس إلى لقائه والترحيب به، ولكنه نظر إلى السيارة المستأجرة، فجلس ينتظر إلى أن يفرغ إليه وليد.

بعد مدة خالها بخيت دهرًا وضع وليد الكتاب ببطء، ثم استدار لمواجهة بخيت ونظر إليه في عينه نظرة باردة كأنه سيصل إلى جوف عقله، ثم قال له بصوت كالجليد:

- حمدًا لله على السلامة يا بخيت، إن شاء الله ما تكون تعبت في الحراسة أمس؟
- كيف عرفت إني كنت في الحبس؟
- بعد ما حجزوا على أموالك بحوالي نص ساعة كده، عرفت إنك شرفت زنزانة القسم الشمالي.

طأطأ بخيت رأسه ثم قال:

- يا وليد يا ابني أنا جاي أعتذر ليك المرة الفاتت غلطت عليك، وطالب السماح منك.

ردَّ وليد ببطء وبصوت عميق كأنه صادر من جوف الأرض:

- طيب وحق الوالد؟ أبوي بسببك راقد في المستشفى بين الحياة والموت.

- والله ما قصدي، والوالد إن شاء الله ربنا يشفيه وتكاليف علاجه كلها عليَّ، والله غلطان وسافي التراب، واللي تقول عليه أنا جاهز.

كانت تلك اللحظة التي ينتظرها وليد، فأخرج ورقة من درج أمامه ووضعها على المنضدة، فأخذها بخيت، وقبل أن يسأل قال له وليد بالصوت البارد نفسه:

- دي كل العمولات إلى أخذها عبد الباقي من الوالد، 17 مليون جنيه، عبد الباقي هو الجوكي بتاعك، يعني انت تدفع المبلغ عنه.
- بس لكن.
- ما في بس.

ثم أخرج ورقة صاغها المحامي راشد بعنوان "تنازل عن بلاغ" ثم قال لبخيت:

- دي ورقة تنازل عن البلاغ ضد الوالد، وإقرار إنك رتبت مع عبد الباقي أن يجيب ليك الشيك بدون ما يسلم أبوي الكاش.

ثم أضاف وليد:

- وأخيرًا حتدفع 30 مليون تعويض عن الضرر اللي سببته للوالد.

سكت وليد هنيهة ثم واصل قائلًا:

- ديل 3 حاجات تعملها، اتفضل ده إقرار بالتسوية والتحلل توديه النيابة عشان ترفع الحجز على ممتلكاتك والموضوع يخلص.

بعدها عرض وليد على بخيت مستندًا بعنوان "اتفاقية التسوية والتحلل"، ثم سكت وليد هنيهة وأضاف:

- لكنْ لو ما عملتها حتقضي عشر سنوات في السجن، والنيابة حتصادر أموالك وأولادك حيشحدوا في الشارع.

- بس المبلغ ما معاي اديني مهلة أجهز المبلغ.

- ده ما شغلي. اسمعني كويس يا بخيت: لو قروشي ما وصلت لي بعد ساعتين باخلي النيابة تحبسك. يلا مع السلامة ما تعطلني ورانا مصالح.

ذهب بخيت إلى سيارته وهو يجر رجليه جرًّا، وجلس خلف المقود هنيهة يستجمع أفكاره، ثم انتبه إلى أن وليد قد ردَّ إليه الكلمات نفسها التي سبق أن قالها له عندما جاءه في مكتبه في الكرين. تنهد بخيت بيأس ثم انطلق إلى بيته وفتح الخزانة الحديدية في الطابق الثاني وأخذ منها 47 مليون جنيه، وعاد ليقابل وليد مرة أخرى.

***

بعد مرور يومين على تلك الحادثة ذهب وليد إلى المستشفى وسلَّم والده مذكرة النيابة بشطب البلاغ الموجَّه ضد والده لتنازل الشاكي بخيت البلال

عن البلاغ. نظر وليد إلى الدموع وهي تترقرق من عيني والده وهو يقرأ المذكرة.

- خلاص يا بوي الموضوع خلص، ودي 47 مليون تسلَّمتها من بخيت فيها كل العمولات اللي أخذها منك عبد الباقي، وكمان 30 مليون تعويض ليك يا بوي.

قال الحاج محمد بصوت متهدج وهو يمد يديه ليعانق ولده:

- الله يخضِّر ذراعك يا ولدي، عافي منك دنيا وآخرة.

ثم أضاف الحاج محمد وهو يرفع يده قليلًا:

- بعد ده ممكن تكلم إخوانك وأمك، يستاهلوا يعرفوا اللي انت عملته يا وليد.

- ما عملت شيء يا بوي كله من فضل الله ومن خيرك علينا يا بوي.

بعد عدة أيام تحسنت صحة الحاج محمد قليلًا، فسمح الطبيب بعودته إلى المنزل، على أن يواصل العلاج ويلزم الراحة. في هذه الأثناء انتظم وليد في حضور المحاضرات بحيث لم يعد يتغيب كما في السابق، ورغم ذلك لم يكن يستطيع أن يتحدث مع ريم. وفي ذات مرة لاحظ وليد أنها غادرت المكان حالما رأته قادمًا، فأحسَّ بغصة تعصر حلقه، ثم أطرق برأسه وواصل سيره، ومنذ ذلك اليوم صار هو الآخر يتجنبها، حاول وليد أن يتذكر أكان قد أخطأ في شيء أمامها؟ أو أكان بدر منه ما يضايقها؟، ولكنَّ ذاكرته لم تسعفه بشيء.

في البداية كان وليد وشذى وريم يشتركون في حلقات الدروس الجماعية، حيث كان وليد يقود عملية الشرح. وبعد مدة صارت ريم تعتذر عن الحضور، ليواصل وليد وشذى، ثم توقفت اللقاءات بعدما لاحظت شذى

أن صديقتها تتعمد عدم الاشتراك. زادت حيرة وليد لكنْ كان هناك شيء ما يمنعه من مواجهة ريم.

كان هاني خليفة يراقب نتيجة خطته الخبيثة من خلال نزار الذي ينقل له التطورات باستمرار، وكان هاني يتلقاها بسرور بالغ ويُجزِل لنزار في العطاء. لاحظ أسامة شرود صديقه، وفي البداية لم يقل شيئًا، لكنِ استمرَّتِ الحال عدةَ أسابيع، وأصبح وليد أكثر انطوائية. في ذات يوم، وبينما كان الصديقان في طريقهما إلى أم درمان، خرج أسامة عن الطريق المعهود وتوقف بالسيارة في مِنْطَقة خالية في شارع النيل وأطفأ المحرك، فخاطبه وليد قائلًا:

- العربية تعطلتْ؟

- العربية كويسة يا وليد.

- طيب ليه وقفت؟

- في حاجة انت مخبيها عني يا وليد؟

- حاجة شنو؟

- أنا وقفت العربية هنا عشان أعرف.

ساد سكون عميق بين الاثنين ثم أضاف أسامة:

- الموضوع يخص الوالد؟

- لا، الوالد كويس الحمد لله.

- طيب يخص ريم صح؟

سكت وليد قليلًا ثم قال:

- أيوه صح.

- أنا كمان لاحظت كأنكم مخاصمين بعض؟

- هي بقت تتجنبني وأنا قلت ما أحرجها.

- عملت ليها حاجة؟

- ده المحيرني يا أسامة. كلما حاولت، ما أتذكر حاجة ممكن تزعلها.

- ما في حل غير إنك تواجهها.

- خايف أخسرها للأبد.

- على فكرة أنا شُفت هاني خليفة بيحاول يقرب منها. الظاهر خاتي عينو عليها.

- تفتكر ده السبب؟

- أيًّا كان السبب من حقك تعرف يا وليد.

قصة سهام

بعد خروج والده من المستشفى رجع صلاح إلى أسرته في الإمارات، وكانت أخته سهام تواظب على الحضور إلى منزل والديها كل يوم للاطمئنان على والدها.

كانت سهام تحمل همًّا ثقيلًا على قلبها لا يعرفه من الأسرة سوى والدتها الحاجة ميمونة. كانت سهام تتوق إلى إنجاب طفل، ولكنَّ الأطباء أخبروها بعدم قدرتها على الإنجاب بسبب خلل في إنتاج البويضات. جابت سهام وزوجها محجوب أبواب الأطباء والمتخصصين، ولكنهم أجمعوا على النتيجة نفسها. طلبتْ سهام من زوجها أن يتزوج بأخرى حتى لا يحرم نفسه من نعمة الإنجاب، ولكنَّ محجوب لم يقبل أن يتزوج عليها وأخبرها أنه يرضى بقسمة الله، ولكنَّ ذلك لم يغيِّر كثيرًا بالنسبة إلى سهام. قالت الحاجة ميمونة لبنتها ذات يوم بعد أن جاءت لزيارتها:

- رأيك شنو يا بنتي تتبني طفل أو طفلة وتأخذي أجرهم؟

- طفل من وين يا أمي؟

- من دار الأيتام يا بتي. انتِ نفسك في طفل، وفي أطفال مساكين محتاجين أم ترعاهم.

- لكنْ يا أمي.

- كدي شاوري محجوب وشوفي رأيه، ما حتخسري حاجة.

لدهشة سهام فإن زوجها رحب بالفكرة وقال لها:

- أنا فكرت في الموضوع قبل أمك، لكنْ ما حبيت الفكرة تجي من عندي عشان كنت خايف تكوني بتوافقي بس عشان ترضيني مش عشان انتِ عايزة كده.
- طيب وكيف نبدأ؟
- رأيك شنو تتطوعي تشتغلي في مأتم أطفال؟ معظمهم محتاجين متطوعين يساعدوا الأطفال وتكون فرصة تتعرفي عليهم وتلقي الطفل اللي ترتاحي ليه ويرتاح ليكِ.
- ربنا يسهل الأمور يا محجوب.

بعد بحث بسيط بدأتْ سهام في التردد على دار الرحمة للأيتام في حي الملازمين. استقبلتها نفيسة مديرة الملجأ بترحيب ودعتها إلى الجلوس. كانت نفيسة في الأربعينيات من عمرها، وفي وجهها ثلاث شامات سوداء كبيرة.

- الملجأ ظروفه صعبة والإعانات البتصل لنا من الحكومة ومن أهل الخير ما بتكفي احتياجات الأطفال.
- أكتر شي بيحتاجوه الأطفال شنو؟
- نحن بنضع الأولوية في الميزانية للأدوية والملابس، وده بيخلي مستلزمات المدراس والألعاب دايمًا فيها نقص.
- طيب أنا بأوفر البقدر عليه إن شاء.
- كتر خيرك إنك بتدينا وقتك وتشتغلي معانا. الحنان الّي بتعطيه ليهم قيمة كبيرة في حياتهم وإن شاء في ميزان حسناتك يا سهام.

في ذلك اليوم وقعت عين سهام على رجاء لأول مرة. كانت سهام تجلس على بِساط بلاستيكي رخيص وسط مجموعة من الأطفال من مختلف الأعمار تحلَّقوا حولها، وهي تقرأ لهم قصة من كتاب تحمله في يدها. كانت سهام تُقلِّد بصوتها أصوات الحيوانات وشخصيات القصة، وكان ذلك يجذب

خيالات الأطفال وأعينهم الصغيرة، ما عدا طفلة جلست تنظر إلى سهام من بعيد. بعد أن انتهت سهام من القصة توجهت سهام نحو الطفلة. كانت في نحو الخامسة من عمرها، وكانت تلبس فستانًا أحمر بهت لونه، وكانت حافية بعد أن خلعت حذاءها البلاستيكي المهترئ في طرف البساط.

- اسمك منو حبيبتي؟

- رجاء.

- كم عمرك يا رجاء؟

- خمسة.

- ليش ما جيتِ تسمعي القصة؟

سكتتْ رجاء ونظرتْ إلى راحتيها الصغيرتين وهي تفركهما، وأخفقتْ محاولات سهام في جرها للحديث مرة أخرى، وفجأة جرت الطفلة من أمامها. تكررت زيارات سهام إلى الملجأ، وفي كل مرة كانت رجاء تجلس بعيدًا ولا تقترب من الحلقة التي تحيط بسهام، حتى جاء يوم قامت فيه رجاء من مكانها واقتربتْ ببطء من حلقة الأطفال الذين كانوا يتحلقون حول سهام وهي تقرأ لهم قصة من كتاب بيدها. نظرت سهام بطرف عينها ورأت رجاء تقترب، ولكنها خشيت أن تتراجع كما فعلت في المرة الماضية، فواصلتْ قراءة القصة دون أن تنظر تجاهها. كانت سهام قد خلعت خمارها بعد أن جلستْ وسط الأطفال، واقتربتْ رجاء منها ببطء حتى وقفت عن يمينها، ثم مدَّت يدها الصغيرة ولمست أطراف شعر سهام. شعرت سهام بيد رجاء الصغيرة تصافح خصلات شعرها كأنها تتعرَّفها. أكملت سهام القصة لتجد رجاء لا تزال واقفة عن يمينها وتنظر إليها بعينين ترمشان دون كلام. ترددتْ سهام قليلًا ثم مدَّت ذراعيها لتضمها، ولسعادتها البالغة لم تهرب رجاء هذه المرة واستسلمت لِحِضنها. عرفت سهام أنها وجدتْ ما تبحث عنه.

في نهاية ذلك اليوم توجهت سهام إلى مكتب مديرة الملجأ وسألتها:

- في طفلة اسمها رجاء...

- أعرفها، طفلة مسكينة.

- حكايتها شنو ،ومين أهلها؟

- كل اللي نعرفه أن أمها وأبوها ماتوا في حادث حركة، وبعدها كانت عايشة مع جدتها لأمها، لكنْ جدتها توفت بعد سنتين فأخذتها جارتهم تربيها مع أولادها.

- وبعدين؟

- بعد فترة جارتها تطلقتْ من زوجها وقررتْ ترجع تعيش مع أهلها في واحدة من قرى النيل الأبيض وما قدرت تأخذها معاها فجابتها الملجأ. البنت ظروفها تقطع القلب.

- ما عندك أي عنوان لأي من أقاربها؟

- الظاهر عندنا أهلها من النيل الأبيض، لكنْ تعرفي ولاية النيل الأبيض كبيرة.

- قصتها وجعت قلبي.

في المرة التالية أحضرت سهام زوجها محجوب لزيارة المأتم. حضر الزوجان وفي يدهما أكياس من الألعاب والملابس للأطفال. حرصتْ سهام أن يحصل كل طفل على شيء، سواء كان ذلك لعبة، أم حذاء، أم كراس، لكنْ ما ضمن لها أنها لن تنسى أحدًا كان الكيكة التي صنعتها والدتها. كانت والدتها قد صنعتْ كيكة دائرية كبيرة، ثم أضافت أيضًا صندوقًا من الشوكولاتة من ماركة ماكنتوش. قضى محجوب وسهام نهارهما في المأتم مع الأطفال، ثم شاركا إدارة المأتم في إعداد الغداء للأطفال ومشاركتهم وجبتهم.

- كيف شفت رجاء يا محجوب؟

- دخلت قلبي من شفتها، لكنْ كأنها خافت مني.
- هي بنت خجولة خاصة مع الغرباء.
- سألتِ المديرة عن إجراءات التبني؟
- قلت أخليك تشوفها أول وبكرة باسأل المديرة.

أيمن الخير

الامتحانات (احفظ ما في الوعاء بشد الوكاء)

اقترب موسم امتحانات نهاية العام الجامعي وشمَّر الطلاب عن سواعدهم. كانت ريم تواظب على الحضور إلى المكتبة للدراسة مع صديقتها شذى، وكانت عادة ما تلخِّص ما درسته في ورقة بيضاء على شكل رؤوس مواضيع تضع بينها رسومًا توضيحية، وبعد ذلك كانت تستغني عن الكتاب لتكون ورقة الملخص المكتوبة بخط دقيق هي مرجعها في الاسترجاع والدراسة. في ذات يوم قالت ريم لصديقتها وهما تسيران جنبًا إلى جنب:

-   كيف المذاكرة؟

-   يا دوب خلصت الباب الثاني من مبادئ التسويق.

ردت شذى، ثم أضافت وهي تشير إلى الورقة التي كانت ريم كانت تحملها بيدها:

-   معقولة دي طريقة مذاكرة لامتحان نهاية السنة؟

-   هيك بأكون مرتاحة لأني بشوف كتاب كامل تلخص في صفحة أو صفحتين، وبيعطيني ثقة زيادة.

-   بس كيف تقرأي الخط الصغير ده زي مشي النمل؟

-   أنا خطي مثل مشي النمل؟ نملة لما تقرصك.

ردَّت ريم على صديقتها وهي تتظاهر بالغضب بينما تضربها برفق على ظهر كتفها، ثم واصلت الصديقتان سيرهما نحو المكتبة كفرسي رهان.

بعد عدة أيام حان موعد امتحان مادة التسويق، وكانت ريم تقرأ من مذكرتها الورقية حتى سمعت صوت المشرف عبد العظيم يدعو الطلاب إلى الدخول إلى قاعة الامتحان، فأسرعتْ تلملم أغراضها ودون أن تعي وضعتِ المذكرة في الجيب الأيمن من بنطالها.

كان وليد يجلس في الصف الذي يلي صف ريم، وكان عطرها الباريسي المميز يصل إلى أنفه، ولكنه كان يجاهد نفسه في تجاهله. كان عبد العظيم المشرف الأول لقاعة الامتحان رجلًا في الخمسينيات من عمره، ويقطع كلامه بسعال جافٍّ على إثر حساسية لم تفارقه منذ أن كان صبيًّا. وكانت مساعِدته محاسن امرأة شديدة الحيوية وتتحرك بخفة كأنها قطة، إذ لا تصدر أقدامها أي صوت. قسَّم عبد العظيم أوراق الامتحانات بينه وبين محاسن بحيث يتولى كل واحد منهما توزيع الأوراق على قسم من الطلاب.

قال عبد العظيم بصوت عالٍ وهو يلقي تعليمات الامتحان:

- ضع القلم على المنضدة. ولا تفتح ورقة الامتحان إلا بعد نعطيك الإذن.

ثم تابع قائلًا:

- ممنوع الكلام. ممنوع أي مواد أو أوراق تتعلق بالمادة. لو عندك سؤال تسأل المشرف. لو عايز تروح الحمام حنخلي واحد من الفرَّاشين يمشي معاك لكن ما حتأخذ وقت إضافي.

-

بعد أن تسلم جميع الطلاب أوراقهم أعطى عبد العظيم الإشارة للطلاب بأن يبدأوا في كتابة الأجوبة في الكراسات المقدمة لهم، وانكبَّ الجميع على

أوراقهم يسابقون الزمن. بعد أن فتحت ريم ورقة الأسئلة وجدتْ أنها تعرف الإجابة عن معظم الأسئلة، فانهمكت في الكتابة حتى تحظى بفرصة لتصويب أجوبتها في نهاية الامتحان. وفي هذه الأثناء وبينما كانت ريم تحرك يديها لتكتب في كراسة الأجوبة لم تنتبهْ إلى أنها قد نسيت مذكرتها المكتوبة في جيب بنطالها، إذ أصبح طرف الورقة يبرز شيئًا فشيئًا من الفتحة الواسعة للبنطال، خاصة مع حركة يد ريم حتى سقطت الورقة على الأرض. حانت التفاتة من وليد فرأى الورقة بجانب قدم ريم، وفي الوقت نفسه رأى محاسن تتجه نحوهما في خطوات بطيئة. أدرك وليد الخطر القادم تجاه ريم، فتحرك سريعًا ووضع قدمه على الورقة ليغطيها. ولكنَّ عينا محاسن المدربتين أدركتاه فوقفت بجواره ونظرت إليه كأنها قط أمسك بفأر في مخزن حبوب.

- ده شنو اللي تحت رجلك؟

- ما في شيء.

- طيب أرفع رجلك.

تردد وليد لحظة ثم رفع رجله ببطء شديد وهو ينظر حوله بحذر. رفعت محاسن الورقة من تحت قدمه ثم نظرت إلى وليد كأنها ستفترسه ثم قالت:

- بتغش في الامتحان يا وليد؟

سكت وليد فنزعت محاسن كراسة الإجابة وورقة الامتحان من يده ثم قالت له:

- تعالَ معاي.

قام وليد من مكانه ببطء وهو يحس بنظرات الطلاب تلاحقه كأنها سهام مصوبة إلى ظهره، ثم تبع محاسن حتى وصلت إلى مقدمة القاعة حيث يقف عبد العظيم.

- دي "بخرة"[3] لقيتها تحت رجلو يا أستاذ عبد العظيم.

قالت محاسن وهي تشير إلى وليد بيد وتناول الورقة لعبد العظيم باليد الأخرى. قرأ عبد العظيم الورقة بسرعة ثم رد عليها:

- انتِ عارفة الإجراء يا محاسن. اعملي محضر غش وقعي عليه بعدين أنا بأوقع وأقدمه لعميد الكلية.

ثم تحول عبد العظيم إلى وليد وقال له:

- لحد ما يقرر العميد في المحضر، ممنوع عليك تجلس لأي امتحان وممنوع تكمل الامتحان بتاع اليوم. اتفضل مع السلامة.

- لكن يا أستاذ عبد العظيم.

- موضوعك عند العميد. مع السلامة.

خرج وليد يجرجر رجليه وسط دهشة الطلاب وهمهماتهم، ما عدا هاني الذي علتْ وجهه ابتسامة تشفٍّ واسعة. بعد أن خرج وليد من القاعة توجه إلى مكتب العميد وهناك وجد سكرتيرة العميد فوزية فحياها وقال لها:

- ممكن أقابل العميد؟

- العميد عنده اجتماع خارج الجامعة. خير؟

- كنت عايز أعرف كيف إجراءات محضر الغش.

نظرت فوزية إلى وليد من أعلى إلى أسفل قدميه ثم قالت وهي ترفع نظارتها من عينيها:

---

[3] البخرة مصطلح يُطلَق على الورقة التي تحمل إجابات عن أسئلة الامتحان، وفي بعض الدول تُسمَّى البرشامة.

- المحضر بيُعرض على العميد حسب تقرير المراقب، والعميد ممكن يعمل لجنة وبعدين يصدر القرار، وممكن يصدر القرار مباشرة.
- الجزاءات شنو؟
- الجزاءات خطيرة، ممكن تصل إلى الفصل من الكلية أو وضع علامة راسب للسنة الدراسية كلها.

شكرها وليد ثم غادر المكتب وهو لا يرى أمامه. قرر وليد أن يختلي بنفسه لكي يفكر بهدوء حتى يستوعب ما حدث في هذا اليوم، فذهب إلى ركن قصي وجلس تحت شجرة في الميدان الشرقي للجامعة.

في تلك الأثناء واصلت ريم جلسة الامتحان، وعندما أعلن عبد العظيم نهاية زمن الامتحان سلَّمت ورقة الإجابة ثم غادرت قاعة الامتحان. في خارج القاعة وجدتْ شذى في انتظارها فحيتها ثم ذهبتا معًا إلى كافتيريا الكلية لتناول عصير الليمون. قالت ريم بعد أن جلستا على أحد مقاعد الكلية الأسمنتية:

- شـفتِ اللي صار مع وليد؟ مش قادرة أصدق.
- أنا كمان مصدومة، هو أشـطر طالب وكان يدرّسـنا. طيب ليش؟
- الظاهر في أشياء كثيرة ما بنعرفها عن وليد.
- قصدك شنو؟

حكتْ ريم لصديقتها القصة التي سمعتها عن وليد وعن والده. ظهرتْ علامات الذهول على وجه شذى، ولكنها قالت لصديقتها:

- أنا خالتي تسكن أم درمان، وسمعتها مرة تحكي عن آل الكاشف بكل خير. تعرفي أسر أم درمان العريقة بيعرفوا بعض. شي يحير العقل.

ساد صمت ثقيل بين الصديقتين كأنَّ الزمن قد توقف بهما حتى قطعتْ شذى السكون بسؤالها:

- كيف اشتغلتِ في الامتحان؟

- تصدقي السؤال الثالث كنت راجعته قبل ثواني من الامتحان؟ شفتِ المصادفة الحلوة؟

- يعني خط النمل فيه فايدة؟

- أكبر فايدة، شوفي.

أدخلت ريم يدها في جيب بنطالها الأيمن لتخرج مذكرتها، ولكنها لم تجدها، فبحثتْ في باقي جيوبها دون فائدة، ثم في حقيبتها، ولكنَّ المذكرة لم يكن لها أي أثر.

- المذكرة مش لاقياها.

- متين كانت آخر مرة معك؟

- قبل الامتحان بثواني وحطيتها في الجيب اليمين.

- يمكن وقعت منك في مكان؟

وضعت ريم يدها على جبهتها كأنها تعصر ذاكرتها ثم وقفت فجأة وقالت لصديقتها:

- تعالي معي.

- لوين؟

- حنروح قاعة الامتحانات.

وصلتِ الفتاتان إلى قاعة الامتحانات وجالت ريم بنظرها في المكان ثم توجهتْ بعدها إلى مكان جلوسها السابق وجلست فيه. أخرجتْ ريم ورقة بنفس حجم مذكرتها ووضعتها في الجيب الأيمن لبنطالها وتحركت في مكانها عدة مرت مقلدة حركاتها في أثناء الكتابة، ولم يلبث طرف الورقة أن خرج

من فتحة الجيب الواسعة حتى سقطت الورقة بأكملها على الأرض في المكان نفسه الذي ضبطت فيه محاسن رِجل وليد. قالت ريم ببطء كأنها تُحدِّث نفسها.

- وليد ما له دخل بالموضوع.

- قصدك شنو؟

- البرشامة! البرشامة اللي ضبطتها محاسن مش تبع وليد... دي وقعت مني بدون ما أنتبه.

- معقول؟ طيب وليد ليش حط رجله عليها؟

- ما في غير تفسير واحد.

- عشان يحميكِ؟

هزت ريم موافقة ثم أضافت:

- أكيد هو شافها وقعت مني.

- ويخاطر بمستقبله؟ يعني هو...؟

لم تكملْ شذى جملتها بينما صمتت ريم هنيهة قبل أن تجيب:

- مش عارفة. هو ما حصل صارحني بشي. بس ساعات باحس...

- تحسي بي شنو؟

- مو وقته هلًّا. لازم نروح نخبِّر المشرف أن وليد مظلوم وأن الورقة وقعت مني بالغلط.

- بس لازم تعرفي ان احتمال تلبسيها انتِ، يعني يمكن ما يصدقوا إنها وقعت منك بالغلط.

- أهون عندي من أن وليد يروح فيها بسببي. مش راح أسامح نفسي.

أسرعتِ الصديقتان لمقابلة المشرف عبد العظيم في مكتبه، ولكنه أخبر الفتاتين أنه سلم المحضر لمكتب العميد، فهُرِعتِ الفتاتان إلى مكتب

العميد. قالت سكرتيرة العميد فوزية وهي تنظر إلى الفتاتين من فوق نظارتها:

- انتو كمان عايزين العميد؟

سألت ريم باستغراب:

- ليش مين غيرنا طلب يقابله؟

- طالب اسمه وليد جاء هنا بس قلت ليه العميد ما موجود.

- ممكن ننتظره؟ الموضوع مستعجل.

- شنو هو الموضوع؟

- في حاجة غلط في موضوع محضر غش وعايزين العميد يعرف الحقيقة.

- العميد اتصل قبل فترة وقال مش حيرجع المكتب اليوم.

ثم أضافت السكرتيرة بلهجة جادة:

- لازم تعرفوا الكلية ما بتتساهل في موضوع الغش. والجزاءات صارمة جدًا وتصل إلى الفصل من الجامعة وعلى الأقل علامة رسوب في كل مواد السنة.

***

عندما رجع سامي إلى البيت في إجازته لاحظ حركة غير اعتيادية وتجهيزات في البيت لم يعهدها من قبل. كانت أخته سهام وزوجها يزوران بيت الأسرة يوميًا للاطمئنان على صحة والده. ولكنه لاحظ تغيرات من نوع آخر، إذ وجد قطعًا متنوعة من لعب وملابس الأطفال في أحد أركان البيت، فقال بعد أن أخذ منه الفضول مأخذه:

- أمي، الحاصل شنو؟

- أختك سهام حتجيب بنت.

- سهام حامل؟
- لا. سهام حتتبنى طفلة يتيمة اسمها رجاء.
- من وين؟
- من ملجأ الرحمة.
- وانتِ رأيك شنو يا أمي؟
- يا سامي يا ولدي سهام منى عينها في طفل من زمان، والحمد لله ربنا رسل لها رجاء عشان تملأ عليها حياتها. اختك كانت ما بتنوم بالليل لكن كانت بتخبي حتى من زوجها.
- معقول يا أمي؟ وكيف عرفتي؟

سكتت والدته هنيهة ثم قالت وهي ترفع رأسها نحو سامي:

- الأم بتعرف يا ولدي. إن شاء الله ربنا يرزقك ببت الحلال وتجيب أولادك وانت كمان حتعرف.

ضحك سامي ثم قال لوالدته:

- الموضوع ده لسه بدري عليه.
- بدري في شنو يا سامي؟ كلها سنة وتتخرج وبعدين تشوف العروسة.
- انتِ عندك لي عروسة ولا شنو؟
- يا ولدي اختار بنفسك، انت اللي حتعيش معاها مش نحن. بعدين تقول أمي اختارت لي على مزاجها.

قال أسامة وهو يقبل رأس أمه:

- انتِ الخير والبركة يا أم صلاح.

بعد عدة أشهر أكملت سهام وزوجها إجراءات التبني واستعدت الأسرة لاستقبال صغيرتهم رجاء. ساعدت الحاجة ميمونة ابنتها في تجهيز غرفة

رجاء وتزيينها بالرسوم والألعاب، حتى جاء اليوم الموعود إذ ذهبت سهام وزوجها محجوب لاصطحاب ابنتهما الجديدة من ميتم الرحمة. كانت نفيسة مديرة الميتم قد جهَّزت حقيبة أحضرتها سهام ووضعت فيها أغراض رجاء القليلة. أرادت سهام أن تحتفظ صغيرتها بحاجاتها المتواضعة معها. واصطفَّ الصغار في وداع زميلتهم رغم أن بعضهم لم يكن يعي معنى هذا الوداع. قالت مديرة الميتم وهي تغالب دمعة كانت تجري على خديها:

- ما تنسي تزورينا انتِ وماما حبيبتي.

لم ترد رجاء، ونظرت إليها بعينيها الواسعتين في فضول طفولي.

- إن شاء الله أنا ورجاء حنزوركم باستمرار.

غادرت رجاء وسهام ومحجوب المكان ثم توجهوا إلى بيتهم. عندما وصل الثلاثة إلى البيت أخذت سهام رجاء إلى غرفتها ووضعت حقيبتها في السرير ثم قالت لها:

- دي غرفتك حبيبتي، عجبتك؟

- يعني شنو غرفتي؟

جثثْ سهام على ركبتيها حتى أصبح نظرها في مستوى نظر رجاء، ثم قالت وهي تضع يدها على كتفها الصغيرة:

- يعني الغرفة وكل حاجة فيها هي بتاعتك انتِ بس.

- بس أنا ما حصل كان عندي غرفة.

- من اليوم حيكون عندك غرفتك وأغراضك. بس لازم تخليها مرتبة وحلوة أوكي؟

- أوكي.

بعد ذلك فرَّغتْ سهام أغراض رجاء القليلة داخل خزانه الملابس، ثم أرشدتها إلى أقسام الخزانة المختلفة ومحتوياتها. نظرت رجاء إلى دمية دب كبير الحجم مصنوع من الصوف الناعم موضوعة بجانب الوسادة.

- اللعبة دي حقتي؟

- أيوه يا رجاء، كل حاجة هنا حقتك.

احتضنت رجاء قدمي سهام وقالت لها لأول مرة:

- أنا بحبك يا ماما.

جثتْ سهام على قدميها مرة أخرى، ولكنها أخذت رجاء في حِضنها هذه المرة وبكت بهستيرية، ولم تفق إلا على ملمس يدي زوجها محجوب وهما تربتان كتفيها بلطف. كانت تلك أول مرة تسمع أحدًا يناديها بهذه الكلمة السحرية التي ظنت أنها لن تسمعها أبدًا، إلا ربما في الجنة.

بعد مدة أفلتت سهام ابنتها رجاء بلطف ونظرت إلى زوجها محجوب. لم ينطقْ أحدهما بكلمة، فقط تبادلا نظرة طويلة كانت كافية لنقل أفكارهما وشعورهما في تلك اللحظة.

المحاكمة

عندما عادت ريم إلى البيت في تلك الليلة كان الوجوم يعلو قسمات وجهها، ففطنت لذلك أمها فبادرت للتخفيف عنها قائلة:

- حبيبتي لا تشيلي هم الامتحان. انتِ درستِ وعملتِ اللي عليكِ.

- أنا مش...

همَّت ريم بأن تفسر لأمها، ثم عدلت عن ذلك وذهبت إلى غرفتها. بعد أن عادت لورا من الجامعة طلبت منها أمها أن تخفف عن أختها، فجاءت لورا إلى غرفة أختها فوجدتها تجلس في سريرها وظهرها على مسند السرير وهي تحتضن وسادتها التي كانت على ركبتيها، ونظرات شاردة تملأ عينيها.

- كيف كان الامتحان ريم؟

ردتْ ريم بذهن شارد دون أن تنظر ناحية أختها:

- الحمد لله.

- شـو صاير يا ريم؟

سكتت ريم فترةً ثم قالت أخيرًا:

- مصيبة يا لورا.

ثم حكتْ ريم لأختها أحداث اليوم في الجامعة، وكيف انتهى بها الأمر في مكتب العميد. استمعت لورا باهتمام ثم قالت لأختها:

- بس انتِ متأكدة أنها مذكرتك؟

- أكيد هي يا لورا.

- طيب وليد ليش ما حكى؟ ليش ما حاول يوضح الموضوع؟
- الحكاية مبيَّنة يا لورا.
- شو قصدك؟
- هو أكيد غطى الورقة برجله مشان المشرفة ما تعرف أنها ورقتي، فما كان عنده مجال يحكي.
- حتى بعد ما لاحظ أنكِ كنتِ تتجنبيه؟

هنا انفجرت ريم في البكاء ثم قالت وهي تغالب دموعها:

- أنا رح أجن يا لورا. أنا كان قلبي قايل لي إن مستحيل الكلام اللي حكاه هاني عن وليد يكون صحيح. بس للأسف تعاملت معاه بطريقة بشعة كتير.

أخذت لورا أختها في حِضنها وربَّتتها وهي تقول بلهجة مواسية:

- هاي غلطتي أنا يا ريم. هاي كانت فكرتي أنا، وأنا اللي أقنعتك تتجنبي وليد.
- لا هاي غلطتي أنا. أنا مستحية أطلَّع في وشه مرة تانية.
- والعمل؟
- رح أخبِّر العميد بالحقيقة.
- وإذا ما صدق إن الورقة وقعت منك بالغلط؟ ممكن يفصلوك من الجامعة.
- على الأقل أكون أرضيت ضميري. ادعي لي يا لورا.

***

كان البروفيسور علي الزمَّالي رجلًا وقورًا متوسط البنية والطول يغطي الشيب جميع شعره، وكان يلبس عادة نظارة طبية لها سوار بلاستيكي أسود يتدلى حول عنقه، بحيث يتركها تتدلى على صدره حينما لا يحتاج

إليها. عندما وصل البروفيسور علي إلى مكتبه لاحظ طالبتيْن تنتظران في قاعة الاستقبال، فحياهما باقتضاب ثم حيًّا سكرتيرته فوزية قبل أن يدلف إلى مكتبه. كان مكتب العميد يتكون من منضدة خشبية مستطيلة واسعة تعلوها ملفات وكتب بجانبهم جهاز حاسوب وحامل أقلام. على الجانب الأيمن توجد مكتبة صغيرة مصنوعة من الخشب الأسود تحوي كتبًا ومراجع، وأمام المكتب كرسيان متقابلان تتوسطهما منضدة قهوة صغيرة. بعد دقائق حضرتْ سكرتيرته ومعها عدد من الملفات وضعتها أمامه.

- دي المراسلات محتاجة توقيعكم يا بروف علي.

- شكرًا يا فوزية. الطالبتين ديل عايزين يقابلوني؟

- أيوه يا بروف. بيقولوا بخصوص محضر غش جابو أستاذ عبد العظيم أمس.

ثم ناولته الملف الذي سلَّمه إياها عبد العظيم.

- طيب خليهم يدخلوا بعد ربع ساعة، بعد ما أقرأ المحضر.

خرجتْ فوزية وأخبرتْ ريم وشذى بأن العميد سيقابلهما بعد حين، ثم واصلت عملها على الحاسوب الذي أمامها. بعد مدة أذنت فوزية للفتاتين بمقابلة العميد. انتظرت ريم وشذى حتى أذن لهما العميد في الجلوس على المقعدين المتقابلين ثم قالت ريم:

- أنا اسمي ريم مصطفى وجاية أوضح غلط حصل في محضر الغش بخصوص الطالب وليد الكاشف.

- أي غلط؟

- قبل الامتحان أنا كنت عم بأدرس من ورقة لخصت فيها الدروس وبعدين لما نادوا الطلاب للدخول نسيت وحطيتها في جيبتي.

- وبعدين؟
- وبعدين الظاهر الورقة وقعت من جيبتي بدون ما أحس و... و...
- وبعدين؟
- وبعدين الظاهر وليد شافها وحط رجله عليها. والمشرفة شافته وعملت له محضر.
- يعني وليد رسلك تجي عندي وتقولي الكلام ده؟
- أقسم لك سعادة العميد وليد ما يعرف إني جاية لعندك.
- معقول؟

هنا تدخلت شذى في الحديث وقالت موضحة للعميد:

- سيادة العميد، أولًا ريم ما شافت المحضر ولا شافت الورقة اللي ضبطوها مع وليد، لكن هي تشك أنها ورقتها هي.

ابتلعت شذى ريقها ثم واصلت:

- ثانيًا هي تعرف أن حضورها إلى هنا يعرضها للمساءلة لأنها ممكن تتعاقب وتُفصَل من الجامعة. يعني هي لو ما كانت صادقة في كلامها ما كانت تخاطر بمستقبلها.

قال العميد موجهًا حديثه إلى ريم:

- ممكن تعطيني دفتر من دفاترك؟
- نعم اتفضل.

ردت ريم وهي تناوله دفترًا أخرجته من حقيبتها. أخرج العميد الورقة المضمَّنة في محضر الغش وقارن الخط في الورقة بالخط في الدفتر الذي قدَّمته ريم ثم قال بعد مدة:

- نفس الخط.

وبعدها ناولها المذكرة فتعرَّفت ريم على مذكرتها على الفور، وتبادلتِ الفتاتان النظرات. ساد صمت طويل ثم قال العميد أخيرًا:

- أنا حأشكِل لجنة برئاستي وعضوية د. أحمد توفيق أستاذ المادة، وحنسمع الأطراف كلها وبعدين نصدر القرار.

- ثم أضاف وهو يضع دفتر ريم داخل الملف:

- راجعوا السكرتيرة عشان تحدد ليكم الموعد.

***

رتبت السكرتيرة عواطف موعدَ سماع إفادة الشهود (المشرف عبد العظيم والمشرفة محاسن وشهادة ريم وشذى ثم شهادة وليد) بفواصل زمنية لا تقل عن ساعة لكي تضمن عدم وجود شاهدين في المكان نفسه.

في البداية حضر المشرف عبد العظيم لمقابلة اللجنة الثلاثية. كان العميد يجلس في مكتبه وبجواره د. أحمد توفيق، فيما جلست السكرتيرة عواطف إلى منضدة منفصلة لتسجل وقائع الجلسة في دفتر أمامها.

قال المشرف عبد العظيم وهو ينقل بصره بين العميد وبين د. أحمد توفيق:

- أنا أصلًا ما شفت الواقعة وأكتفي بالتقرير المكتوب حسب ما تسلمته من المشرفة محاسن.

- عندك أي إضافة أستاذ عبد العظيم؟

- لا. شكرًا.

بعدها حضرت المشرفة محاسن وقدمت إفادتها كالآتي:

- في أثناء الامتحان لاحظت في ورقة مرمية على الأرض وبعدها شفتِ الطالب وليد يضع رجله عليها.

سأل د. أحمد توفيق:

- وين كانت الورقة؟
- قدام مقعد الطالب وليد.

سأل العميد:

- شفتيها وهي بتقع على الأرض؟
- لا.
- تعرفي خط وليد؟
- لا.
- عندك أي إضافة؟
- كل أقوالي مسجلة في المحضر.

بعد ذلك حضرت ريم ودخلت إلى القاعة. كانت تسير بخطوات مترددة حتى وقفت أمام مكتب العميد. سأل العميد وهو ينظر إلى ريم في عينها:

- اسمك؟
- ريم مصطفى.
- الورقة دي حقتك؟
- نعم يا دكتور.
- دخلتِ بيها قاعة الامتحان؟
- أنا كنت عم بدرس منها قبل الامتحان، ولما نادوا على الامتحان كنت بالم أغراضي وحطيتها في جيبتي بدون ما أنتبه.
- وبعدين؟
- الظاهر إنها وقعت مني من غير ما أنتبه عليها، وبعدين المشرفة أجات وعملت محضر لوليد لأنها فكرته هو صاحب الورقة.
- وليش ما تكلمتِ في ساعتها؟

- أنا ما انتبهتُ أنها وقعتْ مني إلا في الكافتيريا لما كنت مع زميلتي شذى.
- طيب وليد ليش حط رجله على الورقة؟
- ما بعرف.
- انتِ مررتِ الورقة لوليد؟
- أبدًا ما حصل.
- وليد هو اللي بعتك تشهدي؟
- هو أصلًا ما بيعرف إني جيت هون.
- معقول؟ في الأول قلتِ إن الورقة وقعت من غير تنتبهي، وبعدين وليد حاول يغطيها برجله، كل هذا بدون ما يكون بينكم أي اتفاق؟
- هادي هي الحقيقة يا دكتور، أقسم بالله العظيم.
- عندك إضافة ثانية؟
- لا.

بعد مدة حضرت شذى لتقديم شهادتها سألها د. أحمد توفيق:

- اسمك؟
- شذى عوض.
- تعرفي شنو عن الموضوع يا شذى؟
- ريم زميلتي وعندها عادة تلخص في ورقة بخط صغير أنا كنت أسميه "خط النمل".

بلعت شذى ريقها ثم أضافت:

- وبعد الامتحان كنا جالسين في الكافتيريا وسألتها إذا كان خط النمل جايب فايدة، ولما حاولتُ تطلَّع الورقة من جيبها، اكتشفت

أنها غير موجودة، وفتشت عليها في شنطتها ما لقتها، فقالت أكيد وقعت في مكان.

- وبعدين؟

- بعدين رجعنا القاعة ما لقيناها. وبعدين ريم حطت ورقة تشبهها في جيبها وجلست في نفس المكان وكررت حركتها في الامتحان والورقة وقعت على الأرض. هنا عرفنا أن أكيد هي الورقة اللي مسكوها مع وليد.

- طيب ليش وليد ما تكلم؟ ليش غطاها برجله؟

- لأنو لو شافتها المشرفة حتعمل مشكلة لريم.

- يعني هو ورط نفسه بدل ريم؟ ليش؟

- لأنه...

- لأنه شنو؟

ترددتْ شذى مدةً ثم أخيرًا قالت بصوت منخفض كأنها تخشى ألا تستطيع إكمال جملتها:

- بصراحة أظن وليد بيحب ريم.

تبادل العميد ود. أحمد توفيق نظرات ذات مغزى، ثم بعدها سأل العميد شذى:

- عندك إضافة ثانية؟

- لا. شكرًا.

بعد أن خرجت شذى كان وليد هو آخر من تستمع له اللجنة، تولى العميد توجيه الأسئلة:

- اسمك؟

- وليد الكاشف.

- الورقة دي بتاعتك يا وليد؟
- أيوه.
- ودي ورقة الإجابة بتاعتك؟
- نعم.
- طيب ليه الخط الفي الورقة مختلف عن كراسة الإجابة؟
- الظاهر في الامتحان بكتب بسرعة.
- يعني تعترف إنك كنت بتغش في الامتحان يا وليد؟
- لا يا دكتور، هي ورقتي، لكن ما كنت بغش منها. هي وقعت بالغلط.
- الطالبة ريم مصطفى قالت إن دي ورقتها هي وده خطها.
- ريم كانت هنا؟ أكيد غلطانة لأن الخطوط بتتشابه يا بروف.

هنا تدخل د. أحمد توفيق قائلًا:

- يعني قصدك خطك بيشبه خط ريم؟
- لا. أنا قصدي ريم ما عندها ما دخل في الموضوع.
- مُصِر على كلامك يا وليد؟
- نعم، يا بروف علي.
- عارف نتيجة كلامك ده يا وليد؟
- أيوه.
- عندك حاجة تضيفها؟
- لا. شكرًا.
- القرار بعد المداولة يا وليد. راجع السكرتيرة بعدين.

بعد أن خرج وليد شرع العميد ود. أحمد توفيق في مناقشة ما جاء في محضر الغش للفصل فيه.

الحكم بعد المداولة

في اليوم التالي، وبينما كان وليد يجلس في المكتبة يقرأ في كتاب أمامه، وكان عقله يقاطعه كل مرة ليجلب إلى ذاكرته أحداث جلسة التحقيق التي شهدها في مكتب العميد. اقتربت منه ريم وهي تمشي بخطوات مترددة ثم حيَّته بصوت هامس:

- مرحبًا وليد.

- أهلين.

- ممكن أحكي معك خمس دقائق؟

- تفضلي.

- ممكن في مكان ثاني؟

جمَّع وليد كتبه ووضعها في حقيبته، ثم تبع ريم التي اتجهت إلى شارع المين، وجلس الاثنان على إحدى المقاعد الأسمنتية المنتشرة عليه. قالت ريم وهي تنظر إلى يديها وتفركهما لتخفي اضطرابها:

- وليد أنا مستحية منك ومش عارفة من وين أبدأ.

- ممكن تبدئي من أي مكان وأنا سامعك.

- لو سألتك بتجاوبني بصراحة؟

- أحاول.

- انت ليش عملت هيك؟

- عملت شنو؟

- انت بتعرف... وأنا بأعرف.

سكت وليد هنيهة فتابعت ريم:

- انت وعدتني.

- أنا شُفت الورقة وقعت منك، وبعدها بثانية كانت عواطف متجهة ناحيتنا، وعرفت لو شافت الورقة حتعمل لك مشكلة، فحاولت أخفي الورقة لكنها شافتني، وانتِ عارفة الباقي.

- ما جاوبت عن سؤالي. ليش عرَّضت نفسك للمشكلة بدالي؟

- لأني ما عايز شيء يضرك.

- ليش؟

ساد بين الاثنين صمت أطول من السنة الجدبة، حتى قال وليد في النهاية وهو ينظر إلى ريم في عينها:

- لأني باحبك يا ريم.

سكتت ريم مدة وأطرقت برأسها فسألها وليد:

- يعني ما رديتي!

- انت فاجأتني.

- مفاجأة سارة ولا ضارة؟

رفعت ريم رأسها ونظرت تجاه وليد ليرى وليد دمعة تترقرق في عينها ثم قالت:

- وليد أنا لازم أعترف لك بشيء.

- في حد ثاني في حياتك؟

- لا، مش قصدي هيك.

تنهَّد وليد، ولكنَّ ريم نظرت إلى الأرض ثم رفعت رأسها ونظرت إلى وليد مرة ثانية وفي هذه المرة كانت دموع ساخنة تسيل على خديها ثم قالت:

- أنا غلطتُ في حقك وحتى ما استاهل أطلب منك تسامحني.
- الموضوع شنو يا ريم؟
- هاني خليفة حكى عليك كلام وحش وفرجاني صورة من أمر قبض من النيابة باسم الوالد وطلب مني أبعد عنك.
- ابن الكلب...

سكت وليد مدةً ثم تابع وهو يهز رأسه ببطء كأنه يكلم نفسه:

- وانتِ صدقتيه وبقيتِ تتجنبيني... يا دوب فهمت!
- بعد كل اللي عملته عشاني أنا تصرفت معاك هيك. أنا خجلانة من نفسي ومنك.

قال وليد بصوت يقطر مرارة:

- يعني مش كان المفروض تسمعي مني زي ما سمعتِ من هاني؟
- وليد أنا آسفة.
- لو كان سألتيني بس كنت حأوريك المستند ده.

قام وليد إلى حقيبته وأخرج منها ملفًا، ثم أخرج منه ورقة قدمها إلى ريم ثم تابع:

- المستند ده إقرار من الشخص اللي عمل البلاغ ضد أبوي واسمه بخيت البلال بيعترف فيه أنهم احتالوا على أبوي عشان ياخذوا فلوسه. الحمد لله ربنا سهل لي أكشفهم وأخليهم يرجعوا الفلوس اللي أخذوها من الوالد.

قالها وليد وهو يجاهد نفسه لكيلا يصرخ، ثم واصل بصوت فيه مزيج من الإحباط والمرارة:

- ناس القانون بيقولوا "المتهم بريء حتى تثبت إدانته"... وانتِ حكمتِ عليَّ حتى من غير ما تسمعيني؟

انهمرتِ الدموع بغزارة من عيني ريم حتى أخفت وجهها بين كفيها وقالت وهي تنتحب دون أن ترفع رأسها:

- وليد أنا آسفة. أرجوك سامحني.

لم يرد عليها وليد، بل جمَّع أوراقه ووضعها في حقيبته ثم غادر المكان.

***

في تلك الأثناء كانت اللجنة مجتمعة في مكتب العميد للبتِّ في محضر الغش. نظر د. أحمد توفيق إلى الملف ثم قال:

- دي أغرب قصة تحقيق تمر عليَّ يا بروفيسور علي.

- رأيك شنو في اللي سمعته يا د. أحمد؟

- يا بروف أنا من البداية كنت حاسس في حاجة ما مزبوطة في الموضوع كله... لكنْ لما سمعت شهادة شذى فهمت الحاصل.

اعتدل د. أحمد توفيق في جلسته ثم واصل وهو ينظر إلى العميد:

- وليد من أميز الطلاب عندي، وقبل كده جاب أعلى درجة في الصف، لذلك لما شُفت اسمه في محضر الغش انصدمت، وكمان الورقة مش بخطه.

- قصدك شنو؟

- يا بروف نحن في يوم من الأيام كنا طلبة ومرينا بالمراحل دي.

سكت د. أحمد توفيق هنيهة ثم واصل حديثه:

- خليني أسألك: لو انت في عمر وليد والبنت البتحبها حتقع في ورطة حتعمل شنو؟

- حاحميها طبعًا.

- ده بالظبط اللي عمله وليد، لاحظ أنه لآخر لحظة كان بيدافع عنها. ما في تفسير تاني.

- لكن يا د. أحمد ده مش عذر. دي برضو مخالفة للوائح الامتحان.
- يا بروفيسور علي نحن ممكن نختار نطبق اللائحة أو نطبق العدالة. لو طبقنا العدالة حرام نخلي مستقبل الولد يضيع بالطريقة دي. أنا معاك أسلوبه غلط، لكن ما تنسى الحكاية حصلت قدامه في ثواني.
- لكن ما نقدر نسكت عن اللي حصل. دي حتكون سابقة في تاريخ الجامعة.
- لكن الفصل من الكلية فيه ظلم. لازم نشوف حل عادل.

تراجع د. أحمد توفيق في مقعده ثم واصل:

- خلينا نديه فرصة ثانية. نعطيه صفر في الامتحان. لكنْ نسمح له يعيد الامتحان مع طلاب الامتحانات البديلة.

التفت بروفيسور علي الى محاسن وقال:

- رأيك شنو يا محاسن؟
- أنا مع رأي د. أحمد. حرام مستقبل الولد يضيع بعد ما عرفنا الحقيقة.

بعد مدة تلا العميد القرار في الشكوى المقدمة ضد الطالب وليد الكاشف ووقع على القرار.

سيف عينيك في الحالين بتَّار

بعد يومين أصدرتْ عمادة الكلية قرارها بمنح علامة صفر في الامتحان الذي جلس له وليد، ولكنها سمحتْ له بإعادته ضمن الامتحانات البديلة، وسمحت له بمواصلة باقي الامتحانات. تلقى وليد الخبر من السكرتيرة عواطف دون أن يظهر على وجهه أي تعبير، ثم شكرها وخرج من المكتب. ظل وليد يحضِّر للامتحانات المتبقية، ويتردد على المكتبة باستمرار، وفي ذات يوم وفي أثناء خروجه من قاعة الامتحان وجد ريم في انتظاره فحاول تجاوزها، ولكنها اعترضت طريقه وسألته بنبرة تضج بالندم:

- لسه زعلان مني؟

قال وليد دون أن ينظر إليها وهو يحاول تخطيها مجددًا:

- أنا مش زعلان من حد.

قالت ريم وهي تضع يدها برفق على ساعده:

- يعني ما تقدر تسامحني؟
- يهمك تعرفي؟
- جدًّا.

سكت وليد فترة وهو يصارع شعوره. كان في صوتها نبرة صدق لا تخطئها الأذن، وفي عينيها توسل صامت. جالت بخاطره ذكرى اللحظات التي قضياها معًا وأحاديثهما الطويلة. التقت عيناهما في نظرة طويلة، وفي النهاية انتصر شعور الحب، فافتر ثغره عن ابتسامة رغمًا عنه وقال لها:

- اعزميني عصير أول.

ردت ريم بابتسامة عريضة وفرحة صادقة تطل من عينيها الواسعتين:

- من عيوني.

اتجه الاثنان ناحية مقصف الكلية، ولكنَّ وليد أصرَّ على أن يدفع قيمة كوبي عصير الليمون. أخذ وليد الكوبين وتوجه الاثنان ليجلسا على إحدى مقاعد الكلية الأسمنتية. كانت رائحة الليمون الطازج تنبعث من الرغوة البيضاء التي صنعها الخلاط الكهربائي حينما كان يخلط حبات الليمون المقشرة في قطع الثلج لتصنع العصير الذي يشتهر به مقصف كلية العلوم الإدارية، أو كما يسميه الطلاب "ليمون بزنس" مستخدمين العبارة الإنجليزية لاسم كليتهم. كان الطلاب يتناقلون نكتة تحكي أن أحد الطلاب الجدد أُعجِب بفتاة جميلة معه في الصف، فتوجه إليها قائلًا: "لو سمحتِ ممكن أعزمك بزنس في ليمون؟".

قالت ريم وهي تتناول كوب الليمون من يد وليد:

- مش مفروض أنا عازمتك؟ يعني أنا اللي أدفع.

- الدفع مش لازم بفلوس، في ناس ابتسامتها تكفي.

احمرَّ وجه ريم، لكنها تجاهلت الرد على عبارته وقالت مغيرة موضوع النقاش:

- احكي لي كيف كشفت الجماعة اللي كان بدهم ينصبوا ع الوالد؟ ويش سويت معهم؟

- سامي أخوي مرة قال لي "لازم تعتمد على نفسك". في الكلية علمونا البحث وأنا عملت بحث لحد ما عرفت حقيقتهم وحاسبتهم.

مع إصرار ريم على معرفة التفاصيل حكى لها وليد قصة السمسار عبد الباقي ورئيسه بخيت البلال، وكيف انتهى بهما الأمر أمام نيابة الثراء الحرام.

- يا ريت لو كنت عرفت من الأول.

- كنتِ حتعملي شنو؟

- كنت أوقف معك وانت عم تمر بهاي الظروف الصعبة بدل ما أتهرب منك.

ثم أضافت ريم بنبرة حزينة:

- أنا عارفة تصرفي جرحك يمكن أكثر من اللي حصل مع الوالد.

- ده كله مش مهم الآن. أنا باحبك وانتِ الآن قدامي... هذا هو المهم.

- من قلبك يا وليد؟

لم يرد وليد، وإنما رفع يده اليمنى ووضعها على موضع قلبه ثم أفلتها. تركت ريم أصابعها ترتاح على صدره لوهلة لتسمع دقات قلبه، ثم سحبتها سريعًا واحمر وجهها خجلًا. عندما أمسك وليد بيدها تمنت لو تترك يدها في راحته إلى الأبد. كانت يده قوية في غير عنف، وكان في صوته بحة رجولية تجعل قلبها يرقص لسماع حديثه. نظرت بطرف عينيها كأنها تراه لأول مرة وتأملت قامته الفارعة، وتساءلت في نفسها ترى أين يجد أحذية تلائم قياسه؟ ثم نظرت إلى أسنانه التي تشع عندما يبتسم وتظهر معها غمازتاه في وسط وجهه الأسمر الدقيق. أطرقت ريم برأسها قليلًا ثم قالت بصوت هامس:

- وأنا كمان باحبك يا وليد.

أردفتْ ريم ذلك بأن أخرجت صورة فوتوغرافية من حقيبتها وسلمتها لوليد ثم قالت:

- خليها معك مشان تتذكرني.

همَّ وليد بالقفز من مقعده، ولكنه تذكر أنهما يجلسان في مقصف الكلية، فعاد إلى مقعده وحدق إلى الصورة التي كانت تظهر ريم وهي تضع على عينيها نظارة شمسية تقيها حرَّ صيف الخرطوم، وهي تبتسم ابتسامتها التي تُسكِره، فتاه وليد في عالم الخيال لحظاتٍ، ثم تناول قلمه وكتب في خلف الصورة ما جال في خاطره في تلك اللحظة:

السيف في الغمد لا تخشى مضاربه وسيف عينيك في الحالين بتَّار

نظرت ريم إلى الكلمات، وتذكرت أول مرة سمعتْ فيها بيت الشعر الشهير عندما كانت مع وليد في جزيرة توتي واتسعت ابتسامتها، فيما وضع وليد الصورة في جيبه بعد أن قبّلها بطرف شفته.

***

كان هاني يتميَّز غيظًا وهو يرى خطته في إبعاد وليد عن طريقه تُخفق، فعلى عكس ما كان يخطط كان يرى عَلاقة وليد وريم تزداد عمقًا وهو يراهما معًا كل يوم تقريبًا. فكَّر هاني في خطة بديلة ولمعت عيناه عندما خطرت له خطة شيطانية جديدة.

في يوم تلقى إبراهيم مصطفى رسالة في البريد، وعندما فتحها وجدها تحتوي على رسالة مطبوعة بالحاسوب دون أن تحمل أي توقيع، ووجد معها صورة من مستند أمر قبض صادر من النيابة. كانت الرسالة تحتوي على التالي:

الأستاذ إبراهيم مصطفى
أنا فاعل خير أحب أحذرك أن في شخص يحاول يؤذي بنتك ريم ويغشها.
الشخص اسمه وليد الكاشف، وهو شخص محتال وحرامي ضبطته الكلية وهو بيغش في الامتحان. هو من عيلة محتالين وأبوه عليه أمر

قبض من النيابة. وليد إنسان غشاش وهو داخل على طمع، لازم تحمي بنتك.

فاعل خير.

وضع إبراهيم الرسالة في جيبه، ثم فتح درج مكتبه والتقط مفتاح سيارته ثم غادر متوجهًا إلى جامعة الخرطوم. أوقف إبراهيم السيارة ثم اتجه فورًا إلى مبنى كلية العلوم الإدارية، كانت تلك أول مرة يأتي فيها إلى الكلية منذ أن اصطحب ابنته في أول يوم حينما بدأت دراستها في الجامعة. ظل يبحث عن ابنته حتى وجدها أخيرًا في مقصف الكلية. كانت تجلس مع شاب ويتبادلان الضحكات.

قالت ريم في صوت يمزج بين الدهشة والفرحة لرؤية والدها:

- بابا؟ أهلين... شو هاي المفاجأة؟

رد والدها في صوت جاف:

- مين هدا؟

قالت ريم وهي تشير إلى وليد مبتسمة:

- بابا أعرفك بزميلي وليد الكاشف.

قال وليد وهو يقف مادًّا يده ليسلم على والدها:

- فرصة سعيدة أستاذ إبراهيم.

ولكنَّ الأخير تجاهل اليد الممدودة إليه، وقال له بفظاظة:

- ابعد عن بنتي أحسن لك، وإلا حأبلغ عنك الشرطة. أصلًا واحد مثلك ما يطلع له يشتغل شوفير عندي. فاهم؟

ثم التفت إلى ابنته وقال لها:

- تعالي معاي ع البيت.

- شو في بابا؟

- تحركي عم أقل لك.

جذب إبراهيم ذراع ابنته بخشونة، فسحبت الأخيرة حقيبتها ثم غادرت المكان مع والدها، فيما فتح وليد فمه ليتكلم، ولكنه تراجع في اللحظة الأخيرة. في الطريق إلى البيت كانت ريم تنتحب بحرقة من تصرف والدها الذي لم تعرف له سببًا.

في تلك الأثناء كان نزار يراقب الموقف من بعيد، ونقل تقريره لهاني ليهنئه على نجاح خطته.

- والله يا هاني لو شُفت وش وليد وهو مادي يديه عشان يسلم.
- وبعدين؟
- بعدين أبوها بهدله وجراها من يدها وأخدها معاه.
- أخيرًا يا وليد انتقمت منك.
- ضربة في الصميم يا هاني.

عندما رجع وليد إلى البيت وجد سامي قد عاد من الكلية. تبادل وليد مع سامي عبارات مقتضبة، ولكنَّ سامي أرجع ذلك إلى جو الامتحانات التي يمر بها وليد. في تلك الليلة أخلد سامي على سريره في يمين الغرفة التي يتشاركها مع شقيقه، وكان سرير وليد على يسار الغرفة. قال وليد لسامي: تصبح على خير، ثم أشاح بوجهه ناحية الحائط حتى لا يرى شقيقه دمعة ترقرقت في عينيه.

كان وليد يحس بألم يخترق قلبه ويشق جسده وهو يرى حلمه مع ريم قد أصبح هشيمًا تذروه الرياح، ولكنه لم يكن يدري أن القدر يخبئ له لطمة أخرى أشد وطأة على قلبه.

الرحيل الحزين

عندما وصلتْ ريم ووالدها إلى البيت خيَّرها والدها بين مقاطعة وليد، وبين ترك الجامعة مع إبلاغ الشرطة عن وليد، و لم ينتهِ أبوها إلا بعد أن وعدته ريم بأنها لن تتحدث مع وليد مرة ثانية. لم تقدر ريم على إخبار والدها أن هذه لم تكن أول مرة تفعل ذلك. ذهبتْ ريم إلى غرفتها وبكت حتى جفَّت عيناها، فلم يعد يُسمَع سوى حشرجات نحيبها.

بعد انتهاء الامتحانات في نهاية العام جمع إبراهيم مصطفى أسرته حول مائدة العشاء، ونقل لهم الخبر الذي يؤجل إخبارهم به:

- نحن حنرجع سوريا خلال شهر.

قالت لورا بدهشة:

- ليش بابا؟

- عقدي مع المنظمة ما اتجدد ولازم نرجع.

سألت ريم بقلق:

- طيب ودراستنا بابا والجامعة؟

- حتكملوا في جامعة حلب، جهزوا حالكم.

في الأيام التالية انهمكت أسرة مصطفى في الاستعداد للرحيل، بعد ثلاث سنوات قضتها الأسرة في الخرطوم، وزعت ربة المنزل منى المهام على الجميع حتى تضمن أن تصل أغراض الأسرة كاملة إلى منزل الأسرة في حلب، والتي يسميها السوريون بـ "حلب الشهباء".

بينما كانت ريم تعدُّ أغراض مكتب والدها وجدت بينها ظرفًا بنيًّا، وعندما رفعته لتضعه داخل إحدى الكراتين سقطت منه ورقة على الأرض. عندما همَّت برفعها استرعى انتباهها وجود اسمها في الورقة، فدفعها الفضول إلى قراءة محتوى الورقة، لم تصدق ريم عينيها في البداية عندما قرأت الرسالة التي أرسلها فاعل الخير إلى والدها، ثم همست لنفسها: "الحين فهمت ليش بابا هيك تصرف مع وليد".

في صباح يوم رحيل الأسرة حضرتْ شذى لتودع صديقتها وتساعدها على إعداد أغراضها، وعندما حانت ساعة الفِراق تعانقت الصديقتان بحرارة وسالت الدموع من عينيهما. قالت ريم وهي تمسك يدي صديقتها:

- شذى، بدي أحكي لك ع سر، بس توعديني ما تخبري وليد.

- خير يا ريم، في شنو؟

- لازم توعديني الأول.

- أوعدك.

- قبل يومين لقيت رسالة من شخص مسمي نفسه فاعل خير ورسل هاي الرسالة لبابا بيحذر بابا من وليد وبيقول له لازم تحمي بنتك من وليد.

- مين رسّل الرسالة؟

- الرسالة مطبوعة بالكمبيوتر ومعها صورة من أمر القبض الصادر من النيابة ضد والد وليد. شخص واحد ممكن يكون وراها.

- مين يعني؟

- هاني خليفة، هو أصلًا بيغار من وليد مشان أنا ما أعطيته وش.

- وبابا عمل شنو؟

- بابا جاء في الجامعة وشافني جالسة مع وليد وبهدل وليد، وبعدين طلب مني ما أحكي مع وليد وإلا حيحرمني من الجامعة ويبلغ الشرطة عن وليد.
- وبعدين؟
- أنا طبعًا خفت وليد يتأذى بسببي مرة ثانية، فما حكيت معه من يومها.

قالت ريم وهي تمسح الدموع التي سالت من عينها ثم واصلت:

- نحن خلاص مسافرين ع سوريا وبابا رافض سيرة وليد، يعني خلاص ما في أمل بيني وبين وليد، وأنا ما أريد وليد يتعذب أكثر من هيك.

ثم ختمت حديثها بصوت متهدج:

- أحسن حل لوليد أنه ينساني ويواصل حياته مع واحدة غيري.

***

بعد مدة ظهرت نتائج الامتحانات، وكان وليد قد أدى امتحان مادة مبادئ التسويق مع امتحانات الملاحق البديلة، وهذا ما أثّر في نتيجته، ولكنه أفلح في الانتقال إلى السنة الثانية. في بداية العام التالي عرف وليد برحيل ريم إلى سوريا فأظلمت الدنيا في عينيه، ولكنه جعل الدراسة السلوى التي يحاول من خلالها مداواة جراح قلبه. غمس وليد نفسه بين الكتب والمراجع ليلًا ونهارًا حتى لا يجرفه فكره إلى ذكرياته مع ريم، وصار يتجنب الأماكن التي كانت تجمعهما حتى لا تأخذه ذكريات الماضي إلى شطآن العذاب.

مرت السنوات سريعًا، وفي ذات يوم في بداية السنة الأخيرة للجامعة اتصل وليد بشقيقه صلاح:

- أنا عايز أهاجر يا صلاح.

- لي وين يا وليد؟
- مش عارف. يمكن أمريكا أو أوروبا.
- أمريكا وأوروبا بلاد بعيدة يا وليد ونحن عايزينك جنبنا. رأيك شنو بعد تتخرج أنا أرتب ليك تأشيرة للإمارات؟
- الإمارات؟
- أيوه. دبي فيها فرص كبيرة لزول ذكي زيك.
- خليني أفكر في الموضوع.

***

كان سامي قد تخرج في الكلية الحربية وعاد ليقيم مع أسرته مرة ثانية، وإن كانت طبيعة عمله تتطلب منه الغياب في أحيان عدَّة. بسبب ظروفه الصحية كان الحاج محمد الكاشف قد عهد بمحله إلى عامل من أقاربهم اسمه لقمان، وكان يكتفي بزيارة محله مرة أو مرتين في الأسبوع.

كان العام الأخير في الكلية يمثل مرحلة النضج للطلاب من كل النواحي، حتى العاطفية منها، في هذا العام يتحدد مصير العلاقات التي تكونت في أثناء الدراسة الجامعية، إذ تتجه العلاقات الناجحة عادة نحو الخِطبة أو ما شابهها، وتنتهي العلاقات المخفقة بالفِراق. في إحدى المرات سأل أسامة صديقه وليد:

- رأيك شنو في شذى؟
- من أي ناحية؟
- كامرأة يعني.
- معقول يا أسامة؟ انت وشذى؟
- أيوه يا وليد، أنا ما كنت متأكد من إحساسي إلا لما شُفت السنة حتنتهي وتاني ما حاشوفها، ساعتها تأكدت من مكانتها عندي.

- والله يا أسامة شذى بنت ممتازة، أخلاق وجمال. تكلمت معاها؟

- يعني لمَّحت مرات.

- التلميح ما ينفع يا سبع البرمبة، وانت عارف.

- تفتكر عندها زول؟

- انت معاها من أربع سنين، لو كان عندها زول كان ظهر. توكل على الله.

***

في ذات يوم اقترب أسامة من شذى ودعاها إلى زيارة متحف التاريخ الطبيعي فوافقت، عندما وصل الاثنان إلى المتحف وبينما هما يتجولان في أرجائه سألها أسامة:

- تتذكري آخر مرة زرنا المتحف مع بعض؟

- قصدك لما عزمتني عشان تفتح الجو لوليد وريم؟

توقف أسامة ثم قال بدهشة واضحة:

- يعني كنتِ عارفة؟

- وريم كمان كانت عارفة، بس مثِّلنا عليكم إننا ما واخدين بالنا من حركاتك انت ووليد عشان ما نحرجكم.

ضحك أسامة حتى كاد يقع ثم قال لها:

- يعني أنا ممثل فاشل؟

- أفشل واحد في الدنيا.

توقف وليد مرة ثانية وقال بصوت جاد:

- يعني عارفة عزمتك ليه؟

- أنا قلت انت ممثل فاشل، ما قلت إني باعلم الغيب، تفرق.

- شذى، أنا عايز أقول ليك حاجة مهمة.

175

- حاجة شنو؟
- شذى أنا باحبك.

سكتت شذى هنيهة ثم نظرت إلى أسامة وقالت:

- تعرف يا أسامة؟ أنا كنت خلاص يئست أنك حتقولها.
- قصدك شنو؟
- كنت بسمع تلميحاتك، وانتظرتك تصارحني.
- بصراحة كنت خايف.
- من شنو؟
- تكوني مرتبطة بحد تاني.. يعني واحدة حلوة زيك.
- أما إنك واحد غشيم بصحيح.
- يعني؟
- يعني!

مد أسامة ذراعيه نحو شذى يحاول ضمها إليه، لكنها أفلتت نفسها منه وهي تضحك وقالت له:

- نحن في المتحف يا مجنون.

وفي نهاية العام وبعد ظهور نتيجة الامتحانات على لوحة إعلانات الكلية، أعلنت شذى وأسامة خِطبتهما أمام طلاب الدفعة الذين كانوا قد تجمعوا لمعرفة النتيجة. اقتربتْ إحدى الطالبات واسمها لبابة وهنأت الاثنين ثم قالت لشذى:

- تعرفي يا شذى، أسامة ده أنا كنت حاطة عيني عليه من زمان، لكن يا حرام ما عنده حظ.
- بس يا لبابة انتِ حاطة عينك على كم واحد أصلًا؟

- شباب الدفعة كلهم، ما خليت واحد فيهم، لكنْ كلهم حظهم زي
وشهم!

ضج المكان كله بالضحك.

***

بعد مدة جاء موعد حفل التخرج، كان الطلاب قد كوَّنوا لجنة من بينهم
للإعداد للحفل الذي أقيم في الميدان الشرقي للجامعة، حضر وليد إلى
مكان الاحتفال مبكرًا لكي يشارك زملاءه في الاستعدادات، على أن
يصطحب سامي والديه وأخته سهام وزوجها محجوب وابنتهما رجاء لاحقًا.
عندما وصلت أسرة الكاشف إلى مكان الاحتفال هبَّ وليد لاستقبالهم، كان
وليد يرتدي بِذْلَة سوداء ومن فوقها عباءة التخرج السوداء، وعلى رأسه
قبعة التخرج التي يرتديها الطلاب في مثل هذه المناسبات، احتضنت
الحاجة ميمونة ولدها ثم أطلقت زغرودة شاركتها فيها أخته سهام. سلَّم
وليد على والده وقبَّل رأسه ثم أجلسهم في المقاعد المخصصة لأسر
الخريجين.

كان المكان يحتوي على منصة مستطيلة تضيئها كشافات قوية أقيمت على
أعمدة على جانبي المنصة، في وسط المنصة كانت هناك لوحة كبيرة تمثل
خريطة السودان عليها أسماء المدن التي ينتمي إليها الخريجون وأمام كل
مدينة مصباح أحمر.

بدأ الحفل بتلاوة من القرآن الكريم قدمها أحد الطلاب، ثم بعد ذلك ألقى
العميد بروفيسور علي الزمَّالي كلمة الكلية. كان العميد يرتدي حلَّة التخرج
وشالًا يحمل شعار جامعة الخرطوم. بعد كلمة العميد تلى أسامة فقيري
كلمة الطلاب نيابة عن الدفعة. بعد ذلك اصطف أساتذة الجامعة وعلى
رأسهم العميد لتقديم شهادات التخرج للطلاب.

كانت هناك فتاة طويلة تحمل بيدها ميكرفونًا وتقف في وسط المنصة لتتلو أسماء الخريجين فردًا فردًا، بعد مدة جاء صوتها من خلال الميكرفون:

- وليد محمد الكاشف.

قام وليد من مكانه واتجه إلى الطرف الأيمن للقاعة حيث كان في انتظاره طالبة تلبس الثوب السوداني التقليدي، وبجوارها طالب يلبس الجلابية السودانية البيضاء مع العمة والشال، وكان الاثنان يحملان دائرة ضخمة من سعف النخيل مزينة بالورد، وظلًّا يسيران خلف وليد في موكب ملكي حتى أوصلاه إلى المنصة، بينما كانت الموسيقى تصدح بأغنية "العرسان وصلو" التي تغنى في حفلات الزواج. صعد وليد بخفة إلى المنصةَ واتجه إلى خريطة السودان وأضاء مصباحًا أحمر بجوار مدينة الخرطوم وسط تصفيق حار من الحاضرين وزغاريد أمه وأخته، ثم اتجه ليسلم على العميد الذي سلَّمه شهادته، ثم وقف معه لكي تتاح الفرصة لسامي وأسامة وسهام لالتقاط الصور، ثم صافح وليد بقية أعضاء هيئة التدريس واصطفَّ مع بقية زملائه الخريجين. بعد أن تكرر المشهد مع بقية الطلاب عزفت الموسيقى لحن أغنية التخرج الشهيرة "لن ننسى أيامًا مضتْ طربًا قضيناها".

بعد انتهاء مراسم التخرج الرسمية وتوزيع الشهادات بدأ الحفل الغنائي، وهُرِعَ الطلاب وأصدقاؤهم إلى صالة الرقص على أنغام الموسيقى. في تلك اللحظات اختفى الوقار واختفت الفوارق واختفت الألقاب. كان الطلاب يرقصون كأنما ينفضون عن أنفسهم عناء الساعات الطوال التي قضوها في قاعات المكتبات ينكبون على الكتب في أوقات طويلة وشاقة. انغمس وليد في رقص مجنون مع أسامة وبقية زملاء دراسته، ورقص وليد كما لم

يرقص من قبل، وكان صوت الموسيقى عاليًا والجميع يصرخون فرحًا بجني ثمار الكد والاجتهاد. وفي أثناء ذلك خُيِّلَ لوليد أنه يرى ريم بين الجموع الراقصة، فأسرع تجاهها ليجد أن ذلك لم يكن سوى سراب.

أيمن الخير

وليد الكاشف

بعد تخرجي في الجامعة، وعندما أخبرني صلاح بأن تأشيرة الزيارة أصبحت جاهزة، كنت قد أعددت خطه لشق طريقي في الإمارات، وأعددتُ ملفات حمَّلتها في فلاش ديسك بالإضافة إلى النسخ الورقية من شهاداتي. بعد مكالمتي الأخيرة مع صلاح خصصتُ عدة ساعات من كل أسبوع أبحث في الإنترنت عن سوق العمل في الإمارات، وأدرس طرق إعداد السيرة الذاتية ومقابلات التوظيف. عرفت أن الشركات تبحث عن الخبرات العملية، فعملتُ على إضافة عملي في محل أبي ضمن الخبرة العملية بالإضافة إلى تحصيلي الأكاديمي.

عندما حطت الطائرة في مطار دبي الدولي ودلفت إلى صالة الوصول العملاقة، هالني منظر صالات استقبال المسافرين الكثيرة التي تنتظر استقبال زوار دبي، كانت أرضية الصالة المغطاة بالسيراميك المصقول تعكس أضواء الصالة الساطعة التي تنبعث من السقف، وكانت الصالة مقسمة بممرات مستطيلة مكونة من أحزمة جلدية حمراء، تمتد لتنظم وقوف المسافرين حتى يصلوا إلى صالة الجوازات.

على جوانب الصالة رُصَّتْ شاشات تلفزيونية تعرض أوقات إقلاع الطائرات ووصولها إلى واحد من أكثر مطارات العالم ازدحامًا وحيوية. تقدمتُ إلى ضابط الجوازات الذي كان يلبس الدشداشة الإماراتية

والعقال، ليذكِّر القادمين أنهم وصلوا إلى بلد عربي عرف كيف يمزج بين عراقة العرب وتكنولوجيا الغرب في تناسق تمتاز به دبي وحدها.

عندما خرجتُ من الصالة وجدتُ صلاح في انتظاري ومعه أطفاله الثلاثة: حسام وحسين وباسل الذين أصروا على الحضور مع والدهم لتحية عمهم. عانقتُ صلاح ثم حملتُ باسل، أصغرهم، على كتفيَّ وتوجهنا جميعًا إلى سيارة صلاح الباجيرو البيضاء التي كانت في موقف السيارات. بعد أن خرجت السيارة من المطار شقت طريقها في شوارع دبي مرورًا بجسر الراشدية متجهة إلى مدينة الشارقة حيث يسكن صلاح وأسرته. كنت أنظر من زجاج السيارة لأرى ناطحات السحاب والبنايات ذات الأوجه الزجاجية الأنيقة التي تتميز بها دبي. كان طابع الحداثة والأناقة يظهر في الشوارع الفسيحة المزدانة بالأشجار المنسَّقة بعناية على جانبي الطريق.

كان صلاح يُمطرني بالأسئلة عن حال والدينا وعن أحوال السودان، وكنت أجيبه وأنا أنظر مبهورًا إلى المناظر التي تمر أمام عيني لأول مرة.

كان لمدينة الشارقة مذاق مميز حيث يظهر فيها الطابع العربي في صورة حديثة كما يقل فيها الإيقاع السريع الذي تمتاز به دبي. وصلت السيارة لشارع الاستقلال، وركن صلاح السيارة أمام بناية مطلية باللون الأبيض ومكونة من خمسة طوابق، ولها باب زجاجي دلفنا منه جميعا ثم عَبَرْنا صالة يغطيها السيراميك اللامع. في الجانب الآخر من ردهة البناية كان هناك مصعد أقلنا إلى الطابق الخامس. كان كل شيء في البناية يوحي بالنظافة والحداثة، فكل شيء مصقول ولامع.

كانت شقة صلاح وأسرته تتكون من ثلاث غرف نوم، وصالون واسع لاستقبال الضيوف، وحمامين ومطبخ. كان الصالون (غرفة الجلوس) يحتوي على طقم جلوس بلون بني ومكون من أريكتين الأولى لها ثلاثة

مقاعد، والثانية لها مقعدان، وبجانب الأريكتين كان هناك كرسي مفرد. كان يتوسط الأريكتين منضدة قهوة مستطيلة بجانبها منضدتان صغيرتان. في الطرف الآخر من الصالون هناك منضدة طعام خشبية كبيرة حولها ستة كراسي من الخشب، وكان لون طقم الجلوس يتماهى ولون الستائر ذات اللون البني الداكن. كان الحائط يزدان بلوحة جدارية لخيول عربية أصيلة، وكان كل شيء في المجلس يوحي بأن ربة المنزل ذات ذوق رفيع في التنسيق.

وفي تلك اللحظة دخلت ابتسام زوجة صلاح لتسلم عليَّ. كانت ابتسام في بداية الثلاثينيات من عمرها، وكانت تعلو وجهها ابتسامة لا تفارق وجهها، وتكشف عن أسنان ناصعة. كانت تتحدث بصوت منخفض كأنها تهمس، وذلك في تناقض واضح مع صوت أخي صلاح الجهير. كانت ترتدي عباءة مغربية بلون زهري ناصع، وتلبس خمارًا من اللون نفسه، لكنْ بدرجة أغمق. بعد أن جلستُ مع صلاح نتبادل الحديث أحضرتْ ابتسام صينية فيها أكواب من القهوة وكأس ماء وطبق صغير فيه تمر.

بينما انصرف حسام وحسين إلى غرفتيهما جاء الصغير باسل وجلس في حجر والده، قبل أن ينتقل إلى جواري وهو يتفحصني بفضول كأنه يتساءل عن سر الشبه بيني وبين والده. بعد مدة أخذت ابتسام باسل إلى غرفته بعد أن حان موعد نومه، وتركتنا نتابع حديثنا الذي انتهى بأن أرشدني صلاح إلى غرفة الضيوف وانصرف بعد أن تمنى لي نومًا هنيئًا.

دخلتُ إلى الغرفة فوجدتُ فيها سريرين متقابلين عليهما شراشف بيضاء، وكانت خزانة الملابس في باطن الحائط، وهذا ما جعل الغرفة تبدو أكثر اتساعًا وتنظيمًا. نقلت ملابسي من حقيبتي ووضعتُها في الخزانة، ثم غيّرتُ

ملابسي ولبستُ جلابية نوم مريحة، ثم استلقيتُ على السرير لأنام أول ليلة في الإمارات العربية المتحدة.

في صباح اليوم التالي استيقظتُ على صوت الأطفال وهم يستعدون للذَّهَاب إلى المدرسة، وعندما خرجتُ من غرفتي تجاه الحمام، كانت ابتسام قد أخذت الأطفال لتقف معهم أمام البناية في انتظار حافلة المدرسة. كان صلاح يرتدي قميصًا أزرقَ وبنطالًا بنيًّا، وكان يتصفح جريدة يومية وضعها جانبًا حينما رآني:

- صباح الخير. نِمت كويس؟

- زي العصافير.

- الفطور جاهز، تحب تشرب شاي ولا قهوة؟

- شاي لو سمحت، شكرًا.

ذهبتُ إلى الحمام واغتسلتُ بسرعة ثم خرجتُ وصليتُ الفجر، قبل أن ألحق بصلاح على مائدة الإفطار.

- ممكن توديني مكتبة عامة قريبة؟

- ناوي تدرس؟

- المكتبات العامة بيكون فيها جرائد يومية وفيها مراجع عن التوظيف وعن سوق العمل في الإمارات.

- طيب بعد الفطور أجهز عشان أوصلك في طريقي.

- ممتاز.

بعد الإفطار عاد صلاح وهو يحمل بِذْلَة كاملة زرقاء داكنة، كانت البِذْلَة معلقة بعناية في حامل، وتتوسطها رابطة عنق مُخطَّطة باللون الأحمر، وفي اليد الأخرى كان صلاح يحمل لابتوبًا.

- تفضل دي أهم عدة حتحتاجها وانت تفتش عن شغل: البدلة لمقابلات التوظيف ولابتوب.

هممتُ بأن أقول شيئًا، ولكني اكتفيتُ بكلمات شكر خجولة وأنا أتسلم الأغراض من شقيقي الأكبر. بعد ذلك خرجنا من باب الشقة تجاه سيارة صلاح. توقف صلاح أمام مبنى مكتبة عامة في ضاحية حُلوان بالشارقة، ونزلتُ وتوجهتُ نحو مدخل المكتبة، على مدخل المكتبة كان يقف موظف أمن يرتدي قميصًا أبيضَ عليه شعار شركة خدمات أمنية وبنطالًا أسود. حييتُ موظف الأمن بإيماءة من رأسي ثم دلفت إلى بهو المكتبة، حيث كانت تجلس موظفتان خلف منضدة الاستقبال. كانت المكتبة خالية من الزوار في تلك الساعة من الصباح، ما عدا شيخًا كان يجلس وحيدًا يتصفح جريدة الصباح.

تذكرتُ الساعات التي كنتُ أقضيها في مكتبات جامعة الخرطوم، ثم أزحتُ الذكريات من رأسي عندما قادتني للحظات التي قضيتُها مع ريم وشعرتُ بغصة في حلقي، ثم اتجهتُ نحو أرفف المكتبة أبحث عن كتب عن سوق العمل في الإمارات وأساليب البحث عن وظيفة. جمعتُ عددًا من الكتب ثم رجعتُ إلى منضدتي وجلستُ ألتهم الكتب بنهم، وأسجل ملاحظات في ملفات في اللابتوب الذي أهداه إليَّ صلاح.

لم أنتبه لمرور الوقت إلا بعد أن قرصني الجوع، فأغلقتُ اللابتوب وخرجتُ أبحث عن طعام. في الشارع المقابل وجدتُ مطعمًا يقدم الطعام الهندي، فدخلتُ وجلستُ إلى منضدة خشبية وسرعان ما أحضر النادل الهندي قائمة الطعام ووضعها أمامي ثم انصرف. طلبتُ طبق برياني بالدجاج وزجاجة ماء، ثم جلست أتناول طعامي بهدوء. كان طعم البهارات الهندية يختلط مع الأرز المطهو ليعطيه طعمًا حارقًا لكنْ في اعتدال. كان كل شيء

يبدو جديدًا بالنسبة إليَّ، مع أنَّ اللافتات في الشوارع كانت باللغة العربية، لكنها أول مرة أصادف فيها مجموعة متنوعة من الجنسيات والثقافات في مكان واحد.

بعد الغداء رجعتُ إلى المكتبة وتوجهتُ إلى المصلى لأصلي الظهر، ثم عدتُ إلى مكاني الأول. اتجهتُ إلى قسم الصحف والمجلات وتصفحتها بحثًا عن إعلانات الوظائف. كنت أسجل الإعلانات التي أجدها مناسبة، ثم أبدأ في إرسال السيرة الذاتية ورسالة مرفقة لمدير التوظيف بالشركة. حينما حانت ساعة إغلاق المكتبة حملتُ أغراضي وتوجهتُ عائدًا إلى شقة صلاح. قررتُ أن أعود مشيًا لكي أتعرف شوارعَ المدينة، ولكي أوفر أجرة التاكسي، لذا قضيتُ نحو ساعة أو يزيد وأنا أمشي من المكتبة إلى شقة صلاح في شارع الاستقلال. عندما وصلت إلى الشقة كان صلاح يجلس أمام التلفاز الذي كان يظهر فيه مذيع نشرة الأخبار، سلَّمت عليه وجلستُ منهكًا على الكرسي المقابل.

سأل صلاح وهو يربِّت كتفي برفق:

- كيف كان يومك؟
- الحمد لله. قرأتُ عن سوق العمل في الإمارات، دبي أكبر سوق.
- نعم وانت كمان بتحتاج تليفون.
- أنا كنت أكتب رقم تلفونك في الطلبات اللي رسلتها.
- بكرة أجيب لك شريحة هاتف.
- ألف شكر.

***

عندما كنتُ أجلس إلى منضدتي المعتادة في المكتبة كنتُ أحرص على وضع هاتفي الجوال في وضع الهزاز، لكنْ كانت الأيام تمرُّ الواحد تلو الآخر دون

أن يرن الهاتف. كانت الأسابيع تمرُّ بطيئة دون أن تلوح أي بارقة أمل في الأفق. ظللتُ على الروتين نفسه كل يوم لا أغيره إلا في الأيام التي يحالفني فيها الحظ بأن أحضر مقابلة توظيف، في الغالب ما يعقبها انتظار طويل.

سألني صلاح كعادته عندما عدت ذات مساء:

- كيف كانت أمورك اليوم؟

- اليوم ضعت من مكان مقابلة العمل ووصلت متأخر نصف ساعة، والفرصة ضاعت.

- نصيحة مني، لما يكون عندك مقابلة مهمة امشِ المكان قبلها بيوم عشان تعرف الطريق وتعرف كيف تخطط رحلتك.

- الموضوع أصعب مما يظهر يا صلاح.

- اسمع مني الكلمتين ديل يا وليد: الصبر والمثابرة، لو عايز تنجح ما تنسَ الكلمتين ديل.

في ذات يوم وبينما كنت أجلس في المكتبة وأنا أتصفح الإنترنت، سمعتُ اهتزازًا من هاتفي الجوال، فأخذتُ الهاتف وخرجتُ إلى الصالة الخارجية للمكتبة.

- السيد وليد الكاشف؟

جاءني صوت امرأة تتحدث باللغة الإنجليزية، لكنْ بلكنة دول شرق أوروبا.

- نعم، وليد يتحدث.

- اسمي جوديت من شركة سمبانيا للعقارات في دبي، تلقينا طلبك للعمل لدى شركتنا مندوبَ مبيعات.

- صحيح، قدمت لشركتكم من خلال البريد الإلكتروني.

- هل يمكنك الحضور لمقابلة عمل في مبنى الشركة يوم الثلاثاء القادم؟

- بالتأكيد.
- هل يناسبك الساعة 12 ظهرًا؟
- مناسب جدًّا، ما عنوان مكتبكم؟
- بناية المارينا، شارع 55 البرشاء 1، الطابق 13 مكتب 1305.
- شكرًا جزيلًا سأكون في الموعد.

في البداية هممتُ بمواصلة التصفح والبحث، ولكني تذكرتُ وصية صلاح عن المثابرة، فقضيتُ باقي اليوم أدرس سوق العقارات في دبي وأدرس كل شيء أجده في الإنترنت عن شركة سمبانيا للعقارات. لم أكنْ أتوقع أن ما سأجده في هذه الوظيفة سيغير حياتي إلى الأبد.

***

في اليوم السابق لموعد مقابلة التوظيف في شركة جلوبال للعقار أجريتُ رحلة من الشارقة إلى مقر الشركة لتعرُّف خطَّ سير الرحلة حسب وصية صلاح. وفي يوم المقابلة ارتديتُ البِذْلَة التي أهداها إليَّ صلاح ووقفتُ طويلًا أمام المرآة أصفف شعري بعد أن حددتُ لحيتي القصيرة بعناية، ثم لففتُ رابطة العنق الحمراء في ياقة القميص الأبيض، وأخيرًا نفختُ في راحتي اليمنى لأتأكد أن رائحة أنفاسي على ما يرام. بعدها فتحتُ حقيبتي السوداء التي كانت على السرير وفحصتُ محتوياتها بعناية قبل أن أغلقها وصحتُ مناديًا أخي:

- أنا جاهز يا صلاح.

ألقى صلاح نظرة فاحصة على مظهري، ثم فتح الزرارة السفلية من البِذْلَة التي كنت أرتديها وقال لي:

- الزرارة السفلية للبدلة هي ديكور فقط لا تلمسها. استخدم العليا، وفي حالة الجلوس تفتحها.

ثم أضاف صلاح ونحن نتجه نحو باب الشقة:

- لما تدخل لمكان الاجتماع ما تنسَ تمد يدك لمدير التوظيف للسلام وتنظر في عينه، لكنْ ما تجلس إلا بعد أن يطلب منك الجلوس.
- إن شاء الله.

وصلتُ إلى مقر الشركة قبل نصف ساعة من الموعد، ولكني توجهتُ إلى مقهى قريب، وطلبتُ كوبًا من القهوة وجلستُ أحتسيها وأنا أقلِّب في دفتر كتبتُ فيه ملاحظات عن الشركة والسوق. بعد نحو عشرين دقيقة دفعتُ حساب القهوة ثم توجهتُ إلى الحمام لأقضي حاجتي لكيلا يشغلني شيء في أثناء المقابلة، ثم وقفتُ أمام المرآة في الحمام لألقي نظرة أخيرة على هندامي، قبل أن أتوجه إلى مبنى الشركة. دخلتُ من الباب الخشبي للشقة التي تحمل لافتة أنيقة كُتِبَ عليها "شركة سمبانيا للعقارات" باللغة الإنجليزية. حالما دخلتُ وجدت نفسي في قاعة استقبال صغيرة الحجم لكنها منسَّقة بعناية، فعلى الجانب الأيمن مقاعد جلوس من الجلد الأسود اللامع، وفي الواجهة مكتب أبيض تجلس خلفه فتاة آسيوية شابة تضع مكياجًا خفيفًا يُظهِر الروج الأحمر المرسوم بعناية على شفتيها الصغيرتين. حييتها بابتسامة ثم قلت:

- مرحبًا، اسمي وليد الكاشف حضرتُ لمقابلة السيدة جوديت.
- مرحبًا سيد وليد، اسمي آنا، وأنا سكرتيرة السيدة جوديت، تفضل من هنا من فضلك.

قادتني آنا إلى غرفة اجتماعات صغيرة فيها منضدة دائرية عليها عدد من الدفاتر والأقلام رُصَّت بعناية مقابل الكراسي الموزَّعة حول المنضدة.

- سأخبر السيدة جوديت بحضورك. ماذا تريد أن تشرب؟

- كأس ماء من فضلك. شكرًا.

أحضرتْ آنا صينية فيها كأس من الماء ثم خرجت، وبعد مدة وجيزة دخلت سيدة في الخمسينيات من عمرها. كانت جوديت تمشي بسرعة كأنها جندي سابق في سلاح المشاة، وكانت ترتدي بنطالًا رماديًا وقميصًا باللون نفسه، لكنْ بدرجة أخف. كان الشيب يغطي بعض أطراف شعرها الأشقر ومنتصفه، وكانت بشرتها شاحبة بلون القمح، وكانت عيناها الزرقاوان تذكرانني بعينيْ قطة أحد جيراننا. مدَّت جوديت يدها لتصافحني وهي تقول:

- مرحبًا يا وليد، أنا جوديت.

- مرحبا سيدة جوديت.

- أوه، نادِني جوديت فقط، تفضل بالجلوس.

جلستُ في مواجهتها وعلى وجهي ابتسامة خفيفة.

قالت جوديت وهي تفتح ملفًا كانت تحمله في يدها:

- وليد. لِمَ لا تحدثني عن نفسك قليلًا؟

لمحتُ بطرف عيني في وسط الملف ورقة السيرة الذاتية التي كنتُ قد أرسلتها سابقًا:

- اسمي وليد الكاشف، درستُ إدارة الأعمال في جامعة الخرطوم، وهي واحدة من أفضل الجامعات في المِنْطَقة، والجامعة الأولى في السودان، وقد تخرجتُ بتقدير ممتاز.

تنحنحتُ قليلًا ثم واصلتُ:

- أنا مهتم بالأعمال والتجارة، فقد عملتُ مع والدي وساعدته في إدارة تجارة قطع غيار السيارات، ولديَّ خبرة ممتازة في المبيعات

التي يمكن أن أسخِّرها لمساعدة شركة جلوبال في قطاع العقارات.

- لاحظتُ أنك لا تملك أي خبرة سابقة في الإمارات.

- صحيح، لكنني سريع التعلم، ثم إن خبرتي العملية التي تكوَّنت في أثناء عملي في أعمال والدي سأنقلها بسهولة إلى أعمال الشركة.

- ما الذي يجعلك الشخص المناسب لهذه الوظيفة؟

كانت تلك هي اللحظة التي أنتظرها فقلتُ لها:

- سيدة جوديت، أنتِ بحاجة إلى شخص مثلي، فأنا أعرف أن شركتك تريد التوسع في أعمال المبيعات لاجتذاب عملاء جدد، وإذ إنني أتقن اللغتين العربية والإنجليزية بطلاقة، فإن ذلك يعني أنني سأسخر معرفتي باللغة العربية وبثقافة المِنْطَقة في إنجاز المعاملات الحكومية أيضًا.

ثم قدَّمتُ لجوديت ملفًّا أزرقَ رتبته بعناية ثم واصلتُ قائلًا:

- هذا تقرير عن توجهات سوق العقارات في السنوات الخمس القادمة، ومعه خطة لزيادة المبيعات في الشركة بنسبة 15% خلال هذا العام 20% خلال العام القادم.

تسلَّمتْ جوديت الملف وأخذتْ تتصفحه وكنتُ أرى الدهشة في عينيها ثم قالت لي:

- هذه أول مرة فيها أرى تقريرًا بهذه الاحترافية من متقدم للوظيفة، كيف تسنَّى لك إعداد هذه التقرير في هذه المدة البسيطة؟ وكيف عرفتَ بخطط الشركة المستقبلية؟

- لقد درستُ الشركة ودرستُ سوق العقارات، السوق مقبل على توسع كبير، وعليك الاستعداد بالطاقم المناسب إذا كنتِ تريدين الاستفادة من الفرصة.

ثم أضفتُ وأنا أنظر إليها في عينيها مباشرة:

- أعطني الفرصة وأعدكِ أنك لن تندمي.

أغلقتْ جوديت الملف وتراجعتْ في مقعدها وسكتتْ مدةً طويلةً كأنها تقلب الأمر في ذهنها، ثم قالت أخيرًا:

- متى يمكنكَ أن تبدأ العمل معنا يا وليد؟

- على الفور.

ابتسمت جوديت وقالت:

- لو أجبتَ بغيرها لخاب ظني، لقد حصلتَ على الوظيفة.

أجبت دون أن أستطيع إخفاء سروري:

- أووه، شكرًا جزيلًا.

- سيكون الراتب الشهري هو 10 آلاف درهم، بالإضافة إلى عمولة 20% من كل عملية بيع أو شراء تنفذها، وستكون نائبًا لي، كلما اجتهدت في عملك زاد دخلك.

- ما رأيك في تخفيض الراتب إلى 7 آلاف درهم ورفع عمولتي إلى 30%؟

ابتسمتْ جوديت مرة أخرى، ثم قالت:

- أرى أنك لم تضيع وقتًا وبدأتَ المفاوضات.

- أظن أنه عرض جيد بالنسبة إلى الشركة وإليَّ.

- سأجعل عمولتك 25% وهي أعلى عمولة يحصل عليها أي موظف.

- اتفقنا.
- تفضل معي سأعرفك على طاقم العمل.

بعد ذلك قادتني جوديت إلى الصالة ثم قالت وهي تشير إلى آنا:

- طبعًا لقد قابلت آنا من قبل.
- نعم.
- هذه كريستينا من قسم المبيعات ستعرفك نظامَ العمل في الشركة، كريستينا هذا وليد الكاشف نائبي الذي انضمَّ إلينا اليوم.

قالت جوديت وهي تشير إلى فتاة شقراء ترتدي تنورة قصيرة حمراء، وفوقها قميص أبيض بأكمام قصيرة.

قالت كريستينا وهي تمد يدها للسلام عليَّ:

- مرحبًا وليد.
- أهلًا كريستينا.
- هذا راهول مسؤول الحسابات.
- مرحبًا راهول.
- مرحبًا مستر وليد.

أمضيتُ بقية اليوم بصحبة كريستين التي كانت تعرفني أنظمةَ العمل وروتين الشركة. بعد انتهاء يوم العمل رحتُ أتجول في المِنْطَقة بحثًا عن شقة لأسكن بالقرب من مقر الشركة.

في اليوم التالي حضرتُ مبكرًا إلى المكتب فوجدتُ عاملًا هنديًّا يرتدي بزة رسمية لشركة تنظيف يمسح الأرضية وهو يدندن بأغنية هندية. ردَّ العامل على تحيتي بدهشة، لعله لم يكن متعودًا حضورَ أحد من الموظفين في هذه الساعة، ولكنَّ مشيتي الواثقة لم تترك له مجالًا للاعتراض.

جلستُ في مكتبي أطالع الملاحظات التي كتبتُها في دفتري الأزرق يوم أمس، فتحتُ الحاسوب وتصفحتُ أخبار سوق العقارات في دبي، وأنا أقارن تحليلات مراكز التأثير في السوق وأدوّن ملاحظات في دفتري.

كانت آنا أول الحاضرين من الموظفين، تلاها راهول ثم كريستين. حيَّتني كريستين بابتسامة وهي تجلس على مقعدها:

- صباح الخير وليد. كيف وجدتَ يوم أمس؟
- ممتاز. عندي بعض الأسئلة سأعرضها عليكِ لاحقًا عندما يكون لديك وقت.
- ما رأيك في الساعة العاشرة؟
- ممتاز.

***

في نهاية ذلك الشهر كنتُ قد استأجرت إستوديو في بناية قريبة من الشركة، فقد أردتُ أن أكون أول من يصل إلى المكتب وآخر من يخرج. في الشهر التالي بدأتُ في تعرُّف الحياة في دبي والفرص التي توفرها في عالم العقارات.

كنتُ أزور صلاح في عطلة نهاية الأسبوع، وفي ذات مساء كنتُ أتجاذب معه الحديث ونحن نشرب الشاي مع البسكويت الذي أعدته ابتسام.

- مرتاح في الشغل في الشركة؟
- الحمد لله كل يوم أتعلم شي جديد.
- ليش اخترت تكون العمولة هي أساس راتبك وانت لسه جديد في البلد؟
- سوق العقارات فيه نمو وفيه فرص كبيرة، أنا حبيت التحدي.

- من حظك ما عندك أولاد ولا التزامات، وإلا ما كان حتعجبك المغامرة.
- يعني الأولاد بيخلوك خوَّاف يا صلاح؟
- طبعًا. أي قرار أنا بعمله لازم أول أدرسَ تأثيره فيهم.

وعندما لاحظ صلاح أن ابتسام حدجته بنظرها أضاف ضاحكًا:

- وطبعًا على أمهم ابتسام هانم.

***

في ذات يوم لاحظت إعلانَ مؤتمر يجمع شركات التطوير العقاري في الخليج في فندق زيناسيا بدبي، فطلبت من آنا أن تسرع في طباعة بطاقة التعريف الخاصة بي، لكي أحضر المؤتمر. في يوم افتتاح المؤتمر حضرت إلى المكان وأنا أعلق حول عنقي بطاقة تحمل اسمي وعليها شعار شركة سمبانيا للعقارات. في أثناء الاستراحة لاحظت شابًا يرتدي شماغًا أحمرَ وجلابية ناصعة البياض على جيبها الأيسر قلم باركر فاخر أسود اللون. كان الشاب يقف بجوار ماكينة القهوة وهو يحضر لنفسه كوبًا من قهوة الأمريكانو. نظرت إلى الاسم المكتوب على بطاقة الشاب بسرعة ثم حييته بابتسامة:

- مرحبًا أستاذ عبد الله.
- عليكم السلام ورحمة الله.

قلتُ وأنا أسلم عبد الله بطاقتي التعريفية:

- أنا وليد الكاشف من شركة سمبانيا للعقارات في دبي.

قال عبد الله وهو يناولني بطاقته التعريفية:

- أنا عبد الله الشباري من السعودية.
- كيف شفت المؤتمر؟
- نحن ندرس التوسع في السوق في دبي وحبينا نتعرف على السوق.

- أعتقد التوقيت مناسب، كل المؤشرات تؤكد قفزة في السوق.

ثم سلمتُ عبد الله نسخة من تقرير أعدته شركة دنزويت عن سوق العقارات في دبي ثم أضفت:

- لو احتجت أي شيء اتصل عليَّ.

- شكرًا وليد.

بعد أن تبادلتُ عددًا من عبارات المجاملة غادرتُ المكان. بعد أن شكرت عبد الله، ظللتُ أتنقل بين ضيوف المؤتمر وأنا أكوِّن في ذهني صورة عن الأشخاص الذين أقابلهم، ثم أقارن ذلك بعد أن أتعرَّفهم. كانت لعبة ممتعة، ولكني دُهِشْتُ عندما خابتْ توقعاتي في معظم الأحيان وصدقتْ في مرات قليلة.

بعد عدة أشهر تلقيتُ اتصالًا من المملكة العربية السعودية، في الطرف الآخر من الهاتف سمعت صوتًا مألوفًا:

- الأخ وليد الكاشف؟

- أهلًا عبد الله، كيف أخبارك؟

- متذكر صوتي؟

- لو كنت مسجل صوتك كنت سأعمله رنة تليفون عندي.

ضحك عبد الله طويلًا ثم قال مداعبًا:

- والله إنك أونطجي.

- كيف ممكن أساعد أخي عبد الله؟

- شركتنا تريد تشتري 200 شقة استثمارية يعني 70% سكني 30 مكاتب، أريد من شركتكم عروض أسعار في هذا الموضوع.

- ممتاز. بعد بكرة الساعة 11 صباحًا، حأتصل عليك وأقدم لك مقترح.

بعد أن انتهت المكالمة قضيتُ باقي اليوم في إجراء المكالمات والبحث، استعدادًا لهذه الصفقة الكبيرة. كنتُ أعرف أن هذه الفرصة النادرة قد لا تتكرر، وكنت مصممًا على إنجاحها مهما كلفني الثمن. ثم توجهتُ أخيرًا إلى مكتب جوديت. كانت جوديت تتحدث في الهاتف، فأشارتْ لي بالجلوس بيدها، فيما واصلت الحديث في الهاتف. بعد أن وضعت السماعة التفتت إليَّ قائلة:

- نعم وليد، تفضل.

- عندي عميل من السعودية يريد شراء 200 شقة استثمارية في دبي.

- 200 شقة دفعة واحدة؟ أين التقيته؟

- في معرض عقارات أقيم في فندق زيناسيا، أسرته تمتلك مجموعة شركات ناجحة في الرياض.

- السعوديون هم أكبر المستثمرين هنا، لكنْ من أين نحصل على 200 شقة؟

- شركة المدار للعقارات أعلنت مشروعًا جديدًا يحوي برجًا استثماريًّا، اتصلتُ بمدير المبيعات ديفيد كليك وحددتُ موعدًا الساعة 6 هذا المساء، لكنْ أريدكِ أن تحضري معي.

- لكنْ لديَّ موعد في الكوافير يا وليد.

- جوديت، هذه 200 شقة والعمولة هي 4% من سعر الصفقة، سأشتري لكِ محلَّ كوافير خاصًّا أو أصفف لكِ شعركِ بنفسي لمدة سنة.

- لا أريدكَ أن تعبث بشعري، سأحضر الاجتماع.

- إذن نلتقي هناك.

- انتظرْ، ليس لديك سيارة، ستذهب معي وسأخصم الأجرة من عمولتك.

- ماذا؟ كنتُ أظن البلغاريين كرماء لكن خاب ظني!

في ذلك المساء وصلتُ مع جوديت إلى مبنى شركة المدار، حيث أوقفت جوديت سيارتها في موقف السيارات في المرأب، ثم توجهنا معًا تجاه المصعد. دخلتُ مع جوديت من باب زجاجي يؤدي إلى صالة صغيرة يتوسطها المصعد. ضغطتُ زر الصعود في لوحة المصعد المعدنية المصقولة، وانتظرنا حتى فتح باب المصعد لندلف منه. كانت شركة المدار تحتل الطابقين الخامس والثلاثين والسادس والثلاثين من البرج، وحال خروج الزائر من المصعد يجد نفسه أمام مجسم من المعدن المصقول يحمل شعار الشركة. دخلنا من الباب الزجاجي الذي يؤدي إلى صالة استقبال فسيحة مزدانة بثلاث لوحات فاخرة على الجدران، أظن أنها لفنان إيطالي مشهور.

في الجانب الآخر كانت تجلس موظفة استقبال ترتدي حلة رسمية كاملة رمادية اللون، قامت من مكانها حالما رأت جوديت:

- مرحبًا بكِ سيدة جوديت.

- أهلًا جوانا، لقد حضرت لمقابلة ديفيد.

- تفضلا في قاعة الاجتماعات، سأُخطِر ديفيد بوصولكما.

قبل أن تكمل جوانا حديثها فُتِحَ باب وبرز منه رجل طويل القامة أظنه بريطانيًا أو أستراليًا، وكان يرتدي قميصًا أزرقَ وبنطالًا بنيًّا وفي يده ملف أصفر. قال الرجل وهو يمد يده مصافحًا جوديت:

- مرحبًا جوديت.

ثم التفت بعدها إليَّ مصافحًا وقال:

- لا بدَّ أنك وليد.

توجه ثلاثتنا إلى قاعة الاجتماعات.

***

في اليوم التالي اتصلتُ بعبد الله الشباري واستمعتُ للصوت المعتاد:

- السلام عليكم وليد.

- عليكم السلام عبد الله، حضرتْ لك عرض في برجين يخصَّان شركة المدار في مِنْطَقة البرشاء.

- هل يمكنك الحضور إلى الرياض لتقديم العرض لمجلس الإدارة؟

- متى سيعقد اجتماع المجلس؟

- في الخميس القادم، سأرتب كل شي فقط أحتاج إلى صورة من جوازك.

- لا بأس، لكن سأوكد لك في نهاية هذا اليوم.

- إلى اللقاء إذن.

في الأسبوع التالي كنت في طريقي إلى الرياض عاصمة المملكة العربية السعودية.

أسامة وشذى

كانت الساعة نحو الخامسة مساءً عندما استيقظ أسامة من نومه على صوت جرس هاتفه النقال الذي ظل يرن دون انقطاع، كانت الغرفة مظلمة بسبب الستائر الكثيفة التي تُغطي النوافذ لتحجب ضوء الشمس، وبسبب السحب الممطرة التي حجبتِ الشمس تمامًا في ذلك اليوم. مدَّ أسامة يده بكسل إلى هاتفه المتصل بشاحن كهربائي، ونزع الهاتف من شاحنه كأنه أم تقطع على وليدها رضاعته لكي ترد على طارق بالباب. قال أسامة بصوت ناعس:

- آلو؟

- صِحِّ النوم يا عريس!

- أهلين سامي. متى وصلت؟

- اليوم، خلاص حددتْ يوم العرس؟

- يمكن يوم 25 من شهر أغسطس.

- طيب حاحجز لك صالة نادي الضباط. هذه هديتي لك يا عريس.

- مشكور يا سامي، والله ما بتقصر.

- أقل من الواجب يا أسامة.

- لازم تجي عندي في البيت تشرب معاي شاي المغرب، تقدر تجي بكرة؟

- خليها يوم الخميس.

- خلاص بانتظارك.

بعد انتهاء المكالمة، حدّق أسامة إلى هاتفه مدةً طويلةً، ثم تذكر أنه لم يصلِّ العصر، فقام إلى الحمام ليغتسل ويتوضأ ويصلي. وبينما كان أسامة جالسًا على سجادة الصلاة سمع طرقًا على الباب فقال بصوت مرتفع قليلًا:

- ادخل.

- انت صحيت يا أسامة؟

دخلت سمر أخته وهي تحمل صينية الغداء ووضعتها على منضدة صغيرة، وهي تدرك أن أسامة لن يكلفَ نفسه بالإجابة عن سؤالها الذي اعتادتْ أن تطرحه كلما رأت شقيقها قد استيقظ تمامًا من النوم. قام أسامة وجلس بجانب صينية الغداء فيما قالت سمر:

- أبوي منتظرك في الصالون، عندنا ضيوف.

- ضيوف مين؟

- عمي حسين، وعمي عبد الكريم، وجماعة من الأهل ما أتذكر أسماءهم.

عندما دخل أسامة على والده في الصالون وجد والده يجلس بين عميه حسين وعبد الكريم، وفي الغرفة بقية من أقاربه الذين يراهم عادة في مناسبات الأفراح والأتراح. كان جميع من في الصالون يلبس الجلابية السودانية مع العمة، ما عدا والده الذي اكتفى بطاقية بيضاء على رأسه، قام الجميع للسلام عليه باستثناء والده.

- أعمامك اختاروا مسجد السنهوري للعقد يا أسامة، مسجد عنوانه معروف للناس.

- اللي تشوفه يا أبوي.

- عمك حسين حيرتب ليلة الحنة، كلفناه يعمل حفل نوبي حسب عادات أهلنا.
- متشكر يا عمي.

قال أسامة ثم واصل وهو يعتدل في جلسته:

- اتصل سامي شقيق وليد صاحبي، سامي ملازم في الجيش وعرض يحجز صالة العرس في نادي الضباط.

رد العم عبد الكريم في لهجة جادة موجهًا حديثه إلى أسامة:

- شوف يا أسامة، صاحبك يحجز الصالة شيء، وحساب الصالة شيء ثاني، حساب الصالة عليَّ وأنا كلمت أبوك من سنة.
- فعلًا أنا أديت عمك عبد الكريم كلمة، بعدين حرام نكلف صاحبك تكاليف كبيرة زي دي، هو كتر خيره حجز الصالة لكنْ حسابها علينا نحن.
- طيب أنا بحاول أقنع سامي.
- ما في حاجة اسمها بحاول، قول ليه عمي حالف طلاق، وعليَّ بالطلاق ما في زول يدفعها غيري.

هنا تدخل الحاج هاشم والد أسامة موجها حديثه إلى شقيقه الأكبر:

- يا عبد الكريم يا أخوي الحلف بالطلاق لازمتو شنو؟ صلِّ على النبي واستغفر الله يا رجل.
- اللهم صلِّ على رسول الله، بس ده آخر كلام عندي يا هاشم.

***

في يوم الخميس جاء سامي لزيارة أسامة كما وعده، ترجَّل سامي من سيارته العسكرية وضغط جرس الباب، وبعد دقائق فتحت سمر الباب.

- السلام عليكم، أسامة موجود؟

- أيوه موجود تفضل.
- قولي ليه سامي الكاشف في الباب.
- أنت أخو وليد اللي في الجيش؟

رد سامي مبتسمًا:

- وليد هو اللي أخوي، أنا الكبير.

ضحكتْ سمر ضحكة خفيفة ثم قالت:

- تفضل يا سامي، ادخل في الصالون، وأنا بنادي أسامة.

قادت سمر سامي إلى الصالون، وبعد أن جلس خيَّرته بين الشاي والقهوة والعصير، فاختار الشاي، وبعدها خرجت لتخبر شقيقها، بعد دقائق دخل أسامة وتبادل الاثنان الأحضان قبل أن يجلسا:

- حمدًا لله على السلامة، إن شاء الله حتستقر في الخرطوم؟
- حاليًا في معسكر الشجرة، تعرف شغل الجيش مش مضمون.

في تلك اللحظة أحضرتْ سمر صينية عليها إبريق الشاي وبجانبها آنية فيها حليب وأخرى للسكر وطبقًا يحوي بسكويتًا، وضعتْ سمر الصينية وقالت قبل أن تغادر الصالون:

- تفضلوا الشاي.

رد سامي بابتسامة خجولة:

- شكرًا جزيلًا.
- كنت عايز أكلمك بخصوص الصالة.
- عايز تشوف صالة غيرها؟
- لا أبدًا، بس عمي عبد الكريم حلف طلاق قدام الأهل أن مصاريف الصالة عليه.

ثم أضاف أسامة وهو يصب الشاي لسامي:

- تعرف الناس الكبار في السن حاجات بسيطة في نظرنا تكون كبيرة في نظرهم.

ردَّ سامي وهو يتناول كأس الشاي من صديقه:

- يعني ترتيبات العرس دي فيها ألغام أرضية؟
- بالضبط كده، ما تعرف متين واحد من الأهل أو من أهل العروس ممكن يزعل.
- يا خوي التقاليد صريحة: الزواج ليكم لكنِ العرس حق العيلة.
- ما في شيء بغير التقاليد دي؟
- يمكن في زمن أحفادنا، على العموم العرس بعد كذا شهر.
- يعني موافق؟
- يعني أخلي عمك يطلق؟ لازم أوافق.

***

كان أسامة يجلس في غرفته يكتب في دفتر أمامه. في إحدى الصفحات كان قد سجل قائمة المهام التي عليه أداؤها في معرض الاستعداد لحفل زفافه إلى شذى، في صفحة أخرى كان قد كتب قائمة المدعوين إلى حفل الزفاف. في الساعة الثامنة مساءً ذلك اليوم وصل أسامة أمام مقهى جيلاتيانا فروتي في حي الرياض. كان المحل تديره أسرة سودانية من أصل يوناني، وكان يشتهر بتقديم أطباق آيس كريم فاخرة، بالإضافة إلى موقعه المميز في شارع هادئ في حي الرياض الراقي بالخرطوم. ترجل أسامة من سيارته ودخل من الباب الزجاجي إلى المقهى وجلس إلى منضدة في طرف قصي في المحل. قدمتْ شابةٌ قائمةَ الطلبات وحيَّت أسامة بابتسامة باشَّة يتقنها العاملون في قطاع الضيافة، ثم انصرفتْ بعد أن وضعتْ القائمة على المنضدة. بعد لحظات دخلت شذى، وحالما أبصرتْ أسامة علتِ ابتسامة عريضة

شفتيها، ثم أقبلتُ عليه كأنها لا ترى في المكان سواه. قام أسامة لتحية
عروسه المستقبلية وهو يبادلها الابتسام.

- أهلين يا عروسة.
- اسكت. أمي لو عرفت إني جاية أشوفك حتوّلع الدنيا، أنا طلعت
من البيت تهريب.
- للدرجة دي؟
- انت عارف العادات، التجهيزات شغالة في البيت، حنة وتعليم
رقصات العروس وجلسات التجميل.
- أكيد اللي وضع العادات دي ما كان بيحب عروسه مثلي.

أطرقت شذى برأسها ثم رفعت رأسها وقالت بصوت منخفض:

- يا عبيط، ده كله عشان تكون مفاجأة لما تشوف عروسك بعد
"الميك أوفر".
- بس انتِ عاجباني كده. يعني هو القمر محتاج ميك أوفر؟
- انت حتواصل تقول لي كلام حلو بعد الزواج؟
- طبعًا يا حبيبتي، لحد ما أموت.
- بعد الشر عليك. إن شاء أنا قبلك.
- يعني بتعملي شنو الأيام دي؟
- تعرف أمور العروسات المعروفة.
- لا ما بعرف، لازم تقولي لي أنا قبل كده ما عرّست.
- اسأل أختك سمر.
- وليش أسأل سمر وانتِ قدامي؟
- عشان بخجل.
- حتخجلي من عريسك؟ طيب قولي وأنا بغمض عيوني.

ضحكت شذى وضربت أسامة بلطف على طرف يده ثم قالت:

- انت عارف، أمور نسوان.

- لا والله ما عارف.

- يعني الحنَّانة تجي تعمل الحنة، وفي واحدة معاها تعمل الحلاوة، والله عذاب يا أسامة.

- لا يا شيخة مش للدرجة دي!

- تخيل إنك تشيل كل شعرة في جسمك بالحلاوة؟ وكل ما أتوجع مساعدة الحنانة تقول لي: "كله يهون عشان ود القبايل".

قالت شذى الجملة الأخيرة وهي تقلد صوت مساعدة الحنانة بلهجة تجمع بين الميوعة والسخرية، ثم واصلت وهي تتظاهر بالغضب:

- ليش العروس بس هي اللي تشيل شعر جسمها؟

- يعني قصدك الرجل مفروض يشيل شعره كمان؟

- مش عارفة، مفروض يكون في حل تاني غير الحلاوة الزفت دي.

- طيب وكيف دروس الرقص؟

- دي بقى أحلى حاجة في الموضوع.

هنا تغيرت نبرة شذى وتحولت إلى سعادة واضحة، ثم لوَّحت بيدها وأضافت بمرح:

- كل يومين يتلموا صاحباتي وبنات الأهل في البيت ويجيبوا فنانة اسمها سماسم متخصصة في تعليم رقصات العروس، كل مرة تعلمني رقصة جديدة.

- ما في طريقة أحضر يعني؟

قالت شذى وهي تغمز أسامة بعينها بدلال:

- اصبر ليوم العرس يا ود القبائل.

  ثم أضافت:

- انت كيف التجهيزات عندكم؟
- تعرفي كنت أتمنى لو وليد كان موجود عشان أخليه الوزير.
- تفتكر وليد يقدر يحضر عرسك؟
- مش عارف، هو حاليًا في السعودية.

رحلتي إلى الرياض

عندما خرجتُ من صالة القادمين في مطار الملك خالد الدولي في الرياض كانت الساعة تشير إلى الثانية عشرة ظهرًا. كان المطار مثل مطار دبي، يعجُّ بحركة نشطة من المسافرين من مختلف الجنسيات وكنتُ أجرُّ حقيبة سفر في أسفلها عجلات معدنية وفي أعلاها علقت حقيبة اللابتوب. جلتُ بنظري في صفوف المنتظرين على جانبي ممر القدوم حتى وجدت رجلًا يحمل ورقة عليها اسمي يرفعها عاليًا. سلمتُ على الشاب الهندي الذي سارع بتسلُّم حقيبتي وقادني إلى سيارة ليموزين سوداء في موقف السيارات القريب، ثم فتح لي الباب الخلفي. كانت تلك أول مرة أركب فيها سيارة ليموزين مع سائق خصوصي، وحاولتُ تذكر مشاهد من الأفلام التي سبق أن شاهدتها لمعرفة كيف يجب أن أتصرف. أوصلني السائق إلى فندق لوميانا سا الرياض بعد أن أخبرني أنه سيعود في الساعة الخامسة مساءً لكي يأخذني إلى مقر شركة الشباري.

حالما دخلتُ إلى غرفتي في الفندق حتى ارتميتُ على السرير الواسع الذي يتوسط الغرفة. على الحائط يتدلى تلفاز تحته منضدة من الخشب الأسود المصقول، رُصَّت عليها ماكينة صنع شاي وقهوة ماركة مولينكس ولفافات من القهوة الجاهزة والشاي والسكر. وفي الركن الآخر من المنضدة يتربع جهاز التحكم بالتلفاز ودليل منافع الفندق. كانت كل قطعة في الغرفة مُرتَّبة بتنسيق وعناية كأنها تستخدم لأول مرة. نظرتُ إلى ساعة يدي

فوجدتُها تشير إلى الثانية ظهرًا، فقدَّرتُ أن لدي أربع ساعات حتى موعد وصول السائق. على الحائط كانت علامة تُحدِّد القبلة للصلاة، وفي الخزانة وجدتُ سجادة، فصلّيتُ الظهر والعصر جمعًا وقصرًا، ثم قررتُ أن أنام ساعةً لكي أجدد نشاطي قبل الاجتماع، فغيرتُ ملابسي بسرعة واندسستُ تحت الأغطية البيضاء الناعمة بعد أن ضبطتُ ساعة هاتفي ثم أطفأتُ النور. أحسستُ ببرودة الشرشف على جسدي العاري وأنا أحرك جسمي لكي أجد أفضل وضعية للنوم. تذكرتُ يوم مقابلة العمل مع جوديت وضممتُ قبضة يدي كعادتي كلما شعرتُ باضطراب مفاجئ. ترى كيف ستكون مقابلة اليوم؟ أسأنجح في إقناع مجلس الإدارة بالصفقة التي أعددتها؟

استيقظتُ على جرس منبه هاتفي فجلستُ مدةً في سريري محاولًا أن أتذكر أين أنا، ثم قمتُ إلى الحمام لأغتسل وشعرتُ بقُشَعْريرة خفيفة وأنا أحس بوقع الماء البارد على رأسي وجسدي. بعدها وقفتُ عاريًا أمام المرآة إلا من منشفة وضعتُها حول نصفي الأسفل وأنا أحفُّ لحيتي، حتى اطمأننتُ إلى تناسقها، ثم رششتُ قطراتٍ من عطر بنكهة اللافندر اشتريتُه من مول في دبي، ثم أكملتُ ارتداء ملابسي بسرعة قبل أن أتوجه إلى مطعم الفندق.

عندما دخلتُ من باب المطعم وجدتُ أن الغذاء معدٍّ بنظام البوفيه المفتوح، إذ توجد مائدة مستطيلة عليها أصناف الطعام الذي يحتوي على المقبلات والسلطات ثم الوجبات الرئيسة، وينتهي بالتحلية. اتجهتُ إلى بداية المائدة وتناولت طبقًا واسعًا من الصيني وملعقة وشوكة من الاستانلس ستيل. تذكرتُ طابور الطعام في داخليات جامعة الخرطوم، وابتسمتُ لنفسي وأنا أقارن بين طبق البطاطس المطبوخ بلحم البقر الذي

كنتُ أتناوله مع قطعة خبز هزيلة، وبين أرتال الطعام الفاخر التي لا أعرف حتى اسم بعضها، ولكنها كانت تدعوني بصمت إلى تجربتها. وضعتُ في طبقي قليلًا من سلطة الفتوش والأرز البرياني وقطعة متوسطة من السمك، ثم توجهتُ إلى منضدة قريبة لأتناول طعامي بصمت. بعد أن أكملتُ وجبتي عبَّأتُ كأسي بقهوة تركية، ثم عدتُ إلى مقعدي لأحتسيها. كانت رائحة القهوة الطازجة المختلطة برائحة الشواء المنبعثة من طرف المطعم ترسل نداءات إلى المارة لتغريهم بالدخول إلى المطعم.

عدتُ إلى غرفتي وجلستُ إلى المنضدة لألقي نظرة أخيرة على محتوى العرض التقديمي الذي سأقدمه في الاجتماع، ودون أن أعي قبضت راحة يدي مرة ثانية. لم أدر كم مر من الوقت قبل أن يرن هاتف الغرفة، وعندما رفعت السماعة سمعتُ موظف الاستقبال في الطرف الآخر:

- مستر وليد، السائق ماهيش في انتظارك.

***

عندما وصلتُ إلى مقر شركة الشباري كانت الساعة تشير إلى الخامسة إلا عشر دقائق. كنت أرتدي حلة زرقاء داكنة وقميصًا أبيض ورابطة عنق حمراء عليها نقوش بنفس لون البدلة. نظرتُ إلى حذائي الأسود لأتأكد من لمعانه، تذكرتُ معلومة قرأتها دون أن أتذكر مصدرها، تقول إن الناس تكوّن انطباعها عن الأشخاص الذي يقابلونهم أولَ مرة من خلال النظر إلى أحذيتهم. لعل ذلك يفسر ازدهار حرفة تلميع الأحذية في وسط المدن الكبرى.

دلفتُ من البوابة الزجاجية وحييتُ موظف الاستقبال الجالس خلف منضدة مستديرة تحمل شعارَ شركة الشباري المذهَّبَ. تحدث الموظف في

الهاتف ثم رفع رأسه وهو يرسم ابتسامة أظهرت سنًّا مكسورة ثم قال بلهجة مؤدبة:

- عندما تصل إلى الطابق الثالث والعشرين سيكون السيد عبد الله في انتظارك.

- شكرًا.

عندما خرجتُ من باب المصعد وجدتُ عبد الله الشباري في انتظاري، فحيّاني بحرارة ثم قادني إلى قاعة الاجتماعات:

- أعضاء المجلس في انتظارك.

عندما دخلتُ إلى قاعة الاجتماعات كان في الغرفة ستة أشخاص حييتهم بالتتابع، وكان عبد الله يتولى عملية التعريف، كانوا أربعة سعوديين وبريطانيَّيْن يجلسون إلى منضدة مستطيلة لامعة رُصَّتْ حولها قناني المياه المعدنية. وكان علي الشباري، والد عبد الله ورئيس مجلس إدارة الشركة، يجلس إلى رأس المنضدة. قال عبد الله باللغة الإنجليزية وهو يتناول الفلاش ديسك من يدي ويلقمه في جهاز اللابتوب المتصل بشاشة عملاقة على الحائط من خلال بروجِكتور:

- كما تعلمون أيها السادة فإن مستر وليد الكاشف قدم من دبي لكي يقدم لنا عرض شركته المتعلق بالعقارات التي تنوي شركتنا شراءها، تفضل مستر وليد.

وبعدها قمت من مقعدي ثم توجهتُ إلى مقدمة الغرفة وضغطتُ زر تشغيل أهم عرض تقديمي في حياتي المهنية، وأنا أحاول ألا تشغلني الأعين الشاخصة نحوي. بعد نحو 70 دقيقة من التقديم الذي تخللته أسئلة الحاضرين ختمت حديثي قائلًا:

- أيها السادة. شكرًا لكم على وقتكم، كما رأيتم فقد عرضنا لكم ثلاث خيارات للاستثمار العقاري في دبي حسب متطلبات شركتكم، ولكننا نوصي بالخيار الثاني لكونه الأفضل من ناحية الموقع والسعر.
- شكرًا جزيلًا مستر وليد.

أومأ السيد على الشباري برأسه ثم أضاف:

- الآن سيجتمع المجلس في جلسة مغلقة لمناقشة العرض وسنطلعك على القرار فور الانتهاء من التصويت.

غادرتُ الغرفة وتوجهتُ إلى صالة مجاورة وصببتُ لنفسي كأسًا من الماء من قنينة كانت موضوعة على المنضدة، ثم جلستُ في مقعدي وقرأتُ آية الكرسي وأدعو الله بحرارة، فيما كنت أنتظر قرار المجلس.

رحلتي إلى دبي

مرَّتِ الدقائق بطيئة وأنا أنظر بين الفينة والأخرى إلى ساعة الحائط أمامي، وبعد أكثر من ساعة خرج عبد الله مكفهرَّ الوجه ثم اتجه نحوي قائلًا:

- متأسف يا وليد، ولكنَّ المجلس رفض عرضكم.
- ممكن أعرف السبب؟ هل في مجال لإعادة النظر؟
- للأسف هذا القرار نهائي.

نهضتُ من مكاني وأنا أحسُّ كأن حائطًا قد وقع على كتفي، ولكني تناولتُ حقيبتي وقلتُ في صوت حاولتُ جاهدًا أن يكون طبيعيًّا:

- على العموم. شكرًا على وقتكم وأرجو أن نتعاون في فرصة أخرى.

وبينما كنت أهم بمغادرة المكان جذبني عبد الله من يدي، فالتفتُّ مذهولًا لأجده يضحك ملء فيه وهو يهز سبابته اليمنى في وجهي ويقول وسط ضحكاته:

- صِدْتك! لا تنسَ هذه.

ازدادتْ دهشتي وسألته:

- قصدك شنو؟

قال عبد الله وهو يصافحني:

- كنت أمزح معك، المجلس وافق على الخيار الثاني.

ثم أضاف:

- مبروك يا وليد.

- شنو؟ صحيح؟

أحسستُ بصوتي فيه خليط من الذهول والفرحة ثم سمعت نفسي أقول:

- ألف شكر يا عبد الله.

ثم لم أتمالك نفسي فعانقتُ عبد الله الذي ربَّت كتفي كما يفعل صديق قديم. حالما خرجتُ من مصعد بناية الشركة سارعت للاتصال بجوديت وظللتُ أنظر إلى جرس الهاتف وهو يرن وأنا أدعو في سري أن تجيب، ثم انفرجتْ أساريري عندما سمعتُ صوتها على الطرف الآخر ووجدتُ نفسي أصيح في الهاتف:

- جوديت... ألف مبروك. فزنا بالعقد.

- صحيح يا وليد؟

- المجلس صوت على الخيار الثاني، فزنا يا جوديت!

- برافو وليد، ارجع بأقرب طائرة تجدها وستجدني في انتظارك في المطار.

***

في الأيام التالية لوصولي إلى دبي ظللت أعمل ليلًا ونهارًا في ملف شركة الشباري، إذ كنت أحضر إلى المكتب في الصباح الباكر، وأجلس حتى الساعات الأولى من فجر اليوم التالي. وفي مرات متفرقة كنت أنام في مكتبي ثم أصحو قبل وصول الموظفين بقليل لأغتسل بسرعة في حمام الشركة وأجلس على مكتبي لمواصلة عملي.

في ذات يوم دخلتُ إلى مكتب جوديت كما اعتدتُ في نهاية كل يوم عمل منذ بداية العمل على صفقة شركة الشباري، وسألتني قائلة:

- كيف تسير الأمور يا وليد؟

- لقد أرسلتُ هذا الصباح إلى عبد الله تقرير الفحص الفني للشقق الذي أعدته شركة كي إم إس للعقارات بشأن وضع العقارات، وقد وعدني بإرسال عقد البيع والشراء بنهاية يوم الأربعاء؟
- وماذا عن شهادة الممانعة من المطور؟
- لقد تحدثتُ مع ديفيد أمس وأكد أنها ستكون جاهزة في نفس يوم الإغلاق.
- تبقى عشرة أيام فقط، هل تظن أننا سنكون مستعدين؟
- سأعطيك الإجابة النهائية حالما أتسلَّم العقد من عبد الله، لكنني أعتقد أننا في الطريق الصحيح حتى الآن.

في اليوم المحدد لإغلاق المعاملة حضرتُ مبكرًا إلى بناية مؤسسة الصالحية، وهي إحدى المؤسسات التي تعمل وكيلًا لدائرة دبي للأراضي، وتنجز معاملات تسجيل عقود بيع العقارات وشرائها. ترجلتُ من سيارة الأجرة أمام المبنى الشاهق لمؤسسة الصالحية، وتوجهتُ إلى صالة الاستقبال الكائنة في الطابق الأرضي. خلف كابينة الاستقبال الأنيقة، رأيتُ ثلاث موظفات وشابًا، فتوجهت إلى أقرب موظفة وقلت لها:

- أنا وليد الكاشف من شركة سمبانيا للعقارات، لدينا موعد مع الأستاذة عفراء.
- تفضلْ تذكرتك أستاذ وليد.

في الجانب الآخر من الصالة كان هناك مقهى صغير يقدِّم القهوة والشاي والعصير لعملاء المؤسسة. طلبتُ كأسًا من القهوة ثم جلستُ في صالة الانتظار الملحقة بالمقهى. بعد مدة وصل عبد الله وهو يحمل حقيبة أعمال خفيفة وسلم علي فدعوته إلى فنجان قهوة، فشكرني وهو يجلس في مقعد

بجانبي. وبعد لحظات وصل ديفيد من شركة المدار للعقارات، فتوجَّهنا جميعًا إلى كابينة زجاجية لإكمال إجراءات صفقة شراء العقارات. كانت عفراء شابة في الثلاثينيات من عمرها ترتدي عباءة خليجية سوداء وتجلس في مكتب أنيق من الخشب الأبيض المصقول، وأمامها شاشة حاسوب آبل كبيرة. جلس عبد الله على المقعد الأيمن وجلس ديفيد على المقعد الأيسر في مواجهة منضدة عفراء. نظرت إليَّ عفراء متسائلة فبادرتُها بالقول:

- صباح الخير أستاذة عفراء، هذا عبد الله الشباري ممثل المشتري وهو يحمل شيكًا مصرفيًّا معتمدًا بقيمة ثمن الشراء حسب العقد.

- الهُويَّة أستاذ عبد الله؟

قالت عفراء وهي تنظر تجاه عبد الله.

- تفضلي هذا جواز سفري.

قال وليد وهو يشير إلى ديفيد:

- وهذا السيد ديفيد كليك من شركة المدار وهو ممثل البائع.

- الهُويَّة مستر ديفيد؟

- نعم تفضلي سيدتي.

تسلمتُ عفراء مستندات الهُويَّة من عبد الله وديفيد، ثم سلَّمها عبد الله الشيك المصرفي فتناولته وتفحَّصته ثم ناولته ديفيد.

- هل المبلغ صحيح يا سيد ديفيد؟

قال ديفيد:

- نعم سيدتي.

ثم أرجع الشيك إلى عفراء التي قالت بعدها:

- شكرًا لكم يا سادة، يمكنكم الانتظار في الصالة وسأخطركم حالما تكتمل إجراءات نقل الملكية وصدور صك الملكية الجديد باسم شركة الشباري.

خرجنا جميعًا إلى الصالة القريبة، وجلسنا نتحدث في مواضيع شتى، وبعد لحظات قليلة نادتنا عفراء إلى مكتبها، ثم قالت موجهة حديثها إلى عبد الله وهي تناوله ظرفًا أبيض:

- تهانينا سيد عبد الله، تفضل سند ملكية العقارات التي اشترتْها شركتكم.

ثم تحولت إلى ديفيد قائلة:

- السيد ديفيد تفضل، شيك ثمن البيع.

حينها تنفست الصُّعداء وعدتُ إلى مكتبي.

***

كنت أجلس في مكتبي وأنا أنظر إلى الورقة التي أحملها بحذر في راحة يدي، كانت شيكًا بمبلغ 725 ألف درهم هي عمولتي من صفقة عقارات شركة الشباري. مررتُ إصبعي على سطح ورق الشيك اللامع، ثم إلى اسمي المكتوب في خانة المستفيد. كان هذا أكبر مبلغ أحصل عليه في حياتي، دسستُ الشيك في جيبي ثم خرجتُ إلى البنك لأودع الشيك في حسابي.

بعد عدة أيام عدتُ إلى مكتب ديفيد مرة أخرى، لكنْ هذه المرة كنت أنا العميل بعد أن قررتُ شراء أول عقار لي في دبي، وهو شقة في البناية نفسها التي اشترتْ فيها شركة الشباري. اخترتُ الشقة رقم 618 ودفعتُ ثمنها وهو 500 ألف درهم. كانت الشقة تتكون من غرفة نوم واسعة ملحق بها حمام صغير، كان باب الشقة يقود إلى صالة جلوس فسيحة، وكان المطبخ الأوروبي المفتوح على الجهة اليمنى من المدخل يليه حمام صغير. كانت

غرفة النوم الرئيسة وغرفة الجلوس تطلان على بلكونة تنتهي بحاجز زجاجي سميك.

في عطلة نهاية الأسبوع ذهبتُ إلى فرع شركة ارقيا في مِنْطَقة دبي فيستفال لاختيار الأثاث للشقة الجديدة التي أجرتها شقةً مفروشةً للسياح وأصحاب الأعمال القادمين إلى دبي من الخارج أو من الإمارات الأخرى، الذي يفضلون الخصوصية التي توفرها الشقق المفروشة مع المزايا نفسها التي توفرها الفنادق التقليدية.

عندما وصلتُ إلى قسم الأثاث استقبلني موظف شاب عرفت من لهجته أنه تونسي الجنسية. رحَّب بي الشاب، ثم قادني إلى مكتب صغير ووضع أمامي كتالوجًا يحوي أطقم الأثاث. اخترتُ لغرفة الجلوس طقمًا يتكون من أريكة بثلاث حارات ومعها كرسي مفرد، ومنضدة طعام بغطاء أسود لامع ومعها خمسة مقاعد، بالإضافة إلى منضدة قهوة بغطاء زجاجي أسود سميك، وبجانبها منضدتي قهوة. لغرفة النوم اخترتُ طقمًا يتكون من سرير نوم مزدوج بجانبه منضدتي أباجورة، ومعه طقم تسريحة مع مقعد دون ظهر، واخترتُ اللون الرمادي الداكن لطقم الجلوس، واللون الرمادي الأخف للستائر. بعد أن أكملتُ اختيار الأثاث ناولني الموظف استمارة من عدة نسخ لكي أدفع عند الخزانة، ولكني توجهتُ لقسم آنية الطعام لأختار أطقم الأطباق والملاعق والشوك وجميع المستلزمات التي يحتاج إليها نزيل فندق خمسة نجوم في غرفته. عندما وصلتُ إلى شباك الدفع وجدتُ أمامه طابورًا من المتسوقين يصطفُّون في انتظار دورهم في الدفع، ونظرتُ إلى ساعة يدي فوجدتُها تشير إلى السادسة مساءً. لقد أمضيتُ خمس ساعات كاملة داخل محال أرقيا. عندما وصلتُ إلى موظف الخزانة طلب مني الموظف الآسيوي عنوان مكان التسليم، فأخبرتُه بعنوان شقتي الجديدة

في البرشاء، بعد أن غادرت المكان أخرجتُ من جيبي إيصال التسليم ونظرتُ إلى اسمي بجانب عنوان الشقة وابتسمتُ لنفسي ابتسامة رضا: لقد أكملتُ الاستعداد لأول استثمار عقاري باسمي في دبي، منذ الآن لن يكون راتبي من شركة سمبانيا للعقارات هو المصدر الوحيد لدخلي. لقد أصبح لديَّ دخل مستقل من تأجير شقتي المفروشة.

***

في ذات صباح كنت أجلس في مكتبي عندما رن هاتف المكتب، فالتفتُّ إلى شاشة الهاتف لأجد أن المتصلة هي جوديت.

قالتْ جوديت حالما رفعتُ السماعة:

- هل يمكن أن تحضر لمكتبي؟

وعندما دخلتُ إلى مكتبها أشارتْ لي بأن أغلق الباب ففعلتُ، ثم جلستُ قبالتها دون أن أنبس ببنت شفة.

- أنا مضطرة إلى بيع الشركة.

- ماذا؟

- نعم يا وليد، اتصلتُ بطبيب أمي هذا الصباح وأخبرني أن حالتها في تدهور.

- لم أكن أعرف أنها مريضة.

- أمي أصيبتْ بالسرطان قبل مدة وهي تخضع للعلاج حاليًا، لكنْ يجب أن أكون بجانبها.

- وماذا عن أختك أليكساندرا؟

- أختي هاجرت إلى أمريكا مع أسرتها، لديها ثلاثة أطفال. لا يوجد لأمي سواي الآن.

- أرجو لها الشفاء العاجل، ماذا يمكنني أن أفعل؟

- شكرًا وليد. سأطرح الشركة للبيع، وإذا كنت ترغب في شرائها فسأعطيك الأولوية.

- أنا؟ ومن أين لي ثمن الشركة؟

- لديك شقة باسمك ولديك المصارف، يمكن أن تحاول الحصول على تمويل من أحد المصارف إذا تستطيع.

- كم تطلبين ثمنًا لها؟

- مليون درهم، لكنْ سأعطيك خَصْم 10%.

- كم من الوقت لديَّ؟

- شهر واحد، بعدها سأعود إلى بلغاريا.

رجعتُ إلى مكتبي وأغمضتُ عيني، واستغرقتُ في تفكير عميق، كيف يمكن لي الحصول على مبلغ مليون درهم في خلال شهر واحد؟

بعد أسبوع ذهبت لمقابلة مدير فرع بنك الازدهار الذي أتعامل معه. قابلني مدير الفرع بابتسامة عريضة على وجهه ثم طلب مني الجلوس. كان مدير الفرع باكستاني الجنسية في مقتبل الأربعينيات من عمره، ويلبس نظارة طبية يعدِّل وضعها بين الفينة والأخرى.

- بماذا يمكنني أن أخدمك سيد وليد؟

- أحتاج إلى قرض بمبلغ مليون درهم.

- هذا مبلغ كبير. ما الغرض منه؟

- أريد شراء الشركة التي أعمل فيها، هذه دراسة الجدوى الاقتصادية للمشروع أعدَّتها شركة مورجان المحدودة، توضح الموقف المالي للشركة وتقريرًا عن سوق العقارات.

نظر الرجل في أوراق أمامه ثم رفع رأسه وقال:

- وما الضمانات التي ستقدمها للبنك؟

- سأقدم رهنًا على السجل التِّجاري للشركة وعلى أصولها، بالإضافة إلى رهن عقاري على شقتي.

- هناك معضلة واحدة أمامك سيد وليد.

- وما هي؟

- حسب سياسة المصرف فنحن لا نمول سوى 80% من قيمة الشركة، وعليك تدبير مبلغ 20% وهو يعني 200 ألف درهم.

- ولكني لا أملك حاليًا سوى 50 ألف درهم. إذا طلب البنك 200 ألف فسيكون عليَّ بيع الشقة لتوفير المبلغ.

- للأسف المصرف يحتاج إلى الشقة كضمان للتمويل.

- ألا يوجد حل آخر؟

- أخشى أن عليك توفير باقي المبلغ لكي يوافق البنك على القرض.

في تلك الليلة جلستُ في شرفة شقتي وحيدًا، وأنا أفكر في أحداث هذا الأسبوع، تحسستُ يدي دقات قلبي كأنها تستطيع أن تبطئ سرعتها، ثم ضغطتُ أضلعي لأخفف ألمًا خفيًا لا يرضى أن يفارقني. تناولتُ محفظتي من جيبي ثم أخرجتُ منها صورة ريم التي أهدتها إليَّ وظللتُ أحدق إليها، ترى أين تكونين الآن يا ريم؟ لماذا غادرتِ دون حتى كلمة وداع واحدة؟ هل أنت الآن مع شخص غيري؟

ظلتْ تلك الأسئلة تدور في ذهني الذي كان يقدم لي إجابات لا تسمن ولا تغني من جوع، ولا تترك في قلبي سوى ألم عميق كسكين تشق طريقها بين أضلعي. ظللتُ جالسًا حتى غلبني النعاس في كرسي، وسقطتْ صورة ريم من يدي. استيقظتُ على صوت أذان الفجر، وانتبهتُ إلى صورة ريم التي سقطتْ مني، فرفعتها وقبَّلتها ثم أعدتها إلى مكانها في محفظتي. قمتُ ببطء واتجهت إلى الحمام لأتوضأ، ثم ذهبت إلى صلاة الفجر في المسجد القريب.

عندما وصلت إلى مكتبي بعد عدة ساعات كانت عيناي محمرتين بسبب قلة النوم. بعد أن تناولتُ قهوتي اتصلتُ بصلاح.

- صباح الخير وليد كيف أخبارك؟

- صلاح أنا محتاج قرض ضروري.

- خير يا وليد؟

- جوديت صاحبة الشركة عارضة الشركة للبيع بمليون درهم ودي فرصة ما تتكرر.

- ومن وين حتجيب مليون درهم؟

- من البنك، بس المشكلة أن البنك حيمول 80% من الثمن، يعني مطلوب أوفر 200 ألف، وأنا عندي 50 ألف فقط محتاج 150 ألف درهم.

- ممكن تبيع شقتك حتغطي المبلغ.

- ما ينفع. البنك عايزها كضمان للتمويل.

- يا ريت لو عندي المبلغ، أقصى شيء ممكن أدبره هو 40 ألف درهم.

- طيب يا صلاح كتر خيرك.

مرَّتِ الأيام سريعًا واقترب الموعد النهائي الذي ضربتْه جوديت دون أن أتمكن من توفير باقي المبلغ لإكمال الصفقة، وقبل يوم من الموعد النهائي طلبتني جوديت إلى مكتبها.

- ماذا فعلت في العرض يا وليد؟ متبقي يوم واحد فقط.

- لقد حاولتُ الحصول على تمويل من البنك، لكنْ لم أتمكن من استيفاء شروط البنك يا للأسف.

- ماذا حدث؟

- البنك اشترط تسجيل رهن على الشقة كضمان للتمويل، واشترط أن أدفع 20% من مبلغ التمويل وهو يساوي 200 ألف درهم، وكل ما استطعت توفيره هو 90 ألف درهم فقط.
- ألا تستطيع توفير 110 آلاف درهم لإكمال الصفقة؟
- حاولتُ الاقتراض من جميع معارفي وأصدقائي، لكن كل ما استطعت الحصول عليه هو 40 ألف من شقيقي صلاح، بالإضافة إلى رصيدي وهو 50 ألفًا.
- سأعطيك الحل.
- وما هو؟
- أنت شاب ذكي ومجتهد وأمين، وسأقرضك مبلغ 110 آلاف درهم لإكمال الصفقة على أن ترده إليَّ بنهاية السنة المالية.

سكتُّ ولم أرد عليها، وعندما نظرتْ إليَّ جوديت لمحتُ أن عينيَّ كانتا تلمعان، فقامت من مكانها وضمتني بين ذراعيها وهي تهمس في أذني:

- لا بأس عليك يا وليد، أنا سعيدة أن الشركة ستؤول إليك. أنا أعرف أنها ستكون في أيدٍ أمينة.

***

بعد اكتمال إجراءات شراء الشركة غادرتْ جوديت إلى بلغاريا وانتقلت إلى مكتبها. طلبتُ من آنا دعوة جميع الموظفين إلى اجتماع في غرفة الاجتماعات. عندما دخلتُ إلى القاعة كان الجميع في انتظاري ما عدا كريستين التي وصلت بعد نحو عشر دقائق، وجلستْ في مقعدها ثم أخرجتْ هاتفها النقال وصارت تقلب فيه. كنت أعرف أن كريستين كانت تستغل تساهل جوديت معها، ولكنني كنت مصممًا على تقويم الوضع. كنتُ أجلس على رأس المنضدة دون أن يظهر على وجهي أي انفعال، لم

أقل أي كلمة حتى ساد سكون عميق في القاعة، وأخيرًا قلت بصوت أخليته من الشعور:

- راؤول، أرجو أن تخصم من راتب كريستين أجرة ثلاثة أيام، بسبب تعطيلها لعملكم أيها السادة، وبسبب عدم احترامها لوقتكم بالانشغال بالهاتف في أثناء الاجتماع.

ردَّت كريستين بانفعال:

- لكنْ سيد وليد...

ولكني قاطعتها وواصلت حديثي كأن شيئًا لم يحدث وقلت مبتسمًا:

- مرحبًا بكم أيها السيدات والسادة، كما تعلمون فقد انتقلتُ ملكية هذه الشركة إلى اسمي، وأحب أن أوضح لكم سياستي في الإدارة.

سكتُّ للحظات ونقلتُ بصري بين الحضور ثم قلت:

- في هذه الشركة نعمل كأسرة واحدة، هدفنا التميز في كل شيء نفعله، أتوقع من كل واحد منكم أن يسعى إلى التميز، وأن يساعد زملاءه على النجاح، من ناحيتي يمكنكم أن تتوقعوا مني الدعم الكامل والاحترام الكامل.

ثم أضفتُ وأنا أرفع يدي كمن يؤدي القسم:

- في الاجتماعات القادمة ستجدونني آخر من يتكلم، أعدكم بأن أستمع لكل واحد منكم وأرحِّب بالرأي المخالف. هذا ما لديَّ، والآن سنستمع لكل واحد ابتداءً من اليمين.

في الأشهر التالية كنتُ أعمل حتى ساعات متأخرة من الليل في بناء إستراتيجيات جديدة للشركة وتوسيع أعمالها، ولم تلبثْ أن بدأتْ تباشير الازدهار تظهر على أعمال الشركة.

في ذات ليلة غادرتُ مكتبي في ساعة متأخرة من الليل، وحالما وصلتُ إلى باب شقتي حتى سمعت جرس هاتفي النقّال. نظرت إلى الرقم ثم قلت باسمًا:

- أهلين العريس، كيف أخبارك؟
- الحمد لله. تصدق مرَّت أكثر من سنة من سافرت من السودان؟ كيف أمور شغلك؟
- الحمد لله الأمور طيبة. اشتريت الشركة الي كنت شغَّال فيها.
- برافو عليك يا وليد، من يومك تاجر شاطر.

تغيرتْ لهجة أسامة ثم قال بعد مدة صمت قصيرة:

- وليد، لازم تجي تحضر العرس، أنا عايزك تكون وزير العريس.
- ما ممكن سامي أخوي يكون الوزير بدل مني؟
- سامي بالذات ما ينفع.
- ليش؟
- سامي عايز يعرس سمر أختي.
- معقول؟ بس عمره ما جاب لي سيرة.
- الموضوع لسه في بدايته، سامي تكلم مع سمر لكنْ لسه ما فاتحني في الموضوع. لكنْ طبعًا سمر كلمتني.
- وانت رأيك شنو؟
- أنا؟ الموضوع يخص سمر، وسامي، ودي حياتهم، واختياراتهم.
- بس انت عارف التقاليد، يعني رأيك ورأي الوالد والأسرة.
- سامي أخوك يا وليد وده لوحده كفاية.

ثم أضاف متسائلًا:

- تقدر تجي الخرطوم يوم الأربعاء؟

- أشوف حجز طيران وأرد عليك.

أشوف حجز طيران وأرد عليك.

عرس أسامة

عندما خرج المسافرون من سلم الطائرة في مطار الخرطوم، كانت هناك حافلة في انتظارهم لتقلهم إلى صالة الخروج. كان بين المسافرين عدد قليل من الأجانب من جنسيات آسيوية وأوروبية، لكنْ كان السواد الأعظم يتكون من أسر سودانية بعضها مع أطفال والبعض من دونهم. تذكر وليد يوم مغادرته من المطار نفسه قبل حوالي أكثر من عام. أكمل وليد إجراءات الجوازات بسرعة وخرج من الصالة ليجد سامي في انتظاره. تعانق الشقيقان ثم سارا جنبًا إلى جنب إلى سيارة سامي السوزوكي عسكرية.

- حكايتك شنو انت وسمر؟

- كيف عرفت؟

- سمر كلمت أسامة، وأسامة كلمني.

- مش عارف يا وليد، أنا قلت أعرف رأيك أول قبل ما أتكلم مع حد.

- بتحبها يا سامي؟

- أول مرة شفتها كان لما زرت أسامة في البيت وهي فتحت الباب ودخلتني الصالون. دخلت قلبي من أول نظرة.

- ربنا يتمم لكم على خير. متين حنمشي عندهم؟

- حنمشي البيت تسلم على الوالد والوالدة وتغير ملابسك، وبعدين نروح عندهم. اليوم عاملين حفلة الحنة في بيت أسامة.

عندما اقتربتْ سيارة وليد وسامي من منزل أسامة تناهى إلى سمعهما صوت موسيقى يصاحبها مغنٍّ يؤدي باللغة النوبية بصوت شجي يشق سكون حي مدينة النيل الهادئ. ترجَّل الشقيقان من السيارة ليجدا سرادقًا ضخمًا أمام منزل أسامة، فدخلا من الباب الواسع حيث كان المدعوون يتوزعون في مناضد رُصَّتْ على جانبي السرادق: في الجانب الأيمن كانت مناضد الأُسَر، وهي مخصصة للضيوف الذين يحضرون مع أسرهم، أما الجانب الأيسر فقد كان مخصصًا للمدعوين الشباب والرجال الذين لا ترافقهم أُسَرهم. لكنْ على الرغم من هذا التنظيم غير المكتوب فإن هذه القواعد لم تكن تطبق بصرامة، إذ عادة ما يسمح الأقارب المقربون من العريس لأنفسهم بكسر هذه القاعدة الاجتماعية الراسخة.

كان معظم الحضور من الرجال يرتدون الجلابية السودانية البيضاء والعمة، وبعضهم يلتحف الشال الأبيض حول رقبته الذي ينتهي بتطريز ملون في نهاية الشال. كان الحاج هاشم والد أسامة في وسط الساحة يتلقى تهاني المدعوين ويرحب بهم، وكان بجانبه شقيقاه كمال وعبد الكريم، توجه وليد وسامي للسلام عليه، فتلقاهما الرجل ببشاشة وعانقه وليد على الطريقة السودانية الأكثر حميمية، بحيث وضع كل منهما يده اليمنى على ظهر صاحبه وربَّت ظهر الآخر ثلاث مرات أو أربعَ، فيما كان يحتضن كل واحد صاحبه، ثم تلى ذلك المصافحة باليد اليمني نفسها. قال الحاج هاشم وهو يُرحِّب بوليد:

- حمدًا لله على السلامة يا ولدي، أسامة كان خايف ما تقدر تحضر.

- الله يسلمك يا عمي. أنا ما أقدر أفوت عرس أسامة.

ثم أشار وليد إلى شقيقه سامي بيده اليمنى، وقال موجهًا حديثه إلى الحاج هاشم:

- ده سامي أخوي يا عمي.

- أهلًا يا سامي يا ولدي، انت مع وليد في الإمارات صح؟

رد وليد نيابة عن أخيه:

- لا يا عمي، سامي ضابط في الجيش، أنت قصدك أخوي صلاح.

- أيوه اتذكرتك، أنت اللي حجزت صالة نادي الضباط.

رد سامي وهو يسلم على الحاج هاشم:

- ده أقل من الواجب يا عمي، أسامة حبيبنا كلنا، ربنا يبارك له ويتم له على خير.

- اتفضلوا يا أولادي، أسامة جالس في الطاولة اللي هناك.

أشار الحاج هاشم بيده إلى منضدة يجلس إليها أسامة مع ثلاثة شباب. كان أسامة يرتدي الجلابية السودانية البيضاء والعمة مع شال أبيض مطرز بخيوط زرقاء. حالما لمح أسامة وليد قادمًا نحوه مع سامي قام من مكانه واندفع ليحتضنه مُسلِّمًا عليه، وتعانق الصديقان مدةً ثم جاء دور سامي في العناق. بعدها جلس أسامة بين وليد وسامي، فيما نادى أحد الشُّبَّان نادلًا قصيرَ القامة يرتدي الزي الموحد لشركة ضيافة كان يطوف بين المدعوين، وطلب منه أن يقدم مشروبًا لوليد وسامي.

- حمدًا لله على السلامة يا وليد. متى وصلت؟

- قبل خمس ساعات تقريبًا، بس رحت البيت سلمت على الوالد والوالدة.

- كان بودي أجي استقبلك في المطار بنفسي، بس أنت عارف الظروف.

- أنت لا تشغل نفسك بغير العروسة، بعدين سامي قام بالواجب.
- بس وريني كيف طبيعة الشغل؟
- الأساس هو دراسة السوق.

تنحنح وليد ثم أضاف وهو يشير بيده:

- في حالة تتوقع ارتفاع الأسعار في المستقبل الأفضل تبدأ الاستثمار بالشراء، ولما ترتفع الأسعار تبيع ويكون ربحك هو الفرق في السعر.
- ممكن تربح في حالة انخفاض الأسعار؟
- نعم ممكن، بس هنا دورة الاستثمار بتكون عكسية، يعني لما تتوقع الأسعار تنخفض تبدأ ببيع العقار بالسعر قبل الانخفاض، ولما ينخفض السعر تشتري عقار مشابه للي بعته، وبذلك ترجع العقار اللي بعته ويكون الربح هو الفرق بين الاثنين، هي طريقة تشبه الاستثمار في البورصة.

في تلك اللحظة اقترب شاب من أقارب أسامة وجرَّه من يده بلطف لكي ينضم إلى مجموعة من الشباب الذين كانوا يشكلون حلقة نصف دائرية يرقصون رقصات نوبية في تناغم مدهش. حاول أسامة دعوة وليد وسامي للمشاركة، ولكنهما اعتذرا بأنهما لا يعرفان كيفية أداء الرقصات النوبية. كان المشاركون في حلقة الرقص في العشرينيات من العمر تقريبًا، وكانوا يرقصون على أنغام مطرب شاب يسمى حسين خليلي، وكان يشدو بأغنية نوبية معروفة اسمها" إيسبكو هيلكوت".

على الرغم أن وليد وسامي لم يفهما معنى الكلمات النوبية، لكنَّ ذلك لم يمنعهما من الاستمتاع والتمايل مع صداها الذي كان يملأ المكان. وحالما وصل أسامة إلى حلقة الشباب فسَحوا له مكانًا في وسط الحلقة، واندسَّ

أسامة وسطهم في خفة وهو يُصفِّق بيديه ويحرك جسمه في تناسق متقن مع بقية المجموعة.

- الرقصة دي اسمها شنو يا وليد؟
- مش عارف، يمكن الدبكة النوبية؟

***

استيقظ وليد في ساعة متأخرة من صباح اليوم التالي، وكان يشعر ببعض التعب من عناء السفر ومن أحداث الليلة الماضية. كان سامي قد سبقه للاستيقاظ وخرج إلى عمله على أن يعود في موعد الغداء ليصطحبه هو ووالده إلى عقد قران أسامة. عندما عاد وليد من الحمام بعد أن اغتسل وجد والدته في انتظاره وهي تجلس في طرف سرير سامي:

- كيف أصبحت يا وليد؟
- الحمد لله يا أمي، كيف صحتك إن شاء الله مرتاحة.
- كبرنا يا ولدي ونفسي أشوف أولادك قبل ما أموت.
- ربنا يديكِ الصحة وطول العمر يا أمي، بس الكلام ده مفروض تقوليه لسامي، أصلًا هو الكبير وهو قدامك.
- والله تكلمت معاه كم مرة لما خشِّي وجعني، لكن أخوك راسه ناشف ما بيسمع الكلام، ما زيك انت يا حبيب أمك.

ابتسم وليد لنفسه ولم يعلق، فهو يعرف أن والدته ستقول عنه الكلام نفسه أمام شقيقه سامي عندما يتعلق الأمر بالزواج، ثم أضافت والدته وهي تمد يدها التي تحمل سوارًا ذهبيًا أهداها إليها وليد:

- يعني والله عجبتني الإسورة دي والتياب اللي جبتها لي ولأختك سهام، والله روعة ما شاء الله تبارك الله ذوقك حلو، يعني المرة الجاية ممكن تختار شيلة العروس والدهب لوحدك.

- ده كله من خيركم يا أمي، دي حاجة بسيطة، والحمد لله إنها عجبتك.
- أنا ما جبت ليك شاي الصباح عشان ما يمنعك تفطر معانا، أبوك منتظرك في الفطور.

توجه وليد إلى الصالة حيث وجد والده يجلس في الكرسي وأمامه صينية عليها طبق فول تطفو على سطحه قطع من الجبن الأبيض وقطع من البندورة والبصل، وبجانبه طبق من البيض المقلي بجانبه عدد من حبات الزيتون الأسود وطبق من الزبادي. كانت رائحة الخبز البلدي الطازج المنبعث من قطع الخبز المتناثرة في الصينية تحمل لوليد رائحة الوطن.

- كيف أمور شغلك يا وليد؟
- الحمد لله يا أبوي، اشتريت الشركة اللي كنت شغال فيها بتمويل من البنك، لكن بفضل الله عملنا صفقات ناجحة وسددت 70% من التمويل.
- ربنا يبارك لك في رزقك ياولدي.
- أنا عايز أعمل ليك مشروع تِجاري يا بوي. نفسك تشتغل في شنو؟
- والله يا وليد من زمان نفسي أعمل لي مزرعة. شغل الإسبيرات سلمته لي لقمان. لكن نحن أصلنا أولاد مزارعين والزراعة شغلنا.

شرد الحاج محمد ثم واصل:

- عايز أجيب فيها بقر وخرفان ويمكن خيول عشان أشوف أحفادي يلعبوا فيها ويقضوا فيها الإجازة.

- تمام يا بوي. حسان صاحبي شغّال في تجارة الأراضي ومرة عرض عليَّ مزرعة للبيع في شمال أم درمان. رأيك شنو نمشي نقابله مع بعض؟
- ربنا معاك يا وليد.

استعد وليد وأسامة والحاج محمد الكاشف منذ وقت مبكر للذَّهَاب إلى مسجد سيدة السنهوري لأداء صلاة العصر ثم حضور عقد القران. عندما وصل الثلاثة إلى المسجد الذي يقع في شارع عبيد ختم في طرف حي المنشية، كانت سيارات المدعوين تملأ الشوارع المحيطة بالمسجد، فجاهد سامي في العثور على مكان خالٍ لإيقاف السيارة. دخل الثلاثة من بوابة المسجد ليجدوا جموعًا غفيرة من المصلين الذي حضروا بنية الصلاة ثم حضور عقد القران. جلس الثلاثة في طرف المسجد في انتظار أذان العصر وبعد مدة اصطفَّ الناس للصلاة.

بعد الانتهاء من الصلاة قدَّم شاب ميكرفونًا إلى الإمام الذي طلب من الحضور الانتظار لكي يشهدوا عقد قران آل فقيري. في تلك اللحظة لمح وليد أسامة وهو يتجه نحو مقدمة المجلس يتقدمه والده الحاج هاشم فقيري، وبجانبهما العم عبد الكريم وكمال ووالد شذى وعدد من أقاربها. كان إمام المسجد يجلس على الأرض في مواجهة الحضور، فيما يجلس عن يمينه أسامة وأسرته، وعن يساره أسرة شذى يتقدمهم والدها. ابتدأ الإمام المراسم بخطبة قصيرة عن فضل الزواج وبيان سنته ثم بدأ مراسم عقد القران. طلب الإمام من أسامة أن يضع يده في يد والد شذى، ثم طلب من الاثنين ترديد موافقتهما على عقد القران، وفي نهاية المراسم هنَّأ الإمام أسرة العروسين، ثم انتظم في الدعاء لهما فيما يؤمن وراءه المصلون.

بعد انتهاء المراسم وقف أسامة بجانب والده وعميه لتلقي التهاني من المدعوين الذين توافدوا عليهم من كل صوب. كان أسامة يقف مبتسمًا وهو يرتدي جلابية بيضاء وعمة فوقها عباءة سوداء مطرّزة بخيوط ذهبية (البشت) وكان والده يرتدي مثلها. تقدم وليد من صديقه مهنئًا، ولكنَّ كلماته ضاعت في وسط أصوات الجموع التي كانت تتبادل عبارات السلام بحيث يصعب فرز الكلمات. كانت أمارات الإرهاق قد بدأت تظهر على وجه الحاج محمد الكاشف، فخرج وليد وسامي بوالدهما من المسجد واتجه الثلاثة إلى سيارتهم. عندما كان الثلاثة في طريقهم إلى السيارة اعترض طريقهم شحاذ عليه ملابس رثة وعليه علامات العوز ومد يده وهو يقول:

- حسنة لله يا محسنين.

رقَّ قلب وليد لحالة الرجل، فتوقف وأخرج من جيبه ورقة نقدية وقدمها للرجل الذي أخذها شاكرًا، ثم نظر إلى وليد وصاح قائلًا:

- وليد الكاشف؟

كان وليد قد مضى في سبيله، فقفل راجعًا ثم قال للشحاذ باستغراب:

- انت تعرف اسمي من وين؟

- ما عرفتني يا وليد؟

- مين انت؟

- أنا بخيت البلال، نسيتني؟

أمعن وليد في الرجل وبالكاد عرفه في هذه الهيئة البائسة وقد فقد الكثير من وزنه:

- مالك يا بخيت؟ اللي حصل عليك شنو؟

- ده حساب ربنا يا وليد، سنين وأنا أجمع الفلوس بأي طريقة. وبعد قضيتكم في ناس أخذت فلوسهم زمان رفعوا عليَّ قضايا

وكسبوها. وبعدين خسرت تجارتي وسمعتي في السوق، وفي النهاية دخلت السجن وطلعتُ قبل ثلاثة شهور.

أخرج وليد محفظته مرة ثانية ودس في يد الرجل رِزْمة من الأوراق النقدية وقال:

- ربنا يسهل عليك يا بخيت.

عندما وصل وليد إلى السيارة وجد سامي ينتظره، فيما جلس والده في مقعده المعتاد بجوار سامي. سأل سامي وليد:

- مالك طوّلت الكلام مع الشحاذ يا وليد؟

- لو قلت ليكم اسم الشحاذ ما حتصدقوا.

تدخل والده في الحديث وسأله بفضول:

- انت تعرفه؟

- الشحاذ ده بخيت البلال يا بوي، طلع من السجن قريب.

- لا حول ولا قوة إلا بالله، يمهل ولا يهمل يا ولدي.

في مساء ذلك اليوم توجَّه وليد وسامي إلى نادي ضباط القوات المسلحة لحضور آخر حلقات زفاف أسامة، وهو حفل العشاء الذي يصحبه الحفل الموسيقي. لم يكن وليد يدري أن مفاجأة غير مسبوقة تنتظره في نادي الضباط.

***

عندما وصل وليد وسامي إلى بوابة نادي الضباط بحي العمارات أدى الجندي المكلف بالحراسة التحية العسكرية عندما لمح سامي قادمًا نحو البوابة، وردَّ أسامة التحية بحركة سريعة من يده، ثم توجه الاثنان إلى صالة العرس حيث كانت أعداد قليلة من المدعوين قد بدأت في التوافد. كان أسامة ووالده في مقدمة المستقبلين، وكان أسامة قد غيَّر لباسه الذي

كان يرتديه في اليوم السابق إلى بدلة سهرة سوداء مع قميص أبيض وبابيون أسود أنيق.

تبادل الجميع التحية، ثم اتجه وليد وسامي إلى منضدة طرفية، وبعد جلوسهما بقليل تقدم نادلان تجاههما كان أحدهما يحمل صينية فيها أطباق كوكتيل العشاء، فيما كان زميله يوزع المشروبات على الضيوف. وضع النادل طبقي الكوكتيل أمام وليد وسامي، ثم أتبع ذلك بزجاجتي بيبسي كولا. كان كل طبق يتكون من قطعة سمك صغيرة وقطعة دجاج وقليل من أصابع البطاطس المحمرة مع قطع من الخيار والجبن. تناول وليد الشوكة الموضوعة في المنضدة وبدأ في تناول طعامه في بطء. كانت تلك أول مرة يحضر فيها حفل زفاف منذ أن غادر السودان قبل عام، ولكنه لم يلحظ أي تغيير في العادات.

بدأت المناضد تمتلئ بروادها من المدعوين من الرجال والنساء. على عكس حفلة الحنة في اليوم السابق، كان معظم الرجال يرتدي الزي الإفرنجي، فيما كانت قلة ترتدي الزي التقليدي الرجالي المكون من الجلابية البيضاء والعمة. وبالنسبة إلى النساء فقد كان الزي التقليدي النسائي هو الغالب، إذ كانت النساء يرتدين الثياب (ينطق مفردها التوب) السودانية المطرزة الفاخرة المصنوعة في سويسرا.

منذ أن كان طفلًا صغيرًا عرف وليد (من خلال مراقبة والدته وأخته سهام) تقاليد المرأة السودانية الخاصة في الزينة والثياب. فعرف أن التوب الأبيض هو الزي الرسمي للعمل، فترتديه الموظفات في الدوائر الحكومية والخاصة، بحيث لا تحضر إلى العمل بثوب ملون. وعرف وليد أن الثياب الملونة لها تقاليدها وأنواعها وطريقة تطريزها وزخرفتها، إذ تكون الثياب المصنوعة من النسيج الفاخر المصنعة في سويسرا، والمطرزة باليد تتميز

بدقة صناعتها وغلاء ثمنها، وكانت علامة تدل على ثراء الأسرة ومكانتها، لكنْ ينحصر ارتداؤها على مناسبات الزواج والأفراح.

في الطرف الآخر من الصالة كان هناك مسرح صغير سرعان ما صعده مطرب شاب يرتدي حلة بيضاء مع رابطة عنق حمراء تصحبه فرقته الموسيقية الذين اصطفوا خلفه، صعد شاب طويل القامة من أقارب أسامة المسرحَ الصغير وأمسك بالميكروفون وقال موجهًا حديثه للمدعوين:

- الحضور الكريم. نيابة عن أسرة العريس أسامة فقيري وعروسه شذى نرحب بكم في حفل زواج أخينا أسامة وندعوكم إلى الاستماع بالحفل الذي يحييه الفنان المطرب فؤاد السايح.

بعد ذلك بدأت الفرقة الموسيقية العزف ليصدح المطرب الشاب فؤاد بأولى أغنياته، أمام المسرح كانت هناك ساحة واسعة معدة للرقص، لاحظ وليد أن أسامة قد اختفى من المكان فعرف أنه قد ذهب للمشاركة في زفة العروس، وبعد مدة توقفت الموسيقى وشخصتْ أبصار الحضور تجاه موكب العروسين اللذين كانا يتقدمان بخطوات بطيئة تجاه مقعد الكوشة المخصص لهما بجوار المسرح. قدَّم المطرب فؤاد أغنية زفة العروسين، وتعالت زغاريد النساء ترحب بالعروسين. كانت شذى تلبس فستانَ زفاف أبيضَ طويلًا، وخلفها طفلتان تلبسان فستانًا مشابهًا وتحملان طرف فستان شذى حتى لا يصل إلى الأرض فتناله بعض الأوساخ أو تتعثر بسببه العروس. كانت شذى تضع يدها في ذراع أسامة الذي كان يسير بجوارها وهو يبتسم ويلوح بيده الأخرى للرد على تحيات المدعوين وزغاريد النساء. وعندما وصل الاثنان إلى وسط الساحة توقفا وأحاط أسامة خصر عروسه بيده وبدأ الاثنان رقصة ثنائية إعلانًا بافتتاح فقرة الرقص،

فتوافد إليهما الشباب والشابات تباعًا يرقصون على أنغام الموسيقى التي يصدح بها المطرب.

بعد انتهاء الأغنية أمسك أسامة بيد عروسه واتجه الاثنان إلى الكوشة المخصصة لجلوسهما، وحالما جلسا توافد إليهما الأقارب والأصدقاء من النساء والرجال مهنئين وهم يدعون لهما ببيت المال والعيال.

بعد انتهاء الفاصل الأول من الحفل نزل المطرب وفرقته لأخذ استراحة يتناولون خلالها وجبة العشاء، وانتهز وليد وسامي الفرصة لتحية أسامة وعروسه. كانت تلك أول مرة يرى فيها وليد شذى منذ أكثر من سنة، بعد أن سلم وليد على أسامة دس في يد صديقه ظرفًا مغلقًا يحوي مبلغ خمسة آلاف دولار وقال له مبتسمًا:

- هدية شهر العسل. ألف مبروك.

- ألف شكر يا وليد.

ثم أضاف أسامة وهو يهمس في أذن صديقه:

- انتظرني في الصالة الداخلية بعد الحفلة عايزك في موضوع.

رجع وليد إلى منضدته وجال بنظره يبحث عن سامي فوجده منهمكًا في حديث هامس مع سمر وهما يجلسان إلى منضدة صغيرة. علت وجه وليد ابتسامة خفيفة عندما لاحظ تقارب رأسي سامي وسمر وهما يتبادلان الحديث والضحكات، وتساءل في نفسه ما قد يكون نوع القصص التي يرويها شقيقه لسمر؟ كانت تلك أول مرة يرى سامي مع فتاة من غير الأقارب.

عندما انتهى الحفل توجه وليد إلى صالة صغيرة ملحقة بصالة العرس، ولكنَّ أسامة لم يحضر وحده، بل حضرت معه شذى أيضًا. قال أسامة وهو يمسك بيد شذى:

- شذى عندها كلام عايزة تقوله ليك يا وليد.
- أنا متأسفة يا وليد إني خبيت عنك الكلام اللي حاقوله ليك، بس كان غصب عني.
- أي كلام يا شذى؟
- كلام بخصوص ريم.
- ما لها ريم؟
- في شخص مجهول رسّل رسالة لوالد ريم كتب فيها كلام سيئ عنك وعن والدك وحذَّر والد ريم أنك ناوي تلعب عليها ونصحه يحمي بنته منك.

سكتت شذى كأنها تبحث عن كلمات تقولها ثم أضافت:

- وكمان أرفق مع الرسالة صورة من أمر قبض صادر من النيابة ضد والدك، تفضل.

مدت شذى يدها وسلَّمت وليد مجموعة من الأوراق.

- طبعًا بعد والد ريم ما تسلَّم الرسالة خاف على بنته وجاء الجامعة وانت عارف باقي القصة. وكمان منعها تشوفك أو تتكلم معاك.

مسحت شذى دمعة سالت على خدها وتركت خطًّا أسود بعد اختلاطها بالمكياج:

- ريم طلبت مني إنك ما تعرف عشان تنساها وما تتعذب أكثر.

سكت وليد ولم يعلق فتابعت شذى:

- وانا كنت محتارة بين أمرين: من ناحية عايزة أحافظ على وعدي لريم، ومن ناحية حاسة إن حرام إنك ما تعرف الحقيقة، وإن ريم حبتك من كل قلبها.

ثم أضافت شذى وهي تغالب دموعها دون فائدة:

- لكن اليوم حسيت إني ما أقدر أتحمل أكثر، حسيت إن من حقك تعرف يا وليد.

ثم انتحبت شذى وأخفت وجهها في كتف زوجها الذي أخرج منديلًا من جيبه وسلَّمه لها، وكانت يده الأخرى ترِبِّت ظهرها بحنان.

ألجمت المفاجأة وليد لحظاتٍ قليلةً، ثم سكت لحظة يستجمع فيها صوته الذي كان يحس أنه قد غاص منه في باطن الأرض ليقول أخيرًا في صوت منخفض:

- شكرًا يا شذى إنك كلمتيني، أنا متأسف أنك اضطريتِ تشيلي الهم ده.

- حتعمل شنو يا وليد؟

- دي ساعة الحساب يا أسامة، اللي كان السبب حيدفع الثمن.

أيمن الخير

إن حان القضاء ضاق الفضاء

كانت الساعة تقترب من الساعة التاسعة مساء وكان الشارع يخلو من المارة، وكان هاني خليفة يسير تجاه سيارته المرسيدس التي ركنها في أحد شوارع حي الرياض بالخرطوم. عندما وصل هاني إلى باب سيارته، وبينما كان يهم بركوبها سمع صوت أقدام تجري خلفه، وعندما التفت ليرى مصدرها تلقى لكمة قوية جعلته يترنح. وقبل أن يعي ما يحصل انهالت عليه لكمات سريعة في وجهه حتى سقط على الأرض، وقبل أن يفيق من الصدمة تلقى عدة ركلات على بطنه ورأسه.

- عليك الله ما تضربني... أنا معاي قروش... خذ القروش... خد.

صرخ هاني وهو يخرج هاني محفظته ويمد ما بها من نقود وفرائصه ترتعد وهو يتوسل بها إلى الشخص الملثم الذي كان يضربه:

- وده مفتاح العربية كمان.

لكنَّ المهاجم الملثم لم يكترث للمال ولا لمفتاح السيارة، بل أمسك بياقة قميص هاني ورفعه من الأرض ولكمه في بطنه، ثم وضع أصابع يده اليمنى على جانبي خده وضغطهما بقوة. أحس هاني كأن كمَّاشة فولاذية تعصر وجهه ثم سمع صوتًا حديديًا يقول له:

- افتح خشمك يا جبان.

حالما فتح هاني فمه حتى حشر المهاجم كومة صغيرة من الأوراق في فمه، ثم أجبره على إغلاق فمه وقال له باللهجة الآمرة نفسها:

- امضغ.

وتلى ذلك الأمر بأن لوى المهاجم ذراع هاني الذي كان يئن من الألم وهو يمضغ الأوراق ولعابه يسيل على جانب فمه ثم واصل المهاجم:

- ابلع.

تردَّد هاني، ولكنَّ المهاجم واصل الضغط على يده فبلع جزءًا من الأوراق الممضوغة، ولكنَّ معدته لم تتقبل الأمر فأفرغت محتواها أمامه على الأرض. وعندها دفعه المهاجم بعيدًا عنه فسقط هاني على الأرض وسط محتويات معدته وهو يتلوَّى ويئن من الألم كأنه جرو صدمته سيارة مسرعة في شارع مظلم. قال المهاجم باللهجة الباردة نفسها:

- لو تاني شُفتك جبت سيرتي ولا سيرة أبوي حأخليك تبلع لسانك.

- وليد؟ معليش أنا آسف والله ما قصدي... أنا...

لكنْ قبل أن يكمل هاني كلامه ركله وليد في بطنه ثم بصق وغادر المكان. واصل وليد مسيره حتى وصل إلى سيارة واقفة على جانب الطريق وفتح الباب وجلس في المقعد الخلفي للسيارة ثم نزع اللثام الأسود الذي كان يغطي به وجهه. كان أسامة يجلس خلف مقود السيارة وكان سامي يجلس على المقعد الأمامي. قال أسامة وهو ينظر إلى سامي:

- برافو عليك يا سامي.

قال وليد محتجًّا:

- سامي؟ يعني الخيل "تجقلب" والشكر لحماد[4]؟

رد أسامة وهو يربِّت كتف سامي:

- سامي هو المدرب! لو كان دربني أنا كان هزمت محمد علي كلاي.

ثم واصل أسامة وهو يبتسم:

- أهم شي أديت الكلب ده درس عمره ما حينساه.

أطرق سامي هنيهة، ثم قال موجهًا حديثه لوليد:

- تتذكر معركة عيسى الشراني يا وليد؟ تتذكر قلت ليك شنو وقتها؟

- نعم أتذكرها كأنك قلتها لي أمس: "أهم شي السرعة، اضرب بسرعة في نفس المكان".

- وتاني كمان؟

- قلت لي: "لازم تكون مستعد عشان تدافع عن نفسك ولازم تعتمد على نفسك".

- ما تنسَ الأخيرة يا وليد.

بعدها غادر الثلاثة المكان.

إلى أرض الشام

في اليوم التالي عاد وليد إلى دبي ليواصل إدارة شؤون شركته الجديدة. عندما وصل وليد أمام الشركة توقف قليلًا أمام بابها وهو يقرأ اللافتة الجديدة: "شركة الكاشف للعقارات ش. م. م" ثم أخرج منديلًا من جيبه ومسح به اللافتة، ثم علت وجهه ابتسامة رضا، ودلف من الباب وتوجه إلى مكتبه، ولكنه توقف عند مكتب سكرتيرته قائلًا:

- صباح الخير آنا. كيف كانت مباراة السلة التي لعبها سايمون يوم السبت الماضي؟
- صباح الخير سيد وليد، لقد ربح فريق سايمون المباراة، شكرًا على تذكرك لذلك.
- ألف مبارك.

هم وليد بالمغادرة نحو مكتبه، ولكنه توقف ثم التفت ناحيتها وقال:

- أرجو أن تحجزي لي في أول رحلة إلى سوريا.
- كم ستمكث سيد وليد حتى أرتب حجز الفندق؟
- لا أدري حتى الآن، أرجو أن تلغي جميع اجتماعاتي.
- هل هناك شيء آخر سيد وليد؟

أخرج وليد حُزمة من الأوراق من جيبه وناولها آنا:

- نعم. هذه صور جوازيْ سفر صديقي أسامة وزوجته، أرجو أن
تحجزي لهما تذكرتيْ سفر من الخرطوم إلى إسطنبول مع
الإقامة، إنها هديتي لهما لقضاء شهر العسل في تركيا.

***

كانت الساعة نحو الخامسة مساءً، وكان الجو يميل للبرودة عندما نزل
وليد من الطائرة في مطار دمشق الدولي. كان المطار أصغر بكثير من مطار
دبي، ولكنه أكبر قليلًا من مطار الخرطوم. كانت معلومات وليد عن ريم
تنحصر في أنها تسكن في حي منتزه السبيل بمدينة حلب، ولكنَّ ذلك لم
يمنعه من السفر إلى سوريا والبحث عنها.

توجَّه وليد إلى نافذة الجوازات وسلَّم جواز سفره لضابط الجوازات الذي
كان يرتدي بزة عسكرية بلون زيتي داكن، فختم الأخير الجواز وتمنى له
إقامة سعيدة في سوريا. عندما خرج وليد من بوابة المطار ضربت وجهه
نسمة هواء باردة، فأحكم إغلاق سترته ثم توجه إلى إحدى سيارات الأجرة
الصفراء، وترك للسائق أن يضع حقيبته في شنطة السيارة، ثم جلس
بجوار السائق وأعطاه عنوان الفندق في الحميدية في وسط دمشق.

جال وليد بنظرة من نافذة السيارة المسرعة إلى صف أشجار البلوط
الخضراء المنتشرة على جانبي الطريق. كانت تلوح بين الفينة والأخرى مزارع
فيها بيوت متناثرة هنا وهناك. عندما وصلت السيارة إلى أبواب دمشق كان
الظلام قد حلَّ وكانت الشوارع تزدان بمصابيح الشوارع والمحال. لاحظ
وليد أن معظم المباني متوسطة الطول في نحو سبعة إلى عشرة طوابق،
لكنْ يغلب عليها القدم وتفوح منها رائحة التاريخ. عندم وصلت السيارة
أمام باب الفندق بشارع الصالحية نزل وليد من السيارة بعد أن أعطى
السائق أجرته ودلف إلى باب الفندق. قاده النادل الشاب إلى غرفته فناوله

وليد إكرامية سخية، ثم دخل إلى غرفته. لم يفرغ وليد محتوى حقيبته لأنه سيسافر إلى حلب في الصباح، فدخل إلى الحمام لكي يغتسل، ثم استلقى على السرير لكن سرعان ما غلبه النوم من عناء السفر.

لم يعرف وليد كم استغرق من الزمن في نومه، ولكنه استيقظ على صوت معدته وهو يحس بالجوع، فارتدى ملابسه ثم خرج من الفندق ليتعرف شوارعَ أقدم عاصمة مأهولة في التاريخ. سار وليد في شارع الصالحية الذي يحمل نفس اسم الحي العريق الذي يعود تاريخ بنائه إلى سنة 1096 ميلادية وكان شارع الصالحية يمتد من ساحة يوسف العظمة إلى ساحة عرنوس. رأى وليد عددًا من المحال التِّجارية الراقية تصطف على جانبي الشارع، فواصل سيره حتى وصل إلى مبنى البرلمان السوري فتوقف هنيهة يتأمل عمارة المبنى العتيق حتى قادته قدماه إلى تقاطع شارع الصالحية مع شارع العابد، حيث يتحول الشارع إلى سوق الصالحية المخصص للمشاة فقط. كان الشارع مرصوفًا بالحجارة بشكل منسق وجميل، وهو يمتد حتى ساحة عرنوس. تمشى وليد بين المحال التي يغلب عليها محال الملابس، والأحذية، والحقائب، والمفروشات. مع أنَّ الساعة كانت تجاوزت العاشرة مساء كانت هناك حركة نشطة في السوق. جال وليد بنظره في المارة ولاحظ فيهم نسيجًا متجانسًا من أبناء البلد، بعكس التنوع الذي كان يشهده في دبي التي تجد فيها جميع الأعراق والسحنات والثقافات، كما لاحظ أن اللافتات كلها باللغة العربية.

وصل وليد إلى محل ساندويتشات وطلب ساندويتش شيش طاووق، فسلمه البائع الذي كان يرتدي بالطو أبيض ساندويتشًا عملاقًا ومعه زجاجة مشروب. واصل وليد مشيه وهو يتناول طعامه على مهل حتى وجد نفسه أمام الفندق مرة أخرى.

في صباح اليوم التالي توجه وليد إلى محطة حافلات البرامكة واشترى تذكرة إلى حلب. عندما وصلت الحافلة إلى موقفها في مدينة حلب كانت الساعة نحو الرابعة عصرًا، فركب وليد سيارة أجرة إلى الفندق الشهير بحلب المتفرع من جادة الخندق الذي يؤدي إلى شارع شكري القوتلي. بعد أن رتب وليد ملابسه في خزانة الملابس، وبعد أن اغتسل خرج من باب الفندق. لقد وصل إلى مدينة ريم، لكنْ كيف عساه يجدها؟ أسيقابلها مصادفة في الشارع؟ طافت تلك الأسئلة بمخيلة وليد دون أن يجد لها إجابة، لكنْ كان هناك شيء يحثه على السعي.

ظل وليد يتمشى في شوارع المدينة الجديدة حتى وصل إلى حي العزيزة الأنيق. كانت الأبنية العتيقة تحكي قصصًا من تاريخ المدينة، وواصل سيره حيث توقف أمام محل لبيع الأشرطة والآلات الموسيقية. كان البائع شابًّا في العشرينيات من عمره، وكان معه شاب آخر في العمر نفسه. استرعى انتباه وليد لافتة صغيرة داخل المحل مكتوب عليها "حفل الموسم: حفل موسيقى ساهر للشباب والشابات سعر التذكرة ألف ليرة سورية". اقترب وليد من اللافتة بفضول، ولكنَّ البائع سحب اللافتة بسرعة من مكانها. ارتفع حاجبا وليد بدهشة وقال للبائع:

- مرحبًا. أريد أشتري تذكرة لو سمحت.

- عفوًا بس التذاكر خلصت.

- بس اللافتة كانت موجودة لما دخلت.

- عفوًا، زميلي نسي يشيلها.

غادر وليد المحل بعدها، ولكن وكان يتملكه شعور غريب بعدم الراحة. وبعد عدة دقائق رأى ولدين صغيرين أمامهما بسطة لبيع الحَلوَيَات والمناديل. كان الأول في نحو التاسعة فيما كان الثاني أصغر منه بسنة أو

سنتين. اشترى وليد منهما صندوق شوكولاتة، ثم خطرت له فكرة فقال للصبي الأكبر سنًّا:

- مرحبًا، شو اسمك؟

- سامر وهذا أخي سالم.

أخرج وليد من جيبه ثلاث ورقات مالية وقال لسامر:

- سامر، هاي ألف ليرة وهاي 500 ليرة. شايف المحل اللي هناك على الزاوية؟

- أي، محل الموسيقى.

- أريدك تروح عنده تشتري تذكرة حفلة وحقها ألف ليرة وأنا باعطيك 500 ليرة. شو رأيك؟

ردَّ سامر كأنه يتشكك في جدية العرض:

- عن جد؟ 500 ليرة؟

- في حد في المحل أنا ما أحبه، إذا اشتريت لي التذكرة تأخذ 500 ليرة وخلي سالم أخوك يستلمها الحين.

سلَّم وليد مبلغ ألف ليرة إلى سامر، ثم أعطى شقيقه سالم 500 ليرة، فنظر سامر إلى أخيه وقال له:

- دير بالك ع البسطة هلا بأرجع.

جرى سامر في اتجاه المحل، ووقف وليد وباسم في انتظاره، ولم تمر إلا لحظات قليلة حتى عاد سامر وهو يحمل التذكرة في يده وسلمها لوليد وهو يبتسم فرحًا بهذا الكسب السهل. شكر وليد الصبيين وقفل عائدًا إلى محل الموسيقى.

حالما رآه البائع عائدًا مرة أخرى رحب به وهو يشير إلى صف الآلات الموسيقية المعروضة للبيع، ولكنَّ وليد لم يلتفت إليها واقترب من منضدته

ثم أخرج من جيبه التذكرة ببطء شديد وفردها أمام وجه البائع الذي ألجمته المفاجأة، فاحمرَّ وجهه، ثم بلع ريقه وطأطأ رأسه وقال بصوت مهزوز:

- أخي لا تؤاخذنا، والله ما كان قصدي أني ما أبيعك التذكرة، أقسم لك بالله نحن كل العالم عنّا نفس الشيء ما في فرق مشان شكل ولا لون لا سمح الله.

حدَّق وليد بنظرة باردة إلى عيني البائع الذي لم يجرؤ على رفع رأسه، ثم مزق وليد التذكرة دون أن يرفع عينيه عن وجه البائع، ثم وضع كومة الأوراق الممزقة على المنضدة وغادر المكان.

***

في اليوم الثاني خرج وليد يتمشى في شوارع المدينة حتى وصل إلى شارع الجلاء، وواصل سيره حتى انتهى إلى ساحة سعد الله الجابري، وهي ساحة واسعة أرضها مرصوفة، وفي طرفها حديقة كبيرة تحمل اسم المناضل السوري، ويطل عليها فندق قصر حلب وهو فندق بواجهات زجاجية زرقاء، وفي طرفها الثاني مبنى البريد المركزي المطل على شارح البحتري. وقف وليد أمام مبنى البريد ذي السلالم الحجرية ثم وجد مدخلًا يقود إلى قسم الهاتف، فدخل ليجد رجلًا في نهاية الخمسينيات من عمره له شارب كث، وعندما يبتسم تظهر سن ذهبية في فكه الأعلى. كان الرجل يرتدي معطفًا عسكريًّا كان وليد قد رأى العديد من الناس تلبس مثله، كانت تبدو على الرجل علامات السكينة والطيبة، وكان يجلس خلف منضدة مكتبه، فاقترب منه وسلم عليه قائلًا:

- السلام عليكم.
- عليكم السلام ورحمة الله، كيف ممكن أخدمك؟

- أنا اسمي وليد من السودان وبفتش عن رقم زميلتي في الجامعة.
- معك الرقم؟
- لا والله ما عندي، كل اللي أعرف أنها تسكن في حي منتزه السبيل وأبوها اسمه إبراهيم مصطفى.

رفع الرجل حاجبيه ثم قال:

- انت شو قصتك يا ابني؟
- أنا جاي من دبي أدور عليها.
- معقول؟ جاي من دبي تدور على واحدة ما تعرف رقم تلفونها ولا عنوانها؟

أخرج وليد صورة ريم ومعها جواز سفره وناوله للرجل ثم قال:

- هاذي هي الحقيقة.

قلب الرجل صفحات الجواز حتى وصل إلى صفحة تاريخ دخول وليد إلى سوريا فأعاده إلى وليد مع الصورة وقال له:

- بس ليش يا ابني؟ شو تريد منها؟

سكت وليد ثم قال:

- أنا جاي أتزوجها يا عمي.

تبسَّم الرجل وهز رأسه متفهمًا، ثم قام من مكانه وغاب داخل مكتب مجاور ثم عاد بعد مدة وفي يده ورقة وجلس وهو يتمتم لنفسه:

- الله يقطع الحب وسنينه.

ثم أضاف وهو يناول وليد الورقة الصغير التي كان يحملها:

- شُوف يا ابني. دورت في حي منتزه السبيل في ثلاثة أشخاص اسمهم إبراهيم مصطفى وهاي أرقامهم.

ثم أشار بيده إلى كشك هاتف عمومي وواصل حديثه:

- هناك في هاتف عمومي جرِّب اتصل عليهم، وربنا يوفقك.
- بس ما عرفت اسمك عمي.
- أنا اسمي أبو فادي.

هنا عانق وليدُ أبا فادي الذي تبسم ضاحكًا وهو يقول: "انتو شباب هالأيام كلكم مجانين".

قام وليد إلى الهاتف العمومي ووضع قطع معدنية ثم اتصل بالرقم الأول:

- السلام عليكم. منزل الأستاذ إبراهيم مصطفى؟
- نعم أنا إبراهيم. مين معي؟
- عفوًا أخي حصل غلط وأنا آسف على الإزعاج.

محا وليد الرقم الأول، ثم انتقل إلى الثاني، لكنْ في هذه المرة سمع صوت أطفال يلعبون قبل أن يرد طفل:

- آلو؟
- مرحبا. ممكن أكلم الأستاذ إبراهيم مصطفى؟
- بابا في الورشة بيرجع آخر النهار. مين نقول له؟
- شكرًا حبيبي الرقم غلط.

نظر وليد إلى الرقم الثالث وتردد طويلًا، كانت دقات قلبه تتسارع كأن قلبه سيخرج من مكانه. فكر في أن يؤجل الاتصال ليوم الغد، ولكن أخيرًا ضغط الأرقام بأصابع مرتجفة.

- السلام عليكم. منزل الأستاذ إبراهيم مصطفى؟

لم يسمع وليد أيَّ رد، وساد سكون عميق خشي وليد أن يقطعه، فسكت هو الآخر، وبعد مدة حسبها دهورًا، سمع وليد صوتًا مألوفًا في الطرف الآخر.

- وليد؟ معقول هذا انت؟

سكت وليد هنيهة يستجمع أنفاسه، ثم قال أخيرًا في صوت متهدج كأنه يخشى ألا يجد الكلمات المناسبة:

-   ريم؟ نعم أنا وليد يا عمري.

ساد صمت ثانٍ كأن كلًّا منهما يحاول التأكد أن ما سمعه قبل لحظات ليس أضغاث أحلام، أو أن عقله ما زال داخل رأسه، ثم قطعتْ ريم الصمت بقولها:

-   وين انت؟ وكيف حصَّلت رقمي؟
-   أنا في مبنى البريد المركزي في ساحة سعد الله الجابري مع شارع البحتري.
-   متى وصلت؟
-   أمس، شذى خبَّرتني كل شيء.
-   شذى؟ بس هي وعدتني ما تخبرك.

سكتت ريم هنيهة ثم قالت:

-   كيف أخبارها؟ كتير اشتقت لها.
-   شذى تزوجت أسامة قبل أسبوع.

قالت ريم بفرح:

-   أخيرًا!

ثم أضافت:

-   وليد، انتظرني في مكانك، لا تتحرك.

وضع وليد السماعة في مكانها ووضع يده على مكان قلبه كأنه يحاول أن يهدئ السرعة الجنونية التي ينبض بها. كان المكان قد أصبح يخلو من المارة شيئًا فشيئًا، وتلفَّت وليد حوله يبحث عن مكان يجلس فيه بعد أن أحس أن قدميه لا تقويان على حمله. رفع وليد بصره إلى السماء الملبدة بالغيوم

التي تفوح منها رائحة المطر المختلط برائحة أشجار البلوط. وجد وليد مقعدًا مصنوعًا من الأسمنت في طرف الساحة فجلس عليه وبدأ يحدق إلى السيارات في اتجاه شارع البحتري.

بعد مدة توقفت سيارة أجرة وترجلت منها ريم. كانت ريم ترتدي بالطو بلون بيج، وكان شعرها الأسود ينسدل على كتفيها كأنه شلال من السحر، جالت ريم ببصرها تمسح المكان وحالما وقع على وليد افترَّ ثغرها عن ابتسامة دافئة بطول نهر دجلة، لم تتغير صورة ريم كأن الزمن قد توقف عندها، أو هكذا خُيِّلَ لوليد. ركض وليد نحوها وهم بأن يأخذها بين ذراعيه ويضمها إليه بقوة، ولكنه تسمر في مكانه واكتفى بأن مد يده دون أن يقول شيئًا. تسلل عطرها إلى أنفه، العطر القديم نفسه. أحست ريم بيدي وليد القويتين تحيطان بيدها، ثم أحست بحرارة أنفاسه وتسارعت دقات قلبها وهي تحس بأصابع يده تضغط يدها بلطف. تبادل الاثنان نظرة طويل دون أن يتفوه أي منهما بأي كلمة، كأنما استعاضا عن الكلمات بالنظرات، حتى قالت ريم بهمس وهي تخلص يدها بلطف من بين يديه بينما تحاول استعادة السيطرة على صوتها:

- الناس تشوفنا يا وليد.

ولكنَّ وليد كان كالغريق الذي وجد طوق النجاة في بحر لجي تتلاطم فيه الأمواج، فرفع يده ومسح دمعة ترقرت من عينيها بطرف إصبعه بلطف، ثم همس قائلًا:

- يا عيون وليد.

- بأحبك يا وليد.

- وأنا بموت فيكِ يا عمري.

ثم أضاف وليد بصوت دافئ:

- ليش خبيتِ عني يا ريم؟
- ما كنت أريدك تتعذب بسببي، كنت أريدك تنساني.
- أنا مبسوط إنك فشلتِ.
- يعني كنت تتذكرني؟
- لا.
- ليش؟
- لأني أصلًا ما نسيتك.
- وكيف عرفت مكاني؟ وكيف عرفت تلفوني؟

أخرج وليد الصورة التي كانت قد أهدتها إليه عندما كانا في ساحة الكلية في جامعة الخرطوم، ووقع بصرها على الكلمات التي كتبها وليد بخط يده على ظهرها:

السيف في الغمد لا تخشى مضاربه وسيف عينيك في الحالين بتّار

ثم أشار وليد بيده الثانية تجاه مبنى البريد وقال لها:

- تعالي معاي.

توجه الاثنان إلى مبنى البريد، وكان أبو فادي على وشك مغادرة المكتب بعد انتهاء دوامه، عندما دخل وليد وفي يده يد ريم. قال وليد وهو يشير إلى ريم:

- أبو فادي، أعرفك على خطيبتي ريم مصطفى.
- هو انتِ ريم؟

ثم أضاف أبو فادي ضاحكًا:

- دخِلِك، شو عملتِ للزلمة جاي من آخر الدنيا مشانك؟

احمرَّ وجه ريم، وسكتت مدةً ثم قالت وهي تبتسم ابتسامة خجولة:

- مرحبًا عمي أبو فادي، شكرًا كتير مشان ساعدت وليد يلاقيني.

- بس والله وليد معذور، ما شاء الله تبارك الرحمن عليكِ يا بنتي، قمر 14.

- ألف شكر عمي أبو فادي. جميل ما ننساه لك.

قال أبو فادي وهو يلوّح بيده مودعًا وابتسامة عريضة تعلو وجهه:

- ديرو بالكم ع بعض عمو، والله يديم المحبة بيناتكم يا رب.

غادر وليد وريم المكان وسارا جنبًا إلى جنب حتى وصلا إلى المقعد الذي كان يجلس عليه وليد سابقًا، فتوقف وليد وأشار لريم للجلوس بجواره. بعد أن جلسا أخرج وليد من جيبه علبة مغلفة بقطيفة حمراء وفتحها، وعندما نظرت إليها ريم وجدت خاتمين بداخلها، فرفعت الأول إلى مستوى عينها لتجد اسم ريم قد نُقِشَ داخل الخاتم الفضي، واسم وليد قد نُقِشَ في الخاتم الذهبي. تناول وليد الخاتم الذهبي بيده ثم أمسك بإصبع يدها اليمنى ووضع الخاتم برفق حول إصبعها، ثم ناولها الخاتم الفضي ومد يده إليها، فمرَّرتِ الخاتم حول إصبع يده، ثم تركته يقبل ظاهر يدها قبلة خفيفة بطرف شفتيه، سارت بجواره وهي تتأبط ذراعه.

***

عندما عادت ريم إلى البيت في تلك الليلة وجدتْ أمها تجلس قبالة شاشة التلفاز في انتظار عودة زوجها، وكانت لورا في غرفتها. جلست ريم بجوار أمها بعد أن حيتها.

- وين رحتِ حبيبتي؟

- ماما، أنا محتاجة تساعديني.

- خير ماما، شو في؟

ردت أمها بعد أن أطفأت جهاز التلفاز، والتفتت إلى ابنتها، وعندها أخبرتها ريم بكل القصة. استمعت والدتها باهتمام وفي النهاية قالت لها:

- روحي نامي حبيبتي، وأنا بكلم بابا بس يرجع.

جلستْ منى تنتظر زوجها وعندما سمعت صوت مفتاح الباب أسرعتْ تستقبله وتأخذ منه حقيبته، ثم أحضرت له صينية الشاي وجلستْ بجواره.

- في موضوع بدي أحكي لك اياه يا أبو لورا.

- أي موضوع؟

- الظاهر ظلمنا وليد الكاشف زميل ريم لما كانت في جامعة الخرطوم.

ثم قصَّت عليه القصة من أولها إلى آخرها وختمت حديثها قائلة:

- وليد بريء والرسالة اللي تسلَّمتها كانت وشاية.

- طيب فهمنا ظلمنا الزلمة، هلا شو لازمة القصة؟

- وليد وصل حلب من يومين وبده يجي يخطب بنتك.

- وانتِ كيف عرفتِ؟ يعني ريم خالفت كلامي وعم تقابله؟

- وليد الحين صار رجل أعمال ناجح في دبي في عمر صغير، يعني بصراحة يقدر يتزوج البنت اللي بده إياها. لكنْ هو ما بده غير ريم، وهي كمان بتحبه وما بدها غيره. مشان الله ابن عمي لا توقف بطريق سعادة بنتك.

- أنا باعرف مصلحة بنتي منيح، أنا أبوها.

- انت دايمًا كنت تقول لي إن نفسك تعمل مشروع زراعي في السودان، يمكن الله أراد يبعث لك صهر يساعدك تحقق حلمك.

ثم ابتسمتْ منى ووضعت يدها فوق يد زوجها وأضافت:

- انت نسيت أنه عرض نفسه للفصل من الجامعة مشان يحمي ريم؟ وليد شاري البنت يا ابن عمي.

- أنا مستحيل أوافق.

صاح إبراهيم بحدة ثم غادر البيت وصفق الباب بشدة، ولم يعد إلا في ساعة متأخرة من الليل واندسَّ بخفة إلى سريره وهو يظن أن زوجته قد نامت، ولم يعرف أنها أغمضتْ عينيها فقط عندما سمعتْ صوت مفتاح الباب. منذ زواجهما لم يسمعها إبراهيم تناديه بعبارة "ابن عمي" إلا في يوم طلبها للزواج ووافقت على الاقتران به.

في مساء اليوم التالي تلقى إبراهيم اتصالًا غير متوقع، وعندما رفع السماعة جاءه صوت لم يسمعه من قبل:

- مرحبًا، الأستاذ إبراهيم مصطفى؟

- أنا إبراهيم، مين حضرتك؟

- أنا اسمي أبو فادي وانت ما بتعرفني. أنا موظف في البريد المركزي.

- خير أبو فادي، كيف ممكن أخدمك؟

- قبل كم يوم جاء عندي شاب سوداني اسمه وليد الكاشف. الشاب جاء من دبي ع حلب يدور عليك مشان يخطب بنتك وما كان بيعرف عنوانها ولا حتى رقم تلفونها، وربنا جابه لعندي في البريد وسألني إذا بقدر أساعده.

سكت أبو فادي هنيهة ثم واصل:

- في البداية ما صدقته وقلت لنفسي معقولة جاي من آخر الدنيا يدور ع واحدة ما يعرف غير اسمها؟ بس بعدين قلبي قال لي إن الشاب صادق، وأعطيته رقم تلفونك.

- يعني هو طلب منك تتصل عليَّ يا أبو فادي؟

- أنا من يومها ما شُفته، وأنا ما عندي مصلحة في الموضوع، بس أنا زلمة ختيار والدنيا علمتني كثير وعندي بنت في عمر بنتك، ولو بدك تطمن ع بنتك وتعيش مرتاح باقي عمرك لا ترد هذا الشاب.

ساد صمت بين الرجلين ثم واصل أبو فادي:

- هذا الشاب معدنه أصيل مثل الدهب، لا تضيعه من إيدك.

وبعدها وضع أبو فادي السماعة بينما ظل إبراهيم ممسكًا بها. وعندما لاحظت زوجته الذهول في عينيه سألته:

- خير أبو لورا. مين هدا؟

- واحد اسمه أبو فادي.

- وشو بده منك؟

- طلب مني أوافق على زواج ريم من وليد.

في اليوم التالي ترجَّل شاب من سيارة الأجرة أمام بناية عتيقة في باحتها عدد من أشجار التفاح. كان الشاب يحمل في يده باقة من الأزهار في اليد اليمني وصندوقًا أنيقًا مغلفًا بورق الهدايا في اليد اليسرى. كان الشاب يرتدي بِذْلَة زرقاء داكنة من ماركة أرماني مع ربطة عنق باللون نفسه، فيما تنبعث رائحة عطر باريسي في أي مكان تلمسه قدماه. وصل الشاب إلى الطابق الثاني في البناية وطرق باب شقة مكتوب عليها: إبراهيم مصطفى.

النهاية

صدر أيضًا للمؤلف

صدر أيضًا للمؤلف

صدر أيضًا للمؤلف

احصل على نسختك من كتب المؤلف بزيارة الموقع:www.aimankhair.com، ويمكنك طلب النسخ أونلاين من أمازون. اذا أعجبك شيء في كتب المؤلف، الرجاء ترك تعليقك على موقع أمازون لتصل الكتب لمن يحتاجها.

أيمن الخير

أيمن الخير قاص وكاتب مهتم بتطوير اللغة العربية بصفة عامة والكتابة القانونية بصفة خاصة، وهو مؤلف كتاب: المهارات الخمس لصياغة قانونية رفيعة، كيف تسطر مسيرتك المهنية بقلمك في خمس خطوات سريعة، وهو مؤلف رواية سيف عينيها الجزء الأول والثاني.

أيمن الخير مستشار قانوني في القانون التجاري بخبرات تزيد على 25 عامًا في ممارسة القانون في كل من كندا والسودان وسلطنة عمان وقطر وهو محام مرخص من قبل نقابة المحامين في أونتاريو، كندا، وهو كذلك مسؤول إلتزام مرخص من قبل الجمعية الدولية للإلتزام (ICA) ببريطانيا.

يحمل أيمن العديد من المؤهلات والشهادات المهنية بما في ذلك درجة البكالوريوس في القانون من جامعة الخرطوم، ودرجة الماجستير في القانون التجاري من جامعة جوبا، ودرجة الماجستير في القانوان التجاري الدولي (GPLLM) من جامعة تورونتو، وشهادة برنامج تدريب المحامين الدوليين (ITLP) من كلية القانون بجامعة تورنتو في كندا، كما أنه حاصل على دبلوم الدراسات العليا في إدارة الأعمال .

أيمن لديه مقالات منشورة في عدد من المجلات المتخصصة منها مجلة قانون الأعمال لمنطقة الشرق الأوسط وشمال أفريقيا (LexisNexis). للاطلاع على أحدث مقالاته الرجاء زيارة الموقع www.aimankhair.com.

أيمن الخير